ROBERT CHAPSAL

Cent ans de ma vie

PRÉFACE DE MADELEINE CHAPSAL

FAYARD

Heureux comme mon père…

C'est en août 1981 que j'ai véritablement fait la connaissance de mon père. Jusque-là, lui et moi n'avions eu que des relations presque mondaines, pour la bonne raison qu'on ne nous laissait jamais seuls ensemble !

Après son divorce d'avec Maman – un événement pour moi si traumatisant que, des années plus tard, je dus m'en expliquer longuement avec Françoise Dolto – je ne voyais mon père qu'en présence de ma sœur et de « Miss ».

En 1940, mon père fut mobilisé, comme en 1914, et il jugea bon de se remarier. Ce qui, à nouveau, me causa un choc : je le perdais une seconde fois. (Les filles peuvent se révéler plus possessives encore que les épouses.)

Mon intuition ne m'avait pas trompée. Pendant quarante ans, ma belle-mère, qui n'eut pas d'enfants, se révéla une épouse à la fois admirable et furieusement jalouse. Jamais elle ne me laissa seule avec mon père, ne fût-ce que quelques instants. Lorsque j'allais le voir, c'était elle qui parlait, si bien que nos relations, à lui et à moi, demeurèrent distantes et même obscures. Qui était-il ? Qu'avait-il vécu ? Que pensait-il de moi, de ma mère, de ma sœur, franchement je n'en savais rien !

Et puis, un jour d'août 1981, à Saintes, Andrée mourut pendant sa sieste, d'un arrêt du cœur. Mon père, qui avait déjà plus de quatre-vingt-cinq ans, me téléphona sur-le-champ pour m'annoncer une perte dont je savais à quel point elle lui était douloureuse.

J'étais dans le Limousin, je pris ma voiture, j'accourus. Il m'attendait avec impatience et aussi quelque timidité. C'était la première fois, depuis mes sept ans, que nous nous trouvions seuls ensemble !

Avant son divorce, nous avions joui quand même de quelques tête-à-tête : c'est lui qui m'avait accompagnée, en me tenant par le poignet, pour mon premier jour en classe ; et il était venu parfois m'y chercher. Dans le Limousin, il lui était aussi arrivé de m'emmener seule avec lui en bas du pré, pour des parties de pêche à l'écrevisse ! Souvenirs, on le voit, inoubliables ! Mais, vu mon âge tendre, il ne m'avait pas parlé de lui, ni rien cherché à me transmettre.

C'est donc en août 1981 que tout commença.

Dès mon arrivée rue Saint-Maur, mon père me conduisit devant le cadavre de sa femme qui n'était pas encore en bière. «Comme elle avait de beaux cheveux», me dit-il en les caressant avec tristesse. Et ce fut l'afflux des souvenirs.

Le lendemain, toute la famille débarqua pour l'enterrement, ce qui interrompit notre entretien. Il reprit les jours suivants – car je décidai de passer le reste de l'été avec lui, pour sa première solitude, découvrant du même coup ce qui allait devenir ma maison : celle qu'avaient construite et habitée mon arrière-grand-père, mon grand-père et mon père. Tout en me faisant faire le tour du propriétaire, puis du quartier, de la ville de Saintes, de la région, notre Saintonge, Papa m'expliquait, me racontait, se remémorait.

J'étais émue, éblouie, passionnée. Non seulement je me découvrais un père, mais, en plus, cet homme avait une histoire, qui, forcément, était la mienne ! Quand il évoqua pour moi Verdun, où, à vingt-deux ans, il avait failli mourir, je sentis que ma propre vie, ce jour-là, n'avait elle aussi tenu qu'à un fil... Mon destin était lié à celui de cet homme, et je ne m'en étais pas encore rendu compte.

Je finis par sortir mon magnétophone, enregistrai tout, dans le désordre. Lui fis redire plusieurs fois les mêmes choses, pour ne rien laisser dans l'ombre. Déchiffrai, tapai, lui soumis l'ensemble. Mon père y prit goût, plaisir, intérêt ; au point, un été, de se saisir de sa pointe Bic et, à raison de quelques heures chaque après-midi, d'une belle écriture verte, d'achever l'ouvrage.

Il nous fallut encore un moment pour nous décider à le soumettre à un éditeur. Lequel décida de le publier sans toucher à sa grammaire et en respectant les imparfaits du subjonctif ! C'est son livre, l'œuvre d'un homme né avant le siècle.

Nous, les Chapsal – les « Chapsaux », disons-nous pour rire –, Auvergnats d'origine, Parisiens de naissance et Saintongeais d'adoption, sommes des gens de durée. Il nous faut du temps, et nous n'en avons jamais assez ! Parfois, je songe : « Et si mon père n'avait pas vécu aussi âgé, je serais donc demeurée dans l'ignorance de mes racines ? Ma nièce et mes petites-nièces aussi ? Ces souvenirs du temps passé se seraient envolés sans laisser la moindre trace pour personne ? »

Nous avons eu cette chance, lui et moi, que le loisir nous soit donné, après tant d'années d'éloignement, de faire mutuellement connaissance et, pour couronner notre rencontre, de mener à bien ce long et minutieux travail d'écriture. La durée est un vrai trésor. Quand on a le bonheur d'en bénéficier, il faut en profiter pour transmettre la mémoire. Ce qui se révèle un acte d'amour envers soi comme envers les autres.

Non que mon père ait eu une vie à rebondissements ou à épisodes extraordinaires – du moins dans les faits, car toute vie est en elle-même un miracle – mais parce qu'il m'a raconté une époque dont nous n'avons plus idée, nous, ses enfants !

Avec des mots, des tournures de phrase, des réflexions, des commentaires qui achèvent de prouver à quel point nous lui sommes devenus étrangers.

Ce que mon père m'a révélé, avant tout, c'est l'existence de la douceur de vivre.

Peut-on la concevoir aujourd'hui, hantés que nous sommes par la bombe atomique, les armes imparables, chimiques, téléguidées, la pollution planétaire, la faim, la soif, la maladie, fléaux d'un autre âge redevenus si actuels ? Nous en arrivons à penser que si nous sommes encore vivants dans dix ans – Dieu sait dans quel état et sur quelle planète – ce sera bien surprenant.

Oui, le récit de la vie de mon père, au cours de nos si nombreuses promenades, causeries dans la véranda, à table, au coin de la cheminée, dans la voiture, m'a initiée à une vue réjouissante de l'existence.

Mais cette vision sûre et tranquille a cessé d'être vraisemblable, pour devenir un rêve à l'horizon !

Je connais d'autres gens comme mon père, son amie Julienne, ma tante Fernande, et un bon nombre de personnes de leur âge et de leurs relations, qui continuent à rechercher la douceur de vivre, et même à la connaître.

À leur contact, la croyance au bonheur s'est insensiblement installée en moi, pour y doubler d'une façon douillette et confortable l'univers de dureté et de cruauté auquel, comme tous mes contemporains, je suis confrontée. C'est une bulle de rêve qui m'isole et me protège au sein de notre grand froid idéologique.

Sous le décor actuel, que ce soit à Paris ou ailleurs, il m'arrive d'en voir un autre : larges trottoirs bordant des chaussées dépourvues de voitures où les gens déambulent lentement, gaiement, bras dessus bras dessous, entourés d'enfants qui courent en poussant des cris d'allégresse, fillettes aux longues boucles sous leurs chapeaux fleuris et petits garçons en robes de dentelle.

Mon père est de cette époque où vivre « normalement », comme il dit, et à condition qu'on respectât quelques règles élémentaires de civilité et d'honnêteté, consistait à jouir en toute bonne conscience des biens que vous réservait l'existence.

On me dira – je me suis dit ! – que c'était le fait de quelques privilégiés.

Mais, à chaque époque, il n'y a jamais qu'une mince couche de gens pour jouir de ces privilèges.

Et quand on évoque « l'esprit du temps », il s'agit là aussi de celui qu'incarnait le dessus du panier, et qui seul a laissé trace.

Toutefois, si le reste de la population n'y avait pas accès, elle vivait le rêve par procuration. Et y aspirait, c'est pourquoi l'esprit du temps, même s'il ne concerne que peu de gens, est si important à connaître. Il a influencé les sentiments et déterminé l'action de tous. Comme un fantasme collectif, une idéologie, un mythe, une religion.

Mon père, bien qu'il ne fît pas partie des gens très fortunés, l'était assez, en ce temps où la vie était peu chère et moins taxée, pour participer au meilleur du modernisme.

Tout le monde alors désirait vivre de la même façon et le souhaitait, au moins pour ses enfants. De l'ouvrier au bourgeois, des Africains aux Asiatiques et aux Américains, toute l'humanité, au début de ce siècle, a fait le même rêve de progrès, de bien-être, de liberté individuelle, et, aussi, ce qui est de moins en moins notre cas, de bonne compagnie.

Pour mon père, aujourd'hui encore, le réseau activement préservé de ses relations et de ses connaissances fait partie de ses biens propres. C'est son trésor et il y tient autant qu'à ses meubles, ou à ce qu'il nomme « ses petites affaires ». « Je n'aime pas qu'on touche à mes petites affaires ! » dit-il. D'ailleurs Papa continue d'entretenir soigneusement ses relations comme certains bichonnent leur intérieur ou leur automobile.

Il faut dire qu'on n'avait pas, comme aujourd'hui, à se préoccuper de sa situation, à partir du moment où elle était acquise. Qu'on fût paysan, artisan, industriel ou fonctionnaire – laissons de côté les artistes, d'ailleurs mal considérés –, si l'on possédait un certain niveau de compétence, on pouvait se juger à l'abri pour le reste de ses jours. Il y avait si peu de bouleversements à craindre, si peu de menaces – croyait-on – à l'horizon… Bref état de grâce !

Je relis une lettre, envoyée par mon père à ma grand-mère maternelle, lorsque après son passage au Quai d'Orsay, il est nommé à la Cour des Comptes : « Voilà, ça y est, Ma chère mère, je suis tranquille pour jusqu'à soixante-quinze ans ! »

Sous-entendu : je vais pouvoir ne plus songer à mon établissement, puisque c'est chose faite, et me consacrer à l'essentiel, l'aménagement confortable de mes plaisirs !

Ce qu'il fit.

Dans la même lettre, il enchaîne sur les améliorations qu'il compte apporter à notre vieille maison du Limousin. Cela va de l'installation de l'électricité à l'enlèvement du fumier qui, à l'époque, cernait volontiers les habitations... Ce bon fumier à l'odeur forte : celle de la vie.

Est-ce alors que s'installa sur lè visage de mon père cette expression de satisfaction et de quiétude, que les années n'ont fait que renforcer ? À quatre-vingt-dix-sept ans, je le surprends à sourire tout seul, quand il lit son journal, arrose ses cactus, concocte quelqu'une de ses « blagues » (quel farceur il a toujours été !).

Et même lorsqu'il ne sourit pas, son expression reste amène, bienveillante, finement amusée, ce qui attire tout le monde à lui.

Cela ne tient pas seulement à son caractère, naturellement heureux – mais au fait qu'il continue de vivre comme si rien n'avait changé depuis 1900, ou presque...

Tous ceux qui l'approchent sont reconnaissants de se retremper, grâce à lui, dans cette vision optimiste de l'existence qui nous manque tellement aujourd'hui. Cela nous réconcilie avec l'idée que la vie est peut-être vivable, en dépit de tout ce qui est dit et fait pour nous convaincre du contraire.

Et quelle curiosité exprime mon père quand je lui parle de ce que me raconte l'astrophysicien Hubert Reeves, sur le cosmos, l'univers et les fameux trous noirs...

— Il n'y a qu'une chose, me déclare-t-il, que je ne comprends pas : comment se fait-il, si on part dans l'espace suffisamment loin et longtemps, qu'on n'ait pas vieilli en revenant sur terre ? Cela m'échappe !

Incapable de répondre à sa question, j'en avise Hubert Reeves : « J'irai l'expliquer à ton père quand il le voudra », me dit-il avec sa bienveillance, elle aussi exceptionnelle.

J'aime leur confrontation. Deux hommes qui, à une génération de distance, ont le même prodigieux amour de la vie, et qui se racontent leurs étoiles.

Mais cela ne se fait pas tout seul, aimer la vie !

Il y faut une volonté déterminée, des réactions si rapides qu'on ne les perçoit pas, pour écarter de son chemin tout çe qui signifie mort, douleur, désagrément, « pollution » de l'esprit et du corps.

Avec une extrême élégance et sans une plainte, mon père lutte sans arrêt – ce qui le tient debout – contre l'abandon à la fatigue, à la maladie, aux idées noires, à l'impotence. Nul ne s'en aperçoit, sinon, par moments, ses très proches, et c'est parce qu'il ne cède pas une minute à tout ce qui cherche à l'abattre, à commencer par l'âge et la pesanteur, qu'il paraît voguer perpétuellement sur une mer de sérénité, passant, dirait-on, de réjouissances en plaisirs.

Comme il l'a fait toute sa vie.

Lorsqu'il était très jeune, ses plaisirs étaient abondants et vigoureux, le sport, les voyages, les amours, les conversations, il ne tenait pas en place, il a arpenté la planète et joui de tous les biens terrestres, ceux de la bouche comme les autres.

Aujourd'hui, très peu de chose, mais de qualité, suffit à faire sa joie.

Une promenade en voiture, moi au volant, dans son

cher pays saintongeais, un café liégeois pris en bas de chez lui, chez Angelina, *un bon film (gai) ou une bonne émission à la télévision, un vieil ami qui vient lui conter les derniers « potins » de leur monde, un instant au soleil sur un banc de son jardin, un dîner d'anciens combattants, la vue de sa petite-fille Véronique et de ses quatre arrière-petites-filles, Fabienne, Alexandra, Marie-Alix, Christophine, et, aussi, ma visite.*

C'est que, pour lui, je récolte historiettes, anecdotes, drôleries, au besoin petits ragots. Il en est friand, il adore !

Il sait aussi tirer son plaisir de faits intimes, du dernier bourgeon qu'a poussé sa plante en pot, ou s'attendrir des mignardises, à l'heure du coucher, de son gros chat roux.

Il prend également bonheur à lire un livre bien écrit, à jouer à des petits jeux de hasard, au bridge, à relever une faute de syntaxe – il adore sa chère langue française et corrige à l'occasion mes manuscrits, qu'il est souvent le premier à lire. Il se plaît aussi à baragouiner quelques mots d'espagnol, de turc, de grec, les langues de sa jeunesse de diplomate.

Avant tout, c'est un observateur – jeune homme, il se sentait doué pour une carrière artistique, ce que son père ne lui permit pas. Bien qu'il ait sa ferme opinion sur la politique, il ne faut pas attendre de lui de longs développements sur l'histoire mondiale. Ce qu'il remarque, et qu'il retient, c'est le quotidien, avec son cadre, ses petits faits, ses acteurs. Philosophe à sa façon, il sait savourer chaque moment du jour et de la bonne compagnie, sans s'interroger sur le sens de la vie.

Je trouve mon père exemplaire, et, depuis longtemps, je cherche son secret.

Certaines explications m'ont satisfaite un temps :
son excellente santé, une forme d'égoïsme viril, la fuite
stratégique devant les désagréments… Mais j'ai dû
finir par reconnaître qu'il n'y en a qu'une seule de
valable : l'autodiscipline !

Oui, aimer la vie et n'en prendre – en apparence –
que le meilleur relève d'un entraînement qui, pour être
efficace, doit commencer au berceau, et se poursuivre
sans interruption.

Ce savoir, le plus important de tous puisqu'il donne
la clé du bonheur, personne ne vous l'enseigne !

Comment se discipliner dans ses habitudes, s'entraî-
ner à se lever tous les matins à la même heure, ne pas
négliger sa toilette, être toujours parfaitement cour-
tois… Mais aussi se contraindre dans ses pensées, chas-
ser les idées noires ou haineuses. Toutes choses qui ne
relèvent pas – ou plus ! – des programmes scolaires.

Un père, parfois, l'apprend à ses enfants. Cela
demande de sa part un grand dévouement aux siens. Mon
grand-père, veuf, obligé d'assumer à la fois ses charges
officielles et celles d'éducateur, n'y a pourtant pas failli.

— Papa était très sévère, se rappelle ma tante. Il
déjeunait ou dînait tous les jours avec nous. On ne
rigolait pas !

Mais c'est grâce à cette exigence qu'il a donné à ses
enfants leur indéracinable amour d'une vie « bien
faite », comme on le dit de la bonne cuisine. « C'est
ainsi qu'on agit et qu'on vit bien ! » a inculqué mon
grand-père à ses enfants, à la fois par ses paroles et
par tout son comportement.

Mon père a retenu la leçon : il n'accepte pas plus un
mauvais repas – qui n'aurait pas le nombre de plats
nécessaires ! – qu'il ne supporte la vie mal menée.

Et lui, le meilleur des hommes, n'a aucune indulgence pour les gens qui se révèlent les artisans de leur propre malheur : « Pourquoi diable fait-il cela ! Il a tout pour être heureux et le voilà qui se conduit n'importe comment ! Je ne comprends pas les gens comme ça ! »

Un peu court, le jugement ? Férue de psychanalyse, je l'ai longtemps cru ; je n'en suis plus si certaine.

Fabriquer soi-même son bonheur, comme on fabrique un fauteuil ou une paire de chaussures, je comprends maintenant que c'est une œuvre d'artisan.

Conscient et inconscient mêlés, chacun possède en lui-même – sinon il ne serait pas vivant – le moyen d'y parvenir, quelles que soient les circonstances. Même à Verdun ou en exil en Argentine, mon père trouve toujours le moyen de voir le bon côté des choses et d'en tirer un enseignement qu'il s'efforce de transmettre.

Il ne m'étonne pas qu'un tel homme soit né en France, où vivre heureux était d'une longue tradition. Heureux comme Dieu en France, *n'est-il pas l'un de nos vieux dictons ?*

Plus que tout autre, le peuple français a reçu dans son héritage le secret du bien vivre, lié à celui du bon vin, de la bonne chère, des beaux vêtements, des beaux arts, et, plus appréciable encore, du bel amour !

Peut-on continuer à en jouir, au moins à l'espérer, aujourd'hui ? C'est la question que j'ai longuement posée à mon père. Ce livre est sa réponse.

Les gens heureux ont donc une histoire.

Qui peut même durer cent ans.

Madeleine Chapsal

Je suis né au Palais-Royal

Je suis né chez nous, au Palais-Royal.

À l'époque, il était d'usage pour les dames de la société d'accoucher à la maison, et mes parents habitaient, depuis leur mariage, un appartement au troisième étage, 31 rue de Valois, dans un immeuble acheté depuis par la Banque de France. C'est là que j'ai vu le jour, le 12 juillet 1895, et que j'ai fait mes premiers pas, entre ma mère et ma nourrice.

Mon père, Fernand Chapsal, jeune auditeur au Conseil d'État – son bureau se trouvait à deux pas de la maison – était fou de joie de ma venue au monde : un fils comme premier-né, tous ses vœux étaient comblés ! Trois ans plus tard, j'eus un frère, Pierre, puis une ravissante petite sœur, dénommée Fernande, en hommage à notre père.

Est-ce parce que ma mère, Amélie Bouchon-Brandely, était de santé fragile, je suis né prématuré. Je pesais 1 700 grammes et on me plaça aussitôt en « couveuse », une espèce de caisse vitrée que nous avons longtemps conservée dans le grenier. En 1895, elle n'était pas encore alimentée en oxygène : on y plaçait simplement l'enfant sur un petit matelas de coton. On avait installé la couveuse et moi, dans la chambre de mes parents, à l'abri des courants d'air. J'y suis resté deux mois.

Je survécus et je lis dans mon carnet de naissance, d'abord consigné de la main de mon père, puis, quand elle a pu se lever, de la belle écriture de ma mère, mes rapides progrès en poids et en taille.

«D'avoir été séparé de ta mère dès la première heure, me dit ma fille Madeleine, tu as dû comprendre tout de suite que tu ne pouvais compter que sur toi-même! Cela t'a donné de la force pour toute ta vie.»

Elle ne se trompe pas : la vie qui m'attendait, bien que longue et bonne, allait être semée d'épreuves.

Nos fenêtres donnaient sur le jardin du Palais-Royal, que nous avions tendance, nous les enfants, à considérer comme notre domaine. Avant 1900, dans ce beau jardin, la vie d'un petit enfant était parfaitement douce, et même délicieuse. Nous étions tellement en sécurité que notre mère se contentait de nous surveiller de ses fenêtres, par où elle nous envoyait parfois nos jouets, ballons, cerfs-volants, sans avoir à descendre…

On ne peut imaginer le calme et la tranquillité de ce coin de Paris avant l'envahissement automobile. C'était idyllique. Le trouble, le tapage, nous seuls l'apportions par nos jeux !

Il y avait, dans un coin du jardin, une statue en bronze de Camille Desmoulins (fondue par les Allemands en 1940, comme beaucoup d'autres). Pendant la Révolution, le conventionnel avait l'habitude de venir prendre la parole au Palais-Royal, alors le cœur de Paris. Debout sur une chaise, il incitait le peuple à la révolte. D'où cette statue en bronze qui le représentait sur sa chaise, le bras tendu !

Dès que le gardien avait le dos tourné, nous nous précipitions, mon frère, moi et nos petits amis, pour escalader le socle de pierre et grimper sur la chaise de Camille Desmoulins. Il suffisait de s'accrocher aux jambes écartées de la statue. Les plus intrépides de mes camarades – pas moi ! – montaient même sur son dos, et s'y tenaient debout en prenant appui sur son bras tendu. Quand le gardien voyait ça, il criait, menaçait, nous faisait descendre…

C'était l'une de nos principales amusettes dans ce beau Palais-Royal.

Le jardin était alors plus animé qu'aujourd'hui et le bassin différent : la fontaine n'avait pas plusieurs branches, mais un seul jet qui montait bien plus haut. Certains de mes camarades avaient des bateaux, nous nous amusions à les voir tourner autour du jet d'eau. Parfois ils étaient pris sous le tourbillon, il nous fallait alors prévenir un garde, deux même, qui déployaient une longue corde d'un côté à l'autre du bassin pour ramener l'embarcation.

Une autre curiosité enchantait le quartier : le petit canon qui tonnait chaque jour à midi juste ! Il était disposé dans un massif et pourvu d'une grosse loupe qui permettait au soleil, quand il passait au zénith, d'enflammer une amorce… Une nuée de pigeons s'envolait, et le voisinage réglait sa montre ! Les jours où le ciel était couvert, on autorisait les volontaires, sous la surveillance du gardien, à venir mettre le feu à l'amorce avec une allumette, mais aucun n'avait l'exactitude du soleil !

Ce petit canon a fonctionné jusqu'en 1914, puis on l'a supprimé pour ne pas faire croire à une attaque ennemie et apeurer les gens… Cinquante ans plus tard, j'ai assisté à sa remise en fonction, mais cela n'a guère duré.

Nous quittions rarement le quartier, où nous avions tout à portée de main, commerçants, boutiques, sans compter le théâtre, la Comédie-Française, et même un magnifique grand magasin, le Louvre.

Je fais rire mes filles quand je leur dis que, pour moi, le quartier où j'ai eu la chance de naître est le plus beau quartier de Paris ! Tout ce qui existe de plus prestigieux dans la capitale s'y trouve rassemblé ! Le Louvre, qui fut le palais des rois, l'Opéra, les Tuileries, la Seine, les Halles, si longtemps le ventre de Paris. Et puis il y avait la rue de Rivoli et ses arcades aux si élégants magasins. Entre autres la pâtisserie *Rumpelmeyer*, qui existe toujours sous le nom d'*Angelina*, et le grand traiteur *Chibboust*, chez qui ma mère se fournissait lorsqu'elle recevait.

Nous n'allions guère du côté des Halles, considérées comme mal famées. Dans tous les pays, la civilisation progresse vers l'ouest, toutes les villes, quand elles le peuvent, s'agrandissent en suivant la marche du soleil. Ne voit-on pas la difficulté que rencontre encore aujourd'hui la municipalité pour développer l'est de la capitale ?

Et pour le 1er arrondissement, l'ouest, c'est la rue Cambon, où s'élève la Cour des Comptes. Les émeutiers l'avaient brûlée en 1870, comme aussi le palais de la Légion d'honneur et le château des Tuileries. On a rebâti la Cour des Comptes, tout contre l'église polonaise, sur les plans d'un architecte du gouvernement, mais cet énorme bâtiment n'a pas de recul et les gens passent devant sans le voir ni savoir ce qu'il est !

Depuis le siècle dernier, je n'ai pas vu tellement changer le quartier, Haussmann avait déjà sévi, et les grandes avenues, dont celle de l'Opéra, étaient déjà percées.

Seule peut-être, la place du marché Saint-Honoré qui a été longtemps une grande étendue sans constructions sur laquelle, les jours de marché, on dressait des tentes avec des piquets, fut recouverte par une lourde bâtisse. L'animation populaire y a en partie disparu et je n'ai plus envie d'y aller.

Le musée du Louvre, jusqu'à ces derniers temps, n'avait pas changé non plus. Nous y allions souvent le jeudi, quand il pleuvait, parce qu'il était gratuit et que nous y étions à l'abri. Nous visitions surtout les antiquités grecques et romaines : pour les enfants, les statues sont plus amusantes que les tableaux.

Vers le nord, nous ne nous aventurions guère plus loin que la place des Victoires, alors plus vivante qu'aujourd'hui, où j'accompagnais mon père quand nous avions des couteaux à faire repasser. Il y avait une boutique rue La Vrillière avec un bonhomme qui s'en chargeait très bien.

Mes filles n'aiment pas quand je dis « bonhomme » et « bonne femme » pour parler des gens simples. Cela m'est resté de ce temps-là et ne comporte rien de méprisant. C'était seulement une façon de distinguer ceux qui avaient fait des études des autres, artisans ou commerçants. Quand on sonnait à la porte et que la bonne allait ouvrir, elle revenait tout naturellement nous dire : « Il y a là une dame pour Madame », ou bien : « C'est un bonhomme qui demande à parler à Monsieur. » Comme ça, nous savions tout de suite à quelle catégorie de personnes nous avions affaire.

Dans ce quartier si bien coté, il y avait des rues où l'on ne passait jamais. On ne s'en approchait même pas, de peur que les gens pussent penser qu'on s'y rendait ou qu'on en revenait ! La rue Chabanais, notamment, était soigneusement évitée : il s'y trouvait les plus célèbres et les plus luxueuses maisons closes de Paris ! J'en rêvais, cependant, m'imaginant les choses les plus extravagantes – qui avaient peut-être lieu d'ailleurs – sans trop oser me renseigner, du moins auprès de mes parents.

Beaucoup plus tard, mon beau-père, le père de ma seconde femme, qui était fourreur, m'a dit qu'au temps où il employait plus de trente ouvriers avenue de l'Opéra, certains lui demandaient l'après-midi : « Vous ne pourriez pas m'accorder une heure ? J'ai besoin de faire une course… » En réalité, ils allaient faire un petit tour rue Chabanais !

Il s'y trouvait des maisons de diverses catégories, avec des aménagements de toute espèce pour satisfaire aux caprices des clients (mon imagination ne m'avait donc pas trompé…). Dans l'une, on trouvait, disait-on, une cuisine, pour ceux qui voulaient y rencontrer leurs conquêtes, dans une autre, un compartiment de l'Orient-Express parfaitement reconstitué ! Et de multiples décors pour satisfaire les fantasmes les plus curieux !

En famille, nous n'en parlions jamais. Nous nous contentions d'éviter cet endroit-là sans chercher à nous renseigner, ce qui entretenait le mystère.

De temps à autre, nous allions à la Bourse du Commerce, qu'on a fini par rénover en y laissant debout une sorte de minaret qui date de Catherine de Médicis. La reine, superstitieuse, avait fait édifier cette tour pour que ses astrologues étudient les astres et lui prédisent l'avenir.

Enfant, je n'ai vu Paris dans son ensemble que depuis la terrasse des Tuileries, au-delà de la place de la Concorde, et des fenêtres de notre appartement.

Il nous est arrivé, rarement, d'aller nous baigner dans un établissement de bains. Il se trouvait en face de la Samaritaine et s'appelait la Piscine Royale, nous nous y rendions avec notre bonne.

Nous n'avions pas besoin de voiture, et d'ailleurs nous n'en avions pas. Quand nous devions nous déplacer, généralement pour aller voir de la famille, mon père louait un fiacre.

Courses et expéditions se faisaient à pied, et la promenade qui me plaisait le plus nous conduisait aux Tuileries où, là aussi, nous pouvions nous livrer à notre sport favori : la grimpette ! Nous escaladions les lions de pierre, ceux de la porte du jardin face à la rue de Castiglione, et nous montions aussi sur des chevaux à bascule, qui allaient d'arrière en avant. Le tenancier les appelait les chevaux «hygiéniques», sans doute parce qu'ils faisaient prendre de l'exercice !

Deux bâtiments intéressants s'élèvent de part et d'autre des terrasses des Tuileries ; ils donnent sur la place de la Concorde et la perspective des Champs-Élysées : l'Orangerie, devenue musée, et le Jeu de Paume. C'est de ce côté-là, le plus abrité et le mieux exposé, que se rassemblaient les promeneurs et les mères de famille, les nounous, les bonnes, avec les enfants. Il y faisait plus chaud, on l'appelait d'ailleurs la Petite Provence, et on s'y disputait les chaises.

Au bas de ces terrasses se trouve le grand bassin, une splendide pièce d'eau sur laquelle voguaient des embarcations plus magnifiques encore que celles du Palais-Royal. C'étaient des bateaux à voile, parfois mécaniques, rare sophistication pour l'époque, et leurs évolutions attiraient la foule. Leurs naufrages aussi !

À côté, se trouvait un Guignol, très célèbre, presque autant que celui des Champs-Élysées, et qui séduisait les jeunes esprits. Nous y allions chaque fois que nous le pouvions, mon frère et moi.

Deux autres terrasses en forme de promenade bordent les Tuileries au nord et au sud. Les gens bien n'allaient que sur celle des Feuillants, du côté de la rue de Rivoli ; l'autre, qui longe la Seine, était mal famée, lieu de rendez-vous des femmes de petite vertu et des homosexuels. Sous cette terrasse, on a installé depuis peu un poste ministériel secret, pour les télécommunications ; il est si bien dissimulé que personne ne peut s'en douter.

Lorsque nous résidions encore rue de Valois, beaucoup d'expositions temporaires se faisaient aux Tuileries, où l'on érigeait des baraques en bois. Mes préférées étaient celles consacrées à la cuisine et aux arts de la table, on ne disait pas encore gastronomie. On y préparait toutes sortes de plats et, pour un petit garçon, il s'y trouvait toujours quelque chose à grappiller. J'ai été gourmand de très bonne heure, en fait curieux de sensations gustatives ! (Je n'ai jamais rien boudé de ce qui était dans mon assiette, ce qui m'a servi plus tard quand j'ai été en poste à l'étranger, et aussi pendant la guerre…)

À l'est se dresse l'arc du Carrousel, qui a longtemps formé l'entrée principale du palais des Tuileries. Du temps de Napoléon III, quand ce palais n'avait pas été incendié par la Commune de 1871, le jardin était privé. N'ont brûlé que les parties en bois : tout ce qui était en pierre, les escaliers, les sculptures, a été préservé. On aurait pu à peu de frais reconstruire le palais, mais les républicains d'alors s'y sont opposés : « On ne va pas remettre en état le palais qui a abrité la royauté et l'Empire ! » C'est ainsi qu'on a dispersé dans tous les coins de France et de Navarre les restes des Tuileries, à l'exception de quelques arcs et balustrades, d'ailleurs magnifiques, entreposés du côté de la Petite Provence, et le jardin est devenu propriété d'État.

Comparé à notre jardin du Palais-Royal, celui des Tuileries me paraissait gigantesque. Je rêvais de cette excursion que mon père, grand travailleur, nous accordait les grands jours et le dimanche.

En plus des chevaux à bascule, il s'y trouvait des manèges. On nous donnait à chacun une baguette pour y enfiler un anneau à chaque tour ; si on en avait récolté suffisamment, on gagnait un sucre d'orge. Cela ne m'est jamais arrivé car je n'étais guère habile du bras droit : j'étais et suis resté gaucher !

Il y avait aussi une grande roue, des ânes, et des poneys. Tout ce qui pouvait enchanter le regard d'un enfant à une époque où l'on ne jouissait encore ni du cinéma ni de la télévision.

Parmi les autres merveilles, il y avait la salle mauresque de l'hôtel Continental, détruite depuis. C'était une pièce immense où je suis entré une fois avec mon père. J'en suis resté stupéfait : on se serait cru à Séville tant les plafonds étaient chargés de sculptures... Quand les réceptions et les bals ne se donnaient pas à l'Opéra, ils se faisaient là.

La place Vendôme non plus n'a pas changé, elle est restée très belle. Récemment, on a repeint toutes ses portes cochères dans un joli bleu-vert qui doit être celui d'origine. Je le trouve parfait et j'ai tenté de le faire reproduire – en vain ! – sur la porte de ma maison de Saintes.

Quand j'ai eu cinq ans, en 1900, année de l'Exposition universelle, je fus ébloui par la porte monumentale qu'on avait édifiée place de la Concorde, à l'entrée de l'avenue qui longe la Seine vers le Grand Palais. Elle était constellée d'ampoules électriques qui s'illuminaient à la nuit tombante !

C'est tout ce que je vis de l'Exposition, car, en ce temps-là, on n'emmenait pas comme aujourd'hui les enfants partout. On nous disait : « Tu restes à la maison, ce n'est pas pour toi ! » Je ne vis donc que cette porte, mais elle ouvrait pour moi d'une façon féerique sur le XXe siècle et ses nouvelles et grandes lumières !

Il faut dire que nous n'avions pas l'électricité à la maison, nous nous éclairions encore avec des lampes à pétrole. On commençait tout juste à électrifier quelques-unes des rues de la capitale.

Toutefois, rue de Valois, nous avons eu le téléphone avant tous les autres ! Mon père, détaché du Conseil d'État, évoluait depuis dans les cabinets ministériels, et il avait besoin de l'avoir chez lui. C'était nouveau et nous avons été de ceux, très peu nombreux, qui en ont bénéficié les premiers. Les installateurs ont accroché un poste mural dans la salle à manger, avec une planchette et deux écouteurs. Il n'y avait pas encore de combiné, on parlait sur la planchette comme aujourd'hui dans un micro et on ne pouvait se servir que d'un seul écouteur. Pour appeler comme pour répondre – après une sonnerie – on tournait une manivelle. On obtenait alors quelqu'un, une femme en général, qui vous disait : « J'écoute » ou « On vous parle ».

Je me rappelle qu'on m'a fait téléphoner une fois, je ne sais plus trop à qui, je n'entendais pas très bien, mais cela m'a beaucoup amusé. On m'avait fait monter sur une chaise pour que je puisse parler sur la planchette.

Lorsque nous nous promenions, mon père nous racontait l'histoire du quartier. De sa voix claire et posée d'orateur, et dans ce français impeccable qu'on parlait en famille dans son enfance – son père avait été professeur de latin-grec et un grand-oncle avait écrit une grammaire réputée, la grammaire Noël et Chapsal –, il nous enseignait ce beau parler sans que nous ayons à faire d'effort. Ma mère aussi s'exprimait et écrivait d'une façon parfaite. Elle avait le don d'écrire, qu'elle manifestait dans ses lettres. Il lui arrivait aussi de rédiger, dans un style clair et net, les nombreux discours de mon père, quand il n'avait pas le temps de le faire lui-même.

Madeleine me dit que c'était là la façon qu'avait mon père de nous emmener en voyage, par la parole et les récits historiques. Il est vrai qu'à cette époque les gens de notre milieu ne se déplaçaient que pour les vacances d'été, et nous ne sortions presque jamais de notre arrondissement. Mais j'étais si heureux de mes promenades avec mon père qu'elles me suffisaient.

Ces jours-là, nous étions très bien vêtus, et même endimanchés, car le dimanche, on ne s'habillait pas comme les autres jours : on mettait ce qu'on avait de mieux. Mon père portait un chapeau haut de forme. Jusqu'à la fin de sa vie, survenue accidentellement à l'âge de soixante-dix-sept ans, en 1939, mon père n'est jamais sorti dans la rue sans chapeau. Ma mère non plus, bien entendu ; elle portait aussi des gants, des jupes longues, un corset. Elle confectionnait elle-même certaines de ses robes. Je me souviens de l'une, blanche et très élégante, entièrement rebrodée à la main de bouquets de violettes, dans laquelle elle pose sur une photo du temps passé et que Madeleine a fait agrandir et encadrer.

Moi, je me rappelle avoir porté des bottines qui se fermaient avec un crochet et des costumes bleus à col marin – c'était la mode – avec un béret à pompon. Mais jusqu'à deux ans, je le vois sur les photos, on m'habillait en fille, avec des robes et un bonnet de dentelle noué sous le menton. Cela ne m'a pas autrement gêné.

Pour les enfants, l'important est d'agir comme tout le monde et, de ce point de vue, la vie dans ma famille était simple : on suivait la norme en faisant de son mieux, tout autant qu'on respectait la grammaire !

Bonheurs d'enfant

Je n'ai pas eu le sentiment d'être élevé dans un cocon… Mon père était très sévère, il voulait «que ça marche»! Il partait travailler tous les matins à huit heures et rentrait tard le soir. Il fallait que tout fonctionne en son absence, aussi bien que s'il avait été présent. Ma mère restait à la maison pour s'occuper de nous. Dès son retour, notre père venait voir si nous avions fait nos devoirs, mon frère et moi. Et comme il savait parfaitement le français, le latin et le grec, il nous indiquait comment nous y prendre. C'était un excellent instructeur.

Le matin, mon père se levait vers sept heures, et son premier geste était de venir nous réveiller. Dès que nous étions debout, il nous donnait lui-même notre cuillerée d'huile de foie de morue. Comme notre école commençait à huit heures, mon père partait en même temps que nous.

Après le dîner, si le travail n'était pas fini, nous nous y remettions, puis nous allions dormir. Il n'y avait alors ni radio, ni télévision. Nous lisions ou ne faisions rien. Mon père, lui, s'enfermait dans son bureau pour étudier ses papiers et son courrier du jour, il se couchait seulement quand il avait fini. Le lendemain, tout recommençait!

Notre grand-mère Chapsal, la mère de mon père, était venue habiter rue de Valois. Demeurée veuve, elle a d'abord vécu avec son fils Paul, mais quand celui-ci est entré dans la magistrature et qu'il a commencé son tour de France, comme le font tous les magistrats, les préfets et les sous-préfets, elle n'a pas voulu le suivre, et nous l'avons accueillie chez nous. À l'époque, il n'était pas question de laisser les personnes âgées à leur solitude. Notre grand-mère ne nous gênait pas, au contraire, l'appartement était grand, elle était très gentille et je l'aimais beaucoup. Il est vrai qu'étant l'aîné de ses six petits-enfants, elle me considérait comme son « chéri » !

Bien sûr, nous avions du service, une bonne pour les gros travaux, une cuisinière et les concierges, M. Jules et sa femme, dite Mme Jules. Ni l'un ni l'autre ne répugnaient à prêter la main. Les jours de départ et d'arrivée, M. Jules descendait et montait les malles – il n'y avait pas d'ascenseur dans ce vieil immeuble datant de Louis-Philippe, ni d'autre chauffage que le poêle à bois. C'était aussi le père Jules, comme nous disions entre nous, qui portait les bûches. La bonne et la cuisinière couchaient dans l'immeuble, sous les combles. Avec tout ce que représentait l'entretien journalier d'une famille, elles ne chômaient pas.

Au-dessus de chez nous vivaient des gens qui n'étaient pas mariés. Ils avaient une petite fille très gentille. Je la rencontrais parfois dans les escaliers, avec sa mère. Je me serais bien amusé avec elle au Palais-Royal, car elle avait à peu près mon âge, mais mes parents me l'avaient défendu : ils ne me permettaient pas de fréquenter la fille d'un couple illégitime, j'avais juste le droit de lui dire bonjour.

Ma mère, fille du secrétaire perpétuel au Collège de France, était également très instruite. Elle savait même l'anglais, qu'elle avait appris en Angleterre, où on l'avait envoyée faire un séjour. En tant qu'épouse d'un membre du Conseil d'État, elle avait un rang à tenir, et comme toutes les femmes de son milieu, elle avait son jour : c'était le vendredi. Elle recevait alors les dames de sa connaissance, avec des petits fours, du thé, du chocolat. Les autres jours, c'était elle qui rendait visite.

Nous ne faisions que ce que mes parents considéraient comme normal et de bon aloi. Ils ne disaient jamais de gros mots et n'utilisaient pas d'expressions injurieuses, ils ne prononçaient pas non plus de paroles à double sens. Jamais mon père ne m'a raconté une histoire gauloise ou licencieuse. Mais, comme les mœurs étaient ce qu'elles ont toujours été depuis Adam et Ève, il leur arrivait quand même de faire allusion à des gens qui se fréquentaient sans être mariés. Ils utilisaient alors des euphémismes dont l'un m'a longtemps laissé perplexe : «Elle n'a plus rien à lui refuser!» Qu'est-ce que cela pouvait bien vouloir dire?

De cet appartement – je suis allé récemment en revoir l'entrée et l'escalier, avec l'aimable permission du concierge de la Banque de France – je me rappelle surtout que nos fenêtres donnaient à peu près toutes sur l'ouest. Quels beaux soleils couchants! Au début de l'été, ils illuminaient jusqu'à la soupière sur la table!

Un jour, c'était le 8 mars 1900, vers midi, le soleil nous a paru plus flamboyant que d'habitude. Mon père s'est mis à la fenêtre, et il nous a dit : «C'est le Théâtre-Français qui brûle!»

On n'a pas eu vraiment peur. C'était quand même très loin de chez nous, mais nous étions désolés de voir partir en cendres notre théâtre. On nous a dit plus tard que les pompiers s'étaient sauvés sans avoir pris le temps de baisser le rideau de fer et que tout avait brûlé !

Toutefois, les entrepreneurs firent preuve d'une extraordinaire diligence. Avant la fin de l'année, en décembre 1900, le théâtre rouvrait, muni d'une nouvelle scène et d'une machinerie moderne. Nous étions bien contents ! Il nous semblait monstrueux de ne plus voir jouer les pièces classiques au Théâtre-Français !

Jusqu'à dix ans, je suis allé à l'École Choiseul, au 20 de la rue Croix-des-Petits-Champs, tenue par Mlle Blekwen, une dame bretonne. C'était un établissement très religieux. Pour le catéchisme, on me menait à l'église Saint-Roch, où j'ai appris les principes de la religion et fait ma première communion. Je possède encore quelques devoirs rédigés de mon écriture saccadée, qui sont censés reproduire sur beau papier enrubanné le prêche dont le curé nous gratifiait à chaque séance.

Après la guerre de 40, la vie a voulu que je revienne habiter le 1er arrondissement… et Saint-Roch est toujours ma paroisse !

Tout était si bien réglé, dans les moindres détails, que nous avions, comme je le raconte à mes filles qui s'en amusent, un médecin pour les petites maladies et un autre – bien plus cher – pour les grandes. M. Vimont, le médecin des petites maladies, qui était externe, venait chez nous en chapeau melon et vêtu comme tout le monde. Il prenait dix francs. Mais Monsieur Renon, le médecin des grandes maladies, interne des hôpitaux, arrivait en haut-de-forme et en redingote… et prenait vingt francs ! On ne faisait appel à lui que dans les cas graves. C'est lui qui m'a ôté mes amygdales, ce dont je garde un très mauvais souvenir.

Chaque hiver, en effet, j'avais mal à la gorge : des taches blanches couvraient mes amygdales qui grossissaient jusqu'à me gêner de l'intérieur.

Un jour, sans m'avoir prévenu, on m'a fait venir dans la chambre de ma mère, mon père était assis sur le lit. Il m'a pris entre ses jambes, m'a immobilisé les bras et m'a dit d'ouvrir la bouche. J'avais huit ou neuf ans et ne savais pas ce qu'on voulait de moi. Aussitôt, avec une pince et sans la moindre anesthésie, le médecin m'a coupé ou plutôt arraché les amygdales ! Comme ça, tout vivant, tout cru ! Je n'ai vu que cette pince qui arrivait. Et hop, c'était fini ! Mais quel mal cela m'a fait !

Je suis resté couché quinze jours au moins, sans manger, sans rien pouvoir avaler. J'étais complètement abruti, anéanti par le choc. C'était le premier de ma vie et je l'ai durement ressenti.

« Tu as été très courageux », m'a dit mon père.

Courageux ? Je n'ai compris ce qui se passait qu'une fois l'opération terminée, sinon je me serais débattu, j'aurais crié ! Mon père a ajouté : « Je veux te faire un cadeau, pour te remercier de ta compréhension ; que veux-tu que je te donne ? »

J'avais dans l'esprit un jouet que j'avais vu dans un magasin et qui m'intriguait : une petite imprimerie. Elle comportait des tampons en caoutchouc avec toutes les lettres de l'alphabet. Ça me trottait dans la tête. J'ai articulé comme j'ai pu : « Je voudrais une imprimerie ! » Mon père n'a pas lésiné, il me l'a achetée et je me suis amusé avec pendant plusieurs années. J'ai commencé par imprimer mon nom, mon adresse, puis toutes sortes de choses ; j'adorais déjà les lettres et l'écriture !

Pourtant, je n'ai pas appris facilement à écrire, parce que j'étais gaucher et qu'on ne voulait pas que j'écrivisse de la main gauche. À l'époque, on considérait le fait comme une tare épouvantable. J'étais très malhabile de la main droite et je le suis resté longtemps, mon écriture montait et descendait d'une façon cahotique. Ça s'est arrangé avec le temps. Mais personne n'a jamais pu m'empêcher de dessiner de la main gauche ! Et dès que je veux faire quelque chose de précis, ou qui exige de la force, visser une vis, par exemple, planter un clou, je le fais de la main gauche…

Je suis assez bricoleur. Plus tard, j'ai aménagé un atelier au-dessus du garage, dans ma maison de Saintes, avec un établi et tous les outils possibles et imaginables. Je n'ai pour ainsi dire jamais fait venir un ouvrier, je réparais tout, la plomberie, l'électricité, la menuiserie, ce qui ne plaisait pas toujours à mon entourage. « Ça n'est pas une maison, ici, m'a dit parfois ma fille, ça tient par des bouts de ficelle ! » Je trouve qu'elle exagère. Il est vrai cependant que j'ai beaucoup rafistolé quand je pouvais encore monter sur une échelle.

Il faut dire aussi que mon habileté manuelle m'a permis de faire quelques économies, un souci que je tiens de famille ! Même pour les hauts fonctionnaires comme mon père, dont le traitement, pour être convenable, n'était pas mirifique, un sou était un sou. Toute sa vie, je l'ai vu tenir ses comptes, et j'ai pris modèle sur lui. Je ne passe pas un jour sans noter mes dépenses. Madeleine me soutient que j'ai hérité ce réflexe de la Cour des Comptes ; mais moi, je sais que cette habitude est bien plus ancienne, je possède encore, car je ne jette jamais rien, les livres de comptes de mon père, et les carnets de ma mère concernant l'entretien du ménage.

Ce sont mes parents qui m'ont donné l'habitude de faire l'effort de compter et d'épargner, et je ne crois pas que ce soit avarice. En fait, tout ce que nous utilisons ou possédons vient du travail, du nôtre ou de celui d'autrui, et c'est la peine que quelqu'un s'est donnée qui est précieuse.

Les souvenirs aussi sont comme l'argent : pour en avoir, il a bien fallu se donner le mal de les «gagner», c'est-à-dire de vivre ! C'est pourquoi je les respecte et je ne crois pas en avoir oublié un seul.

L'amour en ce temps-là

Mon père Fernand avait une sœur aînée, née en 1853, et prénommée Angèle. Quand je suis venu au monde, en 1895, Angèle était déjà dans un couvent et je ne l'ai jamais vue. Chose étrange, pendant longtemps je n'en ai même pas entendu parler. J'ignorais que j'avais une tante !

Je ne l'ai su que plus tard, à l'âge adulte. Ma grand-mère a fini par me parler de ses filles – car elle en avait eu une autre, morte très jeune – et m'a appris qu'Angèle était entrée dans les ordres.

Quand je dis qu'on parlait peu dans ma famille !

Plus tard, j'ai appris que ma mère allait régulière-ment rendre visite à la pauvre Angèle, confinée dans ce couvent, où elle est morte un peu folle, sans doute de chagrin. On prétendait qu'elle était restée détraquée, à la suite d'un incendie qui avait eu lieu dans le collège de Saintes, où elle travaillait comme secrétaire de son père, qui en était alors le principal. Elle se trouvait dans le bâtiment, et le feu lui avait causé une peur intense.

Elle devait être une jeune fille très sensible. Elle pei-gnait, et nous avons gardé d'elle un petit autoportrait très réussi, qui la représente avec un bonnet garni d'un ruban rose, les cheveux blonds, l'air doux et rêveur. Madeleine et moi ne sommes donc pas seuls à être nés avec le goût du dessin et de la peinture dans la famille.

Angèle avait eu un fiancé, Hippolyte, qui habitait à Matha, et auquel elle avait bien failli se marier. Hippolyte représentait un nombre important d'hectares de vignobles, et Cyprien Chapsal fut favorable au mariage.

Les deux jeunes gens échangèrent une abondante correspondance, qui est à elle seule tout un roman. Au premier abord, les lettres du fiancé sont extrêmement convenables, et même un peu froides : ce ne sont là que les billets destinés à être lus par le père avant d'être remis à la fille. Mais à l'intérieur de l'enveloppe, sous la doublure, d'une minuscule écriture en pattes de mouche, Hippolyte s'adresse à sa bien-aimée sur un tout autre ton. Il la tutoie, l'appelle son ange, répète qu'il a eu tant de plaisir à la tenir quelques instants sur ses genoux lors de sa dernière visite, qu'il aimerait bien recommencer, et fait des projets d'avenir !

Brusquement, d'une lettre sur l'autre, plus de tutoiement, Hippolyte se plaint du silence, de la distance d'Angèle, et la correspondance s'arrête. Entre-temps, l'incendie a eu lieu, et Angèle est tombée malade.

La tante Joséphine, la femme de Didier Chapsal, oncle de mon père et passementier à Paris, la prend avec elle et l'emmène dans la capitale se faire soigner. Mais la psychanalyse n'existe pas encore. Angèle fait plusieurs fois des séjours à Paris, on la traite avec du plomb, des ingrédients bizarres, sans effet sur sa maladie.

Les fiançailles sont rompues, et on place la pauvre Angèle, plus ou moins consentante, au couvent, où elle finit par mourir, à quarante-cinq ans.

Souffrait-elle de crises d'épilepsie ? C'est possible. Entre les crises, elle semble avoir été lucide et tout à fait normale. Toutefois, l'épilepsie était une maladie honteuse, à l'époque, pire encore que la tuberculose. On l'appelait le «haut-mal» et, dans les familles, on la cachait : plutôt que de l'avouer, on préférait exiler ceux qui en souffraient.

Tel fut le sort cruel d'Angèle. Quand je l'appris de ma grand-mère, il me parut poignant. Penser qu'il n'y eut que ma mère pour la visiter ! Elle fut enterrée avec les autres religieuses, sans cercueil, et ses restes furent finalement dispersés. Angèle n'a pas de sépulture, on ne trouve pas son nom sur nos caveaux de famille, ni à Saintes ni au cimetière du Montparnasse, à Paris.

C'est ma nièce Jeanine, l'aînée de sa génération, qui possède les lettres du fiancé d'Angèle. Elle conserve bien d'autres lettres de la famille, en particulier celles qui annoncent la naissance de Fernand, mon père, de Paul, mon oncle, et de la petite fille qui est morte. Il n'y en a toutefois aucune concernant la naissance d'Angèle.

Ces lettres sont pleines d'informations, dont certaines surprenantes. On y apprend par exemple que ma grand-mère, quand elle était sur le point d'accoucher, quittait son mari – c'était l'usage à l'époque – pour aller mettre au monde son enfant dans sa propre famille à Marmagnac, un petit bourg du Massif central. Quel pénible voyage elle devait endurer en diligence ! Elle ne revenait que quelques semaines plus tard avec le bébé. Nous sommes loin de la mentalité actuelle, qui veut que les nouveaux pères assistent au travail dans la salle d'accouchement !

Tout le temps que durait l'absence de sa femme, mon grand-père Cyprien Chapsal lui écrivait pour s'en plaindre. «Je suis tout seul», gémissait-il. Ses lettres sont une mine de renseignements sur la façon dont on vivait à l'époque, à Saintes, et sur les soucis quotidiens d'un principal de collège.

La dépense, et le moyen de l'éviter ou de la réduire, comptait parmi les préoccupations essentielles : « Je ne vais pas acheter de pommes de terre, elles sont trop chères ! » confie-t-il en mentionnant leur prix au kilo.

Oui, dans la famille Chapsal, on était, comme on disait alors, « sur ses sous » !

Ainsi, quand mon grand-oncle Didier se maria avec une femme de Paris, Joséphine, qui travaillait dans une maison de lingerie, voici comment il annonça la nouvelle aux siens : « J'ai trouvé mademoiselle Joséphine, qui est première dans une maison de lingerie. Son père est gardien de nuit, sa mère fait de petits travaux. Elle n'est pas très jolie (en réalité, elle était très laide, comme on le voit sur les photos d'époque), mais elle m'aidera dans mon commerce, et elle sait qu'un sou est un sou. Je suis sûr qu'avec elle, l'argent sera bien placé. Ça n'est pas la peine, mes chers parents, de vous déranger : nous prévoyons un mariage très simple, sans bal. Comme ça nous ferons des économies… »

Il faut dire que ces gens étaient des travailleurs acharnés – auvergnats d'origine – et ils tenaient à ce que leur peine ne fût pas bêtement perdue. Toutefois, ils s'aimaient à leur façon.

Ainsi, quand ma grand-mère Chapsal partait pour accoucher, elle ne laissait jamais son mari sans nouvelles. Dans l'une de ses lettres, elle lui dit : « J'ai mis au monde un petit Paul », et joint une mêche de cheveux du bébé, presque blonds, avec une fleur séchée.

Nous possédons aussi une bien belle lettre de ma grand-tante Joséphine, l'épouse de Didier Chapsal, le passementier. C'était au temps de la Commune. Elle avait envoyé ses deux enfants, Georges et Lucie, à Rueil, pour les mettre à l'abri de la révolution qui terrorisait la capitale. À son neveu Cyprien, à Saintes, elle écrit : «Ne vous faites pas de soucis pour nous, à Paris. Nous restons à l'abri et c'est par la fenêtre que nous voyons les gens qui courent dans la rue…» Elle termine, signe sa lettre, puis ajoute en post-scriptum : «Je vois passer de mon balcon ces pauvres gens qu'on va fusiller. Dieu ait pitié d'eux. »

La tante Joséphine avait du cœur.

Ma mère est malade

Le 1er janvier était consacré aux visites de Nouvel An, pas plus de trois ou quatre, mais on y passait tout l'après-midi. Nous allions voir des parents plus âgés, l'oncle Georges, l'oncle Paul… On nous emmenait aussi chez ma marraine, une vieille dame qui avait été l'amie de ma grand-mère maternelle et dont le mari, M. Lehot, aussi vieux qu'elle, avait été professeur au Collège de France.

Les Lehot étaient des gens aisés mais simples. Ils paraîtraient «mités» aujourd'hui, car ils vivaient comme des rats dans leur trou. Leur salon était pire qu'un salon de province, il ne fallait pas bouger, ne rien déranger, ça sentait la naphtaline et cette visite nous rasait!

On nous demandait de réciter l'une de nos dernières poésies apprises en classe. À l'époque, on apprenait aux enfants des poésies pour chaque occasion, le premier janvier, l'anniversaire des parents…

Au moment du départ, ma marraine donnait à ma mère une pièce de cinquante francs en or pour nos étrennes, dont on ne voyait jamais la couleur! Cela valait au moins cinq cents francs d'aujourd'hui. Mais comme nous avions aux alentours de dix ans, ma mère gardait cette somme pour nous acheter des vêtements ou autre chose. Nous ne lui posions pas de questions.

Quand M. Lehot est mort, plusieurs années après ma marraine, j'ai reçu de lui, en héritage, une épée ancienne que je possède toujours. Cet homme avait été un fervent de l'escrime, et il avait conservé une panoplie de sabres et de fleurets accrochés à ses murs. J'ai une épée en souvenir.

Un 1er janvier, alors que nous étions justement chez ma marraine, il s'est produit un événement douloureux qui a marqué à jamais ma vie jusque-là bien paisible.

Nous venions juste de réciter nos petites poésies, quand ma mère a été prise d'une hémoptysie. Elle a porté son mouchoir à ses lèvres, et il est devenu d'un rouge vif.

J'étais encore très jeune et je ne savais pas que ma mère était malade, on ne me l'avait pas dit. Mon père est entré dans une grande agitation, on a fait venir un fiacre où nous sommes tous montés pour rentrer vite à la maison.

Mon père s'est installé à l'arrière avec ma mère, mon frère et moi assis en face d'eux. Mon père tenait ma mère par l'épaule et il lui disait : «Voyons, ma chère amie, ma bonne amie, tu ne vas pas nous quitter ! Tu ne peux pas nous faire ça !»

Je ne comprenais pas bien ce qu'il voulait dire, mais cela m'a bouleversé. À la maison, j'ai longtemps pleuré dans ma chambre. C'est un souvenir qui m'est resté si pénible que même aujourd'hui je ne peux l'évoquer sans émotion. J'entends encore la voix de mon père, si peu expansif d'habitude, dire à ma mère : «Enfin, voyons, ma bonne amie, tu ne vas pas nous quitter !» Ma mère, elle, n'a rien répondu. Mon frère avait trois ans de moins que moi, il était encore bien petit et nous n'en avons pas parlé ensemble.

À l'époque, la tuberculose était un fléau. Pour se prémunir, comme on pouvait, contre cette maladie qui avait ravagé la famille de ma mère, on ne connaissait qu'une chose : l'huile de foie de morue ! Et c'est pour ça que mon père nous forçait à en prendre chaque matin une bonne cuillerée pleine, qu'il tenait à nous présenter lui-même !

On ne peut se figurer comme c'était mauvais ! Maintenant, elle est désodorisée, mais à l'époque, elle ne l'était pas et ça sentait si mauvais qu'on n'arrivait pas à s'y habituer ! C'était d'autant plus difficile que mon père nous la faisait prendre à jeun. Le goût de foie de morue nous imprégnait l'estomac et toute la matinée nous en avions des relents dans le gosier ! C'était d'autant plus abominable que ça ne s'arrêtait jamais, ni les dimanches ni les jours de fête : j'ai été forcé d'avaler cette huile de foie de morue jusqu'à ce que je parte au service militaire !

Pourtant, vers la fin, il y a eu une petite amélioration : on avait inventé de mettre l'huile dans une capsule qu'on gobait tout rond sans la mâcher. Hélas, cela n'empêchait pas les relents, quand la capsule avait fondu dans l'estomac. Ils nous dégoûtaient de tout jusqu'à l'heure du déjeuner. Ma sœur Fernande a subi le même traitement, elle s'en souvient encore !

Est-ce cela qui nous a fait du bien ? En tout cas, nous n'avons pas eu la tuberculose, mais tous nos réveils d'enfants ont été empestés par cette cochonnerie, il n'y a pas d'autre mot ! Et moi qui mange de tout avec appétit et plaisir, je ne peux goûter à la morue ni supporter qu'on en fasse cuire à la maison...

Non seulement on ne savait pas soigner la tuberculose, mais on la traitait à l'envers. On a envoyé ma mère dans le Midi, alors qu'il ne faut ni chaleur ni soleil, mais l'altitude, les Alpes, les Pyrénées. Maintenant, grâce aux antibiotiques, on s'en sort presque à coup sûr. Mais au début du siècle, toutes les villes avaient leur sanatorium (mon père en a créé un, près de Saintes, il a fermé depuis, faute de malades, et on l'a transformé en maison de repos pour opérés).

Par la suite, nous n'avons pas cessé d'avoir peur et mon père a envoyé ma petite sœur pendant des années à Berck, préventivement, car on disait que le climat était bon pour cette maladie. Est-ce grâce à ces soins ? Ma sœur n'est pas tombée malade. En revanche, ma fille Madeleine a fait une atteinte pulmonaire à treize ans et j'ai eu très peur pour elle. Heureusement, on s'y connaissait un peu mieux, nous avons pu l'envoyer pendant trois ans à la montagne, chez sa tante Fernande qui s'y était réfugiée à cause de la guerre. Plus tard, elle a été définitivement guérie grâce à un nouveau médicament, le *Rimifon*.

Quant à ma deuxième fille, Simone, elle a été l'une des premières à bénéficier du BCG, le tout nouveau vaccin contre la tuberculose, qui venait d'être mis en vente. C'était un gros risque car on ne l'injectait qu'aux tout petits enfants ; voilà pourquoi Madeleine, qui avait déjà trois ans, n'a pu en bénéficier. Mais j'y ai tenu, pour ma seconde fille, malgré l'opposition de ma belle-mère, car il y avait trop d'affreux antécédents dans notre famille. Ma mère avait à peine trente-cinq ans quand elle est morte, et je peux dire que sa disparition nous a désespérés.

Avant ce drame, nous avions quitté l'appartement de la rue de Valois pour un petit hôtel particulier situé rue Cortambert, sur la colline de Chaillot, à Passy.

Si ce déménagement n'avait pas été motivé par le grave état de santé de ma mère, j'aurais été fou de joie : nous avions un petit jardin dans Paris !

On ne badinait pas à Janson-de-Sailly

Ma mère, née Amélie Bouchon-Brandely, était une femme merveilleuse, douce, belle, instruite, très intelligente, malheureusement sensible au bacille de la tuberculose. Elle descendait d'un père secrétaire du Collège de France et, du côté maternel, de la famille Sédillot, qui comptait des personnes très connues au siècle dernier, membres de l'Institut de France. Une rue à leur nom existe dans le 7e arrondissement de Paris.

L'ensemble de sa famille était morte de cette maladie, ses deux frères y compris. Bientôt, elle se mit elle-même à tousser et à cracher le sang.

Tout ce que le médecin sut faire fut de recommander à mon père de quitter le centre de Paris, dont l'air était déjà jugé insalubre et de l'emmener «à la campagne». Au début du siècle, la colline de Chaillot, bâtie de maisons basses possédant chacune leur petit jardin, c'était encore la campagne. Il y avait même quelques fermes avec des vaches et des chèvres qui nous fournissaient du lait frais !

C'est là, au 17 de la rue Cortambert, que mon père nous a trouvé et acheté une maison.

L'emménagement a eu lieu en juillet 1905 (j'allais avoir dix ans le 12). Mon père avait prévu de quitter la rue de Valois juste avant le 15, en raison du terme.

La maison m'a paru énorme, c'est vrai qu'elle était grande, mais l'appartement de la rue de Valois aussi. Seulement «la rue Cortambert», comme nous disions pour désigner notre nouvelle habitation, en plus de ses deux étages, comportait une véranda et le petit jardin, si bien qu'elle semblait à mes yeux d'enfant infiniment plus spacieuse qu'elle ne l'était en réalité!

Le jardin surtout nous enchantait! Pour mon frère et moi, c'était un univers... (Je regrettais tout de même un peu mon beau Palais-Royal, où j'avais laissé mes petits amis!) Toutes les peintures avaient été refaites dans le petit hôtel mais nous n'avions toujours pas l'électricité. Elle n'est venue qu'un ou deux ans plus tard. On s'éclairait avec les mêmes lampes que rue de Valois, je les revois encore, ces belles et grosses lampes avec leur abat-jour de soie et des manchons d'un verre si fin qu'on risquait de les casser rien qu'en les touchant.

Rue Cortambert, tant qu'elle n'a pas été trop malade, ma mère a continué à avoir son jour, le vendredi, et elle a conservé une partie de ses amis, en dépit du fait que le quartier était bien excentré... D'ailleurs, quand mon père a annoncé à ses supérieurs et amis son intention d'acheter un petit hôtel à Passy, on lui a dit : «Mon pauvre ami, vous êtes fou, vous ne sortirez plus jamais de chez vous, et personne ne viendra vous voir, vous êtes loin de tout!» Cela leur faisait l'effet d'être encore plus éloigné qu'aujourd'hui Versailles de Paris!

Mon père ne s'est pas laissé décourager, il a acheté la maison, et il a eu raison. À ce moment-là, dans la rue Cortambert et les rues adjacentes, il n'y avait que des petits hôtels avec jardin devant et derrière. Nous jouxtions le temple protestant, juste en face d'une chapelle catholique, l'église de l'Assomption.

Pour la rentrée d'octobre, mon père nous a inscrits au lycée Janson-de-Sailly, tout proche. On n'avait pas besoin de nous conduire. Il nous suffisait de descendre la rue Scheffer et de traverser l'avenue Henri-Martin. Au début, j'ai été un peu dépaysé car, jusque-là, je n'avais fréquenté qu'un très petit cours, rue des Petits-Champs, où l'on s'occupait presque individuellement de chaque enfant.

Je n'ai pas été un excellent élève, contrairement à mon père et plus encore mon grand-père, Cyprien Chapsal, le professeur de lettres qui parlait et écrivait couramment le latin et le grec. Mon père pouvait encore composer des vers dans ces deux langues. Quant à moi, je ne les aimais guère et j'étais moyen en tout, sauf dans les deux matières que j'adorais : la géographie – mon goût des voyages – et le dessin.

Toujours premier en dessin, j'aurais volontiers choisi la carrière d'artiste, mais ça n'était même pas la peine d'en rêver, car mon père s'y serait violemment opposé. Pour lui, une telle carrière relevait du ridicule, pour ne pas dire de l'indécence ! Alors, j'ai dû renoncer sans même lui en avoir parlé.

Mais pas totalement, je n'ai jamais cessé de dessiner, de croquer mes amis, des paysages, de faire des caricatures – j'y excellais – et une fois arrivé à l'âge de la retraite, je me suis lancé dans ce qui a été ma passion pendant des années, et qui l'est toujours, la céramique !

S'il est vrai qu'avec le temps j'ai fini par faire tout ce que je souhaitais, ce ne fut pas immédiatement et surtout pas quand j'étais jeune ! Mes professeurs, comme mon père, étaient d'une extrême sévérité. J'étais entré à Janson, en sixième – mon frère en huitième. Mon professeur de français s'appelait M. Pascal. En cinquième, ce fut M. Salles. Je me souviens aussi de M. Brelet, professeur de latin-grec et de français. Il y avait M. Charpy et M. Moniot, professeur d'histoire, dont je vais encore, à la Toussaint, visiter la tombe au cimetière Montparnasse, où il est enterré avec ses deux fils, morts pour la patrie.

L'un, qui avait mon âge, nous étions dans la même classe, a été tué pendant la guerre de 14. L'autre, plus jeune, est mort peu après des suites de la guerre, gazé.

Si, après tant d'années – plus de quatre-vingts – je me souviens du nom de mes professeurs, c'est qu'ils ont fait sur moi forte impression. Que ce soit par leur mise, impeccable et austère, leur autorité, ou leur grande exigence à notre égard. Leur enseignement se faisait *ex cathedra*, c'est-à-dire que le maître professait de sa chaire et n'en démarrait pas. On n'avait le droit de parler que lorsqu'on nous interrogeait ou qu'on avait des leçons à réciter. Jamais on ne se serait permis d'interrompre le discours d'un professeur. On écoutait tout simplement.

Ces honnêtes gens vivaient dans l'idée qu'ils avaient un devoir : former l'élite de la Nation ! C'est que nous étions peu nombreux, à l'époque, à préparer le baccalauréat, encore moins à nous présenter aux grandes écoles et aux grands concours d'État.

Et si, à Janson-de-Sailly, l'on m'a inculqué quelque chose en plus d'un savoir scolastique que j'ai engrangé tant bien que mal (avec l'amoindrissement actuel des études, mes filles me considèrent comme un puits de science, ce que je suis loin d'être quand je compare mes connaissances à celles de mon père et de mon grand-père !), c'est que servir l'État est une mission. Et non

52

pas une façon plus ou moins commode de gagner sa vie.

Non, on ne badinait pas à Janson avant la guerre de 14 !

Les grèves de lycéens, les chahuts dans ou hors de l'établissement n'étaient pas concevables, et aucun trouble d'aucune sorte n'est jamais venu perturber les classes ni les cours de récréation pendant les années où j'y suis resté. C'était vraiment un autre temps !

Quand ma sœur eut l'âge scolaire, elle suivit les cours de l'institut tenu par Mlle Roche.

Il se trouvait tout à côté de chez nous, au 15 de la rue Cortambert, ce qui était très commode pour elle. Elle y est restée toute sa scolarité jusqu'au brevet.

C'était une institution bien-pensante où l'on prodiguait aux jeunes filles non seulement l'enseignement normal des écoles, mais également l'enseignement religieux et les bonnes manières.

Il y avait une chapelle où les jeunes filles allaient chaque jour faire leurs dévotions, et un grand jardin, jouxtant le nôtre, où ces demoiselles prenaient leur récréation.

Le bruit qu'elles faisaient, les cris qu'elles poussaient à ces moments-là se propageaient chez nous avec une telle intensité qu'on ne s'entendait plus parler, même les fenêtres fermées ! Quelle énergie avait leur jeunesse !

Chaque année, mon père prenait ses vacances en août, et les premiers temps, il nous emmenait dans une station sur la mer du Nord, qui s'appelait Paris-Plage. Par la suite, nous avons passé nos vacances à Royan, sur la conche de Foncillon, où nous louions une villa rue du Casino, toujours la même, à un M. Talbot, de

Saintes, dont la fille était la marraine de ma sœur Fernande.

Sur cette belle plage de l'Atlantique qu'en prolongeaient beaucoup d'autres, Pontaillac, Saint-Palais, nous nous sommes follement amusés ! L'Atlantique est bien plus chaud que la mer du Nord, il y avait beaucoup de gens et de multiples distractions, concours de plage, amusettes de toute sorte.

Le mois de septembre, nous le passions, à Saintes, dans la maison avec jardin de ma grand-mère Chapsal, rue Saint-Maur, où elle avait vécu avec son mari et qu'elle occupait à nouveau l'été. C'était moins bien que la mer, mais nous nous amusions tout de même. Il ne nous en fallait pas beaucoup. À cette époque, la vie était facile et plaisante.

Il est vrai que le reste de l'année était consacré au travail. Si notre famille, du côté de mon père comme de ma mère, avait fini par occuper des postes d'importance dans la société et la fonction publique, c'était au prix d'un travail acharné, répété, inlassable. Mon père ne concevait pas la vie autrement, et il tentait de nous l'inculquer : travail d'abord, travail ensuite, une fois par semaine entraînement physique, puis repos pour pouvoir recommencer le lendemain.

Le temps libre était en quelque sorte du temps volé, et ne rien faire un luxe inouï, dont nous avions douloureusement appris à savourer chaque minute !

Mort de ma mère

Depuis l'affreuse hémoptysie de ma mère, nous n'ignorions plus qu'elle était malade. Mais nous ne savions pas qu'elle l'était à ce point, et ne nous rendions pas compte qu'au fil des ans, à cause de ce qu'on appelait une maladie de langueur, elle parvenait peu à peu à sa dernière extrémité.

Un jour enfin elle mourut.

Cela se passa dans la matinée, et mon père nous conduisit, mon frère et moi, dans la chambre où elle venait d'expirer. Mais il n'y emmena pas ma petite sœur ; elle n'avait qu'un an et n'a aucun souvenir de ce moment tragique. Notre père nous dit : « Dites au revoir à votre mère, qui vient de mourir. » Jusque-là, il ne nous avait parlé de rien, ni prévenus que le dernier moment approchait.

Ma mère était étendue tout habillée sur son lit ! Ce qui m'a terriblement ému.

Nous sommes sortis de la pièce et ce fut fini, nous ne l'avons plus revue. On la mit en bière. Le service religieux eut lieu dans une église de Passy, non loin de la rue Raynouard, Notre-Dame-de-Grâce, puis l'enterrement au cimetière du Montparnasse.

Mais la vision m'impressionna tant que je rentrai dans ma chambre, pris un crayon et du papier. Je n'avais pas l'idée d'écrire, mais je dessinai son visage, avec le crucifix qu'on avait posé sur sa poitrine. Ce dessin, je ne l'ai montré à personne, pas même à mon père, je l'ai gardé pour moi seul. Il doit se trouver dans une cantine, au grenier, rangé avec les quelques lettres d'amour que j'ai reçues dans ma vie.

Je n'ai que des souvenirs vagues des derniers temps de la vie de ma mère. Elle avait reçu une bonne éducation, celle de ce temps-là, qui l'avait rendue très réservée, et elle ne nous a jamais parlé du moment où elle ne serait plus là. Bien sûr, elle devait souffrir d'avoir à s'en aller si jeune en quittant un mari et des enfants qu'elle aimait tant. Mais elle ne nous l'a jamais dit.

Elle ne nous a pas fait non plus de recommandations, en a-t-elle fait à mon père ? Il était lui aussi très secret, et ne nous a jamais rien dit de son deuil. Il ne s'en est jamais plaint. Plus tard, on m'a rapporté que les dernières paroles de ma mère avaient été mystérieuses. Elle aurait murmuré : « Ils vont… ils viennent… » C'est tout.

Je ne me souviens qu'assez vaguement de l'enterrement. Je sais qu'il y avait beaucoup de famille à cette époque où les gens avaient encore le temps de se rendre aux cérémonies. Les femmes, surtout, qui ne travaillaient pas, avaient plus de loisir que les hommes.

Et puis la vie a repris. Mon père a fait venir de Dordogne une vieille cousine, Mme Masfrand, comme maîtresse de maison, car mon père était tout le temps sorti, ou en voyage ici ou là. Ce qui fait qu'il ne pouvait pas s'occuper de nous. La cousine Masfrand était veuve, elle avait eu six enfants tous morts de tuberculose, et comme elle n'avait pas beaucoup de ressources, elle se trouvait très contente chez nous. Elle chaperonnait les bonnes et commandait les repas, qu'elle prenait avec nous dans la salle à manger.

Tout cela me paraissait si simple, si convenable. La bonne, en fait la femme de chambre, nous apportait les plats et les desservait ; elle était secondée par une cuisinière. Une autre bonne, Nana, s'occupait uniquement de ma sœur, encore très jeune, et ne la quittait jamais.

Plus tard non plus : quand Fernande s'est mariée, elle a emmené avec elle sa Nana pour s'occuper de ses enfants ; elle l'a gardée jusqu'à ce qu'elle devienne trop âgée et qu'il soit nécessaire de l'envoyer dans cette maison de retraite, à Saintes, qu'avait fondée mon père.

C'est ainsi qu'on était en ce temps-là : fidèle à ceux qui servaient la famille et finissaient par en faire partie. Ces femmes se déclaraient heureuses de travailler chez nous et n'auraient sûrement pas voulu nous quitter. Je crois que les gens de service trouvaient chez leurs patrons, quand ils étaient de bons maîtres, une sécurité qui n'existait pas à une époque où il n'y avait encore ni avantages sociaux, ni sécurité sociale, ni retraite, ni indemnités de licenciement. Ne parlons pas du RMI, inconcevable alors : qui ne travaillait pas, pour quelque raison que ce fût, n'avait droit à rien !

La misère guettait vite ceux qui tombaient malades, qui devenaient vieux et que tout le monde abandonnait, à moins qu'ils n'eussent la chance d'avoir ce que l'on appelait alors de «bons maîtres».

Le fait est que lorsque ma sœur était à Saintes, au moins une fois par semaine et jusqu'à sa mort, elle allait rendre visite à sa vieille Nana – qui, à la fin, avait perdu la tête. Elle lui était reconnaissante de l'avoir tellement entourée, de lui avoir en somme consacré sa vie quand elle était enfant.

Ainsi, malgré l'absence de ma mère, n'étions-nous pas malheureux. Il nous manquait pourtant cette intimité du cœur que seule une mère sait donner à ses enfants.

Mon adolescence trop sage

Après notre installation rue Cortambert, rapidement suivie par la mort de ma mère, la vie s'est écoulée d'une façon si monotone que je n'ai pas vu passer le temps jusqu'à la guerre.

Mon père se levait toujours à sept heures du matin, et après le rituel de l'huile de foie de morue, suivi d'un rapide petit déjeuner, il allait avenue Henri-Martin prendre son tramway qui le conduisait au Conseil d'État.

Mon frère et moi nous rendions au lycée Janson d'où nous revenions pour déjeuner à la maison. L'après-midi, c'était à nouveau la classe et, le soir, nous rentrions pour travailler. Mon père arrivait juste pour dîner, ensuite il examinait nos devoirs, puis allait s'enfermer dans son bureau avec son travail. Il se couchait tard. La cousine Masfrand s'occupait de nous faire mettre au lit.

Nous n'avions de distractions que le jeudi et le dimanche. Ça n'était pas la liberté ! Chaque dimanche, après le déjeuner, qu'il vente ou qu'il pleuve, mon père estimait que nous devions prendre l'air. Nous partions alors à pied, avec lui, faire le tour du grand lac du bois de Boulogne.

Au passage, nous prenions mon oncle Paul Chapsal, qui habitait place de la Muette, avec mes cousines et mon cousin, Marie-Louise, Lucie et André. Tandis que mon oncle et mon père marchaient devant, nous, les jeunes, suivions en bavardant, jusqu'à ce que la fatigue nous fit taire : deux heures de marche, c'était long !

Nous taquinions beaucoup les filles qui s'emportaient, ripostaient et pleuraient. Ma sœur Fernande se plaint encore des blagues que nous lui faisions ! Je crois que cela venait du sentiment de supériorité que nous tirions d'être des garçons, vaguement au courant des choses sexuelles, alors qu'elle ne l'était pas du tout ! Les filles, par nature, nous semblaient des idiotes, qui avaient peur de tout, d'une grenouille, d'une souris, et nous ne nous gênions pas pour en abuser. Ce mauvais pli ne m'a passé que bien plus tard. Si ma mère avait vécu, le respect et l'amour qu'elle m'inspirait m'auraient sûrement empêché de tomber dans ce travers.

Quand nous rentrions de notre tour du lac, il était près de seize heures trente. Nous goûtions et finissions nos devoirs pour le lundi.

Le jeudi, comme notre père travaillait, nous étions un peu plus libres. Dès que nous en avons eu l'âge, nous sommes allés jouer au tennis, rue Boileau, sur un emplacement qui, depuis, a été construit. Il était ouvert toute la semaine, mais les autres jours, nous travaillions. Nous y restions l'après-midi ; j'aimais beaucoup aller jouer au tennis. On y voyait des gens différents alors qu'à la maison nos relations étaient très surveillées.

Nous ne faisions aucun travail ménager, notre cousine Masfrand s'occupait de tout et je n'ai appris ni à cuisiner ni à coudre. Les bonnes s'en occupaient. Elles ne sortaient qu'un dimanche sur deux, seulement l'après-midi, et chacune à leur tour. Le reste du temps, elles étaient à disposition. Inutile de dire qu'elles n'allaient pas chez le coiffeur, ni même chez le dentiste ou le médecin.

Mais les dames de la société n'allaient pas non plus chez le coiffeur… Leur femme de chambre les coiffait à la maison. Quand je me suis retrouvé dans les tranchées, à la guerre de 14, il a bien fallu que je me mette à m'occuper tout seul de mes propres affaires, et finalement je m'en suis très bien tiré !

Jusque-là, j'avais vécu dans ce qui était alors le confort bourgeois ; les repas étaient ponctuellement servis et desservis. Si j'étais malade, il y avait toujours quelqu'un pour me soigner. Heureusement, je n'eus jamais autre chose qu'une otite et quelques rhumes.

Rue Cortambert, pas plus que rue de Valois, nous ne quittions le quartier ; mais il était moins distrayant avec sa série de petites maisons pourvues d'un jardinet fleuri, et il fallait aller jusqu'à la rue de Passy pour trouver le premier magasin.

Depuis 1900, il existait une ligne de métro, une seule, qui allait de Vincennes à la porte Maillot. Les gens en étaient extasiés, personne ne comprenait comment cela marchait ! Pour l'inauguration, il était même venu des provinciaux qui voulaient se rendre compte par eux-mêmes.

Pour construire ce métro, on n'avait pas creusé par en dessous, comme on le fait maintenant, mais à ciel ouvert. Aussi la rue de Rivoli, par exemple, avait-elle été fermée à la circulation pendant plus d'un an. Les terrassiers ne disposaient que de pelles et de pioches pour le creusement, pas de « tunnelier » comme aujourd'hui. C'était un travail énorme, qui nécessitait une multitude d'ouvriers.

Aux débuts du métro, il y avait un employé par wagon chargé de crier le nom des stations et de surveiller la fermeture des portes, sans parler de ce qu'on nomme aujourd'hui «la sécurité». Le calme était assuré, ce qui n'empêchait pas de craindre les pick-pockets!

Beaucoup de fiacres circulaient encore, c'était des voitures fermées, tirées par un cheval, qui comportaient deux places à l'arrière et deux strapontins à l'avant. Les chevaux tiraient aussi les camions de livraison et les omnibus. J'aimais beaucoup monter à l'impériale de l'omnibus, je pouvais alors considérer la ville et son agitation de haut, ce qui m'amusait.

Paris offrait des plaisirs variés. Ainsi, on pouvait aller pêcher tranquillement sur les rives de la Seine, alors sableuses et réservées aux flâneurs. Mais mon père ne nous le permettait pas. «Mes petits amis, nous avait-il dit un jour, il faut que vous fassiez de la gymnastique, cela vaudra mieux et vous développera.»

Il nous fit inscrire dans une salle d'escrime située avenue Carnot, à l'Étoile. Nous y allions le samedi en fin d'après-midi. Nous nous rendions à pied place du Trocadéro, et de là nous prenions l'omnibus jusqu'à l'Étoile.

Le maître d'armes s'appelait Millet et nous faisait faire quelques mouvements simples ; puis on commençait les passes d'armes. J'avais l'autorisation de tenir mon arme de la main gauche, ce qui me donnait une sorte de supériorité sur les autres lorsque nous nous livrions à des assauts.

J'ai beaucoup aimé ce sport… jusqu'en 14, où je me suis retrouvé avec un sabre.

Ah! ce sacré sabre, ce qu'il m'a causé d'empoisonnements! Personne ne s'était jamais servi de cette arme ;

au bout d'un moment on a quand même fini par nous en décharger. C'était anachronique et ridicule. J'ai vu à la télévision une reconstitution de bataille au sabre dans *Guerre et Paix...* Ces pauvres types à cheval, chargeant à l'arme blanche, s'offraient sans défense aux boulets de canon, comme en 1870, et comme nous l'avons fait au début de 1914.

Je ne peux évoquer mon adolescence, sans penser à mon frère Pierre, mon cadet, avec lequel je m'entendais parfaitement bien. Nous partagions la même chambre et la même salle de travail. Nous avions trois ans de différence. Il était né le 24 septembre 1898, j'étais plus grand et plus fort que lui, ce que j'appréciais. Quand je l'ai retrouvé après la guerre, cette différence due à l'âge ne se sentait plus, et l'égalité s'est installée entre nous.

Ma sœur Fernande, toujours fourrée dans les jupes de sa Nana, m'intéressait moins, sauf pour lui tirer les nattes et la taquiner. Elle se plaint encore que nous ayons essayé, une fois, de lui faire manger du fromage de Cantal truffé de vers... Je l'ai dit, les distractions étaient rares !

Et la société bien guindée. Ceux qui n'avaient pas quitté la ville dès qu'arrivait le mois de juillet se cachaient ou fermaient leurs volets pour faire croire qu'ils étaient partis en vacances comme tout le monde ; sinon ils cessaient d'appartenir à la « société ». Mon père, lui, s'en moquait : son travail avant tout. Et si je connaissais le code des bonnes manières – ce qui allait me servir pour me présenter au concours des Affaires étrangères – c'était grâce à mes tantes, la cousine Masfrand, ma marraine Lehot, en somme toutes les femmes de ma connaissance. Les femmes surtout le faisaient respecter quoique cela ne me parût pas vital.

Mon intérêt, que je ne distinguais pas encore bien, était ailleurs. Et c'est grâce à d'autres femmes, qui celles-là n'étaient pas toujours de la «bonne société», que je l'ai peu à peu découvert et suis devenu moi-même.

Avant cela, un drame m'attendait.

À dix-neuf ans sous les drapeaux

J'avais à peine dix-neuf ans, en 1914, quand j'ai été appelé sous les drapeaux… J'y suis resté cinq ans, neuf mois et dix-neuf jours ! En 1940, j'ai remis ça, mais pour beaucoup moins longtemps…

J'ai d'abord été dirigé sur le camp d'Avord, où je me suis retrouvé dans l'artillerie de campagne, à cheval. Moi qui n'avais jamais approché un cheval que pour le caresser, qui n'avais jamais vu un canon de près, j'ai débarqué dans un univers tout à fait nouveau pour un garçon n'ayant fait jusque-là que des études universitaires.

Sur place, j'ai tant bien que mal pris contact avec les autres appelés, et notre instruction a aussitôt commencé. Nous étions un pêle-mêle de toutes sortes de gars issus de diverses catégories sociales, des garçons parfaitement ignorants, venus de la campagne, et d'autres plus instruits, comme je l'étais.

Au bout de trois semaines, j'ai été désigné pour aller à Fontainebleau apprendre le métier d'artilleur, afin de devenir plus tard officier et compléter l'encadrement d'une batterie et de ses canons.

À l'époque, nos canons étaient traînés par des chevaux. Les canonniers, les servants qu'on appelait les 2e CS, étaient assis sur l'avant-train du canon. Et les quatre chevaux qui tiraient l'ensemble étaient montés deux par deux par des cavaliers, les 2e CC.

Une pièce de canon se composait de quatre hommes : les canonniers conducteurs et les canonniers servants. Deux pièces de canon étaient commandées par un brigadier à cheval.

Nous, canonniers conducteurs, devions donc savoir monter à cheval, mais aussi servir le canon au cas où il aurait fallu remplacer un canonnier servant.

Nous utilisions le calibre 75 (ce nombre indique le diamètre, sept centimètres cinq). Les Allemands, eux, avaient des 77. Mais le 75 était très en avance sur son temps et sur toutes les armées, les autres n'ayant pas encore su résoudre le terrible problème du recul qui déplaçait le canon de plusieurs mètres à chaque coup tiré. À chaque fois le travail d'installation et de pointage était à refaire, sans compter le retard qu'accumulait l'opération.

Sur le 75, les ingénieurs français avaient inventé un système de frein ; on pouvait tirer sans que l'ensemble repartît en arrière sur ses roues. Seul le tube reculait.

Les canons allemands possédaient bien une espèce de frein, mais il n'était pas aussi efficace. Quant au 155 long, il n'avait pas de frein du tout : quelle histoire pour le replacer dans l'axe de tir !

En tant qu'artilleurs, en plus du service du canon, on nous apprenait un peu d'hippologie, pour entretenir les chevaux et les soigner après le travail.

Cette préparation militaire a duré deux mois. Puis mes chefs m'ont dit : «Chapsal, vous êtes désigné pour partir pour Fontainebleau.»

Dans cette école, on fabriquait à toute vitesse des aspirants qui devenaient ensuite officiers d'artillerie. On en avait un besoin extraordinaire. Je suis donc parti pour Fontainebleau où, là non plus, je ne suis pas resté plus de deux mois.

L'enseignement était expédié : on nous bourrait le crâne à toute allure pour nous apprendre à utiliser le canon, cette fois scientifiquement. Il n'était plus nécessaire de voir la cible : nous regardions nos cartes et, grâce à quelques calculs, nous arrivions à positionner correctement le canon sur l'objectif souhaité.

Le matin était consacré au cheval, l'après-midi, soit aux amphis, où l'on apprenait à manier le canon, soit aux exercices de tir réel sur le champ de tir extérieur.

J'ai gardé des chevaux militaires un souvenir extrêmement désagréable. D'abord ils vous arrachaient la peau des fesses, certains de mes camarades en avaient des furoncles, ce qui, compte tenu de la situation, était épouvantable. D'autre part, ces chevaux, qui percevaient peut-être dans quelle boucherie on allait les emmener, avaient tendance à n'en faire qu'à leur tête, ils bottaient et nous culbutaient tant qu'ils pouvaient.

Dans un premier temps, on réquisitionnait partout en France aussi bien les chevaux de selle que de labour. Lorsqu'il n'y en eut plus, on fit venir d'Amérique des bêtes encore sauvages qu'il fallait dompter. Tout ce que je peux dire, c'est qu'après la guerre et jusqu'à ce que je sois à nouveau mobilisé, en 1939, je n'ai plus jamais voulu approcher un cheval !

Ceux qui réussissaient l'examen de sortie de l'École de Fontainebleau se voyaient désigner un régiment différent de celui d'où ils venaient. Tout était fait pour qu'on ne restât pas entre amis et qu'il ne se créât pas d'attachement.

Je me suis donc retrouvé au 39e régiment d'artillerie

de campagne. Mon régiment n'était pas encore formé, il n'était qu'une doublure de celui qui existait en temps de paix, et l'on m'a envoyé à Joigny, dans l'Yonne, où il se constituait.

C'était début 1915. Là, dans une espèce de caserne, nous avons formé notre nouveau régiment et commencé quelques manœuvres d'ensemble pour apprendre à nous connaître, afin que chacun soit bien articulé avec les autres.

J'étais aspirant, et je couchais en ville où je m'étais trouvé une chambre à vingt francs par mois. Je suis resté là deux mois encore, jusqu'à ce que notre régiment soit suffisamment homogène.

Puis, un beau jour, j'ai pris la route du front, avec mon régiment, le 39e d'artillerie, mes chevaux, mes canons et sous la direction d'un colonel.

Je garde de mon premier jour de guerre, en février 1915, un souvenir très vif et plutôt particulier. Il faisait froid, c'était le soir. Partis de notre casernement de Joigny, en train, après avoir difficilement fourré nos canons et nos chevaux dans des wagons à bestiaux, nous n'avons pas su tout de suite où nous nous dirigions.

Le voyage fut long, la nuit était tombée, complètement noire.

Au petit matin, le train s'est immobilisé en pleine campagne. Arrivés à une trentaine de kilomètres environ de la ligne de front, qui était alors stabilisée dans l'Aisne, on nous a ordonné de descendre et de décharger, ce qui nous a pris des heures, le train ayant plus de cent mètres de long. Quand ce fut fait, on nous a dit : « Maintenant vous allez gagner votre emplacement, à l'aide de vos chevaux qui tireront vos canons. »

Nous avons formé une colonne et nous avons

marché dans la direction indiquée. Nous avancions par des chemins boueux, mauvais, défoncés. Le temps était épouvantable. Il faisait glacial, et il pleuvait sans arrêt. En parvenant de plus en plus près de la ligne de front – par approximation nous nous situions dans l'Aisne – nous avons commencé à entendre les bombardements plus distinctement.

Comme les canons ne tiraient pas très loin et que les avions n'étaient pas dangereux, nous nous pensions en sécurité.

Nous progressions doucement.

Soudain, il y eut un grand bruit. Un obus venait de tomber sur notre colonne, en plein sur la voiture-cuisine, blessant ceux qui la conduisaient et provoquant une telle panique que ses chevaux s'emballèrent en emportant avec eux tout le matériel et la soupe du jour ! Nous ne les avons retrouvés que le lendemain et, ce jour-là, nous n'avons rien eu à manger.

Je me suis dit : « Si c'est ça mon premier jour de guerre, ça ne va pas être drôle ! »

À la guerre, comme on n'est tenu informé de rien, ni du lieu où l'on se trouve, ni de ce qu'on aura à faire dans l'heure suivante, le repas finit par devenir la préoccupation principale.

D'autant que, pendant tout le temps que j'ai passé au front, je n'ai pas rencontré une seule femme. Il y avait bien des villageoises qui auraient souhaité avoir des relations avec des militaires, quand nous passions par chez elles, mais elles n'étaient pas attirantes, et surtout nous étions extrêmement fatigués. Nous ne pensions qu'à dormir et manger, c'était tout. Même pas à boire. On essayait aussi de se laver. C'était cela l'important à nos yeux, pas les rencontres de fortune.

D'une façon générale, au front, nous ne faisions jamais de projets d'avenir.

À la fin de ce premier jour, nous sommes arrivés dans un lieu où l'on nous a ordonné de nous disposer en formation de combat et de nous apprêter au tir. Par un système téléphonique très rudimentaire, nos observateurs, qui étaient partis en première ligne, nous tenaient au courant du dispositif ennemi, et nous tâchions de pointer nos canons en conséquence.

Comme j'étais aspirant, je disposais heureusement d'une ordonnance qui, dès le premier jour, a coupé des branches d'arbre et monté une toile de tente pour que je couche dessous. Mais je n'avais que la moitié du corps à l'abri, l'autre reposait sur la terre dure et mouillée.

Mon ordonnance, un brave type, était l'exemple même du cul-terreux. Il s'appelait Versin et j'ai su plus tard que ses parents lui avaient donné comme prénom Gétorix. C'est à cause de cette fantaisie – quand même rare à l'époque – que le souvenir de cet homme m'est resté ! Pendant la Première Guerre mondiale, avoir été assisté par Vercingétorix, cela vous marque quand on a dix-neuf ans !

Chacun à notre tour, nous nous rendions dans les tranchées : on nous y expliquait où se trouvait l'objectif à démolir puis nous téléphonions à nos postes pour qu'ils calculent sur nos cartes le pointage des pièces.

Dans les tranchées, c'était l'enfer. Comme le secteur où nous nous trouvions était très sensible, on ne pouvait baisser la garde un seul instant : des jours durant, on ne se lavait pas, on ne se rasait pas. C'était franchement dégueulasse. Je redoutais terriblement ces séjours forcés.

De plus, elles étaient impossibles à entretenir. La terre glissait vers le fond et se transformait en une épaisse couche de boue qu'il fallait rejeter sur le parapet. On ne pouvait y creuser des abris. Grâce aux sacs à terre et à d'incessantes corvées, on parvenait tout juste à maintenir en état la première ligne de combat.

De l'endroit où nous étions établis, tirer le canon, après pointage, n'était pas en soi trop difficile. On ouvrait la culasse et le chargeur, et y introduisait l'obus. On refermait la culasse, tirait sur une sorte de chaînette, et le coup partait. De chaque côté du canon se tenait un canonnier qui dirigeait l'opération.

Nos observateurs, ceux qu'on avait envoyés en première ligne dans les tranchées, nous appelaient alors par téléphone pour nous donner le résultat de nos tirs, que nous pouvions ainsi corriger. Mais le téléphone était souvent coupé, et il fallait faire le trajet à pied, sous la mitraille, pour aller rafistoler les fils.

D'autres étaient chargés d'apporter la soupe pour tout ce monde. Quel boulot ingrat ! Ils devaient faire des kilomètres à pied en transportant à deux une sorte de lessiveuse. Lorsqu'on les apercevait, quelle lutte pour être servi ! Cette soupe n'était qu'une espèce de liquide où quelques morceaux de viande achevaient de se dissoudre, et il fallait arriver parmi les premiers pour bénéficier d'un reste de viande, sinon on n'avait que du jus.

Tous les stratagèmes étaient bons ! Certains mettaient des souris dans les gamelles de leurs camarades : lorsqu'ils l'ouvraient, la souris jaillissait, et ils couraient aussitôt laver leur récipient. Pendant ce temps, les autres se servaient. À la fin, on n'y faisait plus attention, on se contentait de retourner la gamelle pour faire tomber la bestiole, on l'essuyait de sa manche de veste, puis on se faisait servir.

Toutes les maladies possibles circulaient. C'est ainsi que j'ai attrapé deux fois la gale et surtout la diphtérie. Les premiers qui l'ont eue sont morts parce qu'on ne savait pas ce que c'était. Cela débutait par un mal de gorge qu'on ne soignait pas. Quand les médecins ont compris, les vaccins sont enfin arrivés et nous avons pu guérir.

De temps en temps, nous changions d'endroit. Nous allions du nord au sud, du côté du Chemin des Dames, par exemple, ou de Verdun. Quand c'était possible, on en profitait pour se laver, se reposer et manger autant qu'on le pouvait.

Certains des villages que nous traversions étaient complètement évacués. Une fois, dans une grande maison où je me trouvais de passage avec quelques hommes, nous fûmes réveillés en pleine nuit par un vacarme épouvantable, venant de la cave. Nous pensions que des gens s'y étaient cachés et nous sommes allés voir avec des lampes : c'était des rats !

D'énormes rats qui dévoraient les sacs de betteraves abandonnés par les paysans ! Nous nous sommes battus avec eux à coups de betteraves, ils commençaient par fuir puis revenaient en masse dès que nous faisions mine de repartir. Finalement, ce sont eux qui ont gagné : nous leur avons abandonné la cave et les betteraves.

La plupart du temps, il nous fallait coucher à même la terre, sous une toile de tente étriquée, qui protégeait juste la figure et la poitrine. Le reste du corps restait à patauger dans la boue, dans le vent et sous la pluie.

Pourtant, je n'avais pas peur. Il y avait à ce moment-là un élan patriotique dont, à l'heure actuelle, les Français ne peuvent pas se rendre compte. Toutes les classes de la société étaient mobilisées, c'était la ruée vers la frontière. Quelque chose d'admirable, que je n'ai jamais plus revu depuis. Cela a duré à peu près une année de guerre, pendant laquelle toutes les énergies, tous les désirs des gens étaient tendus sur la revanche de 1870 et la reprise de l'Alsace-Lorraine.

C'était là le point capital, le point crucial, l'objet unique de toute une génération !

On pensait que la guerre serait très courte, on disait : « Après les récoltes, la guerre sera finie ! Comment voulez-vous qu'on supporte longtemps une guerre qui coûte si cher ? On ne pourra plus rien payer, plus rien faire, donc il faudra que la guerre s'arrête ! »

Mais l'affrontement dura quatre ans et fut absolument abominable.

Dès le départ, pourtant, j'avais eu une intuition, l'impression que je ne serais jamais tué ni blessé ! Ce qui ne s'est pas entièrement vérifié, car j'ai été touché.

Mais les premiers temps, j'avais le sentiment d'être protégé par je ne sais quel destin extraordinaire, un génie bienfaisant, et je n'avais aucune frousse, même quand je voyais tomber des obus autour de moi, et mes camarades blessés, ou tués.

Comme à de nombreuses reprises j'avais évité des coups terribles, au bout de quelques mois je fus de plus en plus convaincu qu'il en serait toujours ainsi, et que je serais toujours protégé.

Et puis, un jour, le coup fut pour moi.

Mourir à Verdun?

La bataille de Verdun a commencé le 8 février 1916. Nous avions déjà changé de secteur de nombreuses fois, passant du nord au sud de la frontière franco-allemande, quand nous sommes allés nous installer à Verdun, exactement dans le bois de Récicourt. Là, nous étions un peu à l'arrière du front, si bien que nous nous imaginions, à tort, être moins en danger.

On postait de préférence les canons dans des bois pour qu'ils fussent moins repérables par les avions, peu nombreux à l'époque. Mais comme on n'avait rien pour les combattre – on n'avait pas encore de mitrailleuses antiaériennes – on était obligé de les subir et mieux valait se dissimuler.

Nous avons donc campé dans ce bois, où nous avons disposé nos canons de 75. Mais ils furent bientôt remplacés par des 155 longs qui tiraient plus loin, à quatre kilomètres. Quel fourbi ! On ne pouvait tirer qu'un coup toutes les deux minutes à cause du recul !

Après quelques jours, nous avions fait provision de bois, de tentes, de tout ce qu'on avait pu trouver. Comme nous étions un peu en retrait des premières lignes, quoique à portée de canon de l'ennemi, nous étions installés, je ne dirais pas confortablement, ça n'existait pas – mais un peu moins mal !

Nous calculions nos tirs sous une espèce de baraque fabriquée avec quelques planches disjointes, quatre piquets, et nous nous étions confectionné une sorte de table mal équarrie sur laquelle nous avions disposé nos cartes. La pluie ne les mouillait pas, elles ne s'envolaient pas au vent, et on pouvait plus aisément prendre des repères.

J'étais donc là avec d'autres officiers de ma batterie, en train de calculer les coordonnées d'un tir qu'on nous avait ordonné de faire et dont nos observateurs en première ligne nous communiqueraient les résultats.

Les Allemands, qui avaient repéré notre position, ont commencé à tirer dans notre direction. Ils tiraient «en râteau». Disposant, comme nous, de batteries composées de quatre canons, ils ratissaient le terrain en tirant chaque fois plus loin. D'abord à cent mètres, puis à deux cents, deux cent cinquante, puis trois cents… Nous faisions de même. C'est seulement lorsque nous pensions avoir tout démoli, ce qui n'était pas forcément vrai, que l'infanterie avançait.

Soudain, nous avons entendu des rafales qui se rapprochaient de cent en cent mètres. Nous tentions de nous rassurer en nous disant que peut-être cela ne viendrait pas jusqu'à nous.

Malheureusement si, et beaucoup plus vite que nous ne l'avions pensé. C'est lors de leur seconde salve que j'ai été atteint et je n'ai pas entendu venir le coup : un obus est tombé tout près de la table où je travaillais, et il a explosé dans un bruit terrible.

J'ai été projeté par une gifle si puissante que je me suis retrouvé plaqué au sol. J'éprouvai de fortes douleurs, je ne pouvais plus respirer, ou malaisément, et il m'était impossible de bouger. Je n'en menais pas large. Ma situation, je le sentais, était tragique.

C'était moi le plus touché, les autres s'en sont sortis avec des égratignures ou des blessures légères. Quant à moi, j'avais reçu une bonne douzaine d'éclats de shrapnell par tout le corps, dont un, le plus pernicieux, de la taille d'une noisette, s'était fiché à quelques centimètres du cœur.

Pourtant, je suis resté conscient, assez pour me rendre compte de la gravité de ma situation : j'avais très mal à la poitrine, de considérables difficultés pour respirer. Sans compter que je ne pouvais absolument plus bouger.

Le tir s'est éloigné, les autres blessés ont pu quitter les lieux par eux-mêmes. Deux infirmiers sont venus avec un brancard et m'ont emmené quelques centaines de mètres plus loin. Je n'avais plus vraiment la notion du temps ni de rien.

Je sais seulement qu'après m'avoir retiré de là on m'a transporté à nouveau, à bras, dans un second poste de secours, plus à l'arrière, installé dans l'une des rares maisons qui n'étaient pas encore totalement détruites.

Puis j'ai perdu conscience.

Je n'ai repris connaissance que trois jours plus tard. J'étais à Thiaucourt, dans ce qui m'a semblé du « dur » et non plus des baraquements provisoires. Je n'ai pu voir s'il s'agissait d'une maison privée ou d'une école transformée en hôpital pour recevoir des blessés, toujours est-il qu'il y avait encore des murs, ce qui était rare dans le secteur. Il y avait même des couchettes, ce qui était un peu plus confortable qu'un brancard.

J'ai été réveillé par des chatouillements. Un infirmier militaire me lavait les pieds, premier soin donné à tous les blessés qui arrivaient du front. J'avais toujours très mal dans le côté. Ma respiration était courte, mes autres plaies avaient été plus ou moins bandées, et j'avais des pansements au bras, à l'épaule et aux jambes. Je reposais sur une couchette, où j'ai attendu.

Des médecins ont regardé mes blessures. Je n'arrivais pas à garder les yeux ouverts, mais j'entendais bien.

L'un d'eux a dit aux autres : « Il a reçu un éclat d'obus qui est entré plus qu'il ne convenait ; avec la terre, il risque l'infection. »

Je me suis dit : « Ça, c'est très mauvais ! » Lors des explosions, la ferraille rebondissait sur le sol avant de nous atteindre. Celle-là avait traversé la capote et le linge d'un homme qui ne s'était pas lavé depuis quinze jours. Je risquais tout : le tétanos, la septicémie, la gangrène. Et il n'y avait pas encore de pénicilline.

Cet éclat d'obus, je l'ai su par la suite, m'était entré par le côté droit du dos, il avait effleuré le rein, traversé le diaphragme pour – après trente à trente-cinq centimètres de trajet – se ficher près du cœur en plein milieu de la poitrine.

Curieusement, c'est à ce moment-là que j'ai pensé à la petite montre en or que ma grand-mère paternelle, Sophie Chapsal, qui habitait Saintes, m'avait achetée rue Bertonnière et m'avait offerte lorsque j'étais allé lui dire au revoir avant de partir à la guerre. Elle m'avait aussi fait présent d'une ceinture de sa fabrication avec une petite poche où elle avait placé deux louis d'or.

Au moment de ma blessure, tout cela disparut. Cela n'était pas des Allemands qui me l'avaient subtilisé mais bien des Français, sans doute ceux qui m'avaient transporté, pensant probablement que j'allais mourir.

Pourtant, j'ai résisté.

Après avoir pansé mes blessures superficielles, on m'avait transporté dans un établissement plus important, à l'arrière.

J'ai encore mon billet d'hôpital : *Aspirant Chapsal, 105ᵉ Régiment Artillerie lourde, blessé le 26 avril 1916.* Un bout de papier qui ressemble à une étiquette, qu'on avait accroché à un bouton de ma capote !

Là-bas, j'ai vu défiler un certain nombre de médecins militaires qui ont réitéré le premier diagnostic : « Il n'y a rien à vous faire, monsieur l'Aspirant. Ça va peut-être se guérir tout seul, la blessure va se cicatriser et si aucune saleté n'a pénétré votre corps, entraînée sur le trajet de l'éclat d'obus, ça n'ira pas trop mal ! Mais s'il y en a une, elle peut provoquer une infection. Dans ce cas, nul ne peut prévoir ce qui se passera ! »

Autrement dit, les médecins m'abandonnaient à mon triste sort : j'avais de quoi me faire du mouron !

Si mon corps était endolori, ma tête marchait encore très bien. Cette nuit-là, j'ai pensé à tous les moyens de m'en sortir, j'ai même échafaudé les plans les plus extraordinaires, mais aucun ne tenait.

Tout à coup, j'ai eu une inspiration : « Puisque les médecins m'ont en quelque sorte confié au hasard, eh ! bien je vais m'adresser au Très-Haut. »

J'étais issu d'une famille pieuse : avec mon frère et ma sœur, j'étais allé à la messe tous les dimanches. Je me suis dit : « Dans une circonstance aussi grave, la seule chose à faire est de s'adresser à Dieu. On verra bien ce que cela donnera. »

C'était un après-midi, et, dans mon lit, j'ai récité le *Notre Père*, le *Je vous salue Marie*, et le *Je crois en Dieu*, comme on égrène un chapelet. J'ai prié trois heures durant, jusqu'à ce que je sois si fatigué que je m'endorme.

Mais mes prières, je ne les ai pas dites en français, comme on pourrait l'imaginer, je les ai récitées en allemand ! Depuis notre plus tendre enfance, nous avions toujours eu des bonnes bavaroises, ou du pays de Bade, où l'on était très pieux. (La dernière ne nous avait quittés qu'en 1912 ou 1913.)

Tous les soirs, elles nous faisaient réciter nos prières, à mon frère et à moi, et elles nous les avaient apprises en langue germanique.

Je les sais par cœur et les dis encore aujourd'hui en allemand. Prier dans cette langue me touche plus qu'en français. C'est curieux, mais c'est comme ça. Lorsque je vais dans une église et que le prêtre récite le *Pater*, en moi-même je le traduis en allemand.

Je ne sais pas si le Bon Dieu m'entendit ce jour-là, toujours est-il que trois semaines ou un mois après, quand le médecin-chef est venu me revoir, il m'a dit : « Eh bien, mon garçon, maintenant que le recul est suffisant, vous pouvez vous considérer comme tiré d'affaire, vous n'avez plus à craindre les complications ! Ça ne s'envenimera pas... Mais je peux vous dire une chose, vous êtes certainement un garçon très sain ! » (Je ne lui ai pas demandé comment il écrivait ce mot – avec ou sans t au bout !)

L'entrée de la blessure s'était cicatrisée, mais j'avais conservé mon éclat d'obus. Ses aspérités me griffaient à l'intérieur, ce qui me causait de fortes souffrances. Le médecin militaire m'avait dit : « Ici on ne peut rien vous faire, je ne sais pas si à Paris on pourra vous opérer, mais votre éclat d'obus est à dix centimètres de la surface de la poitrine et à onze centimètres du dos. Aller le chercher en plein milieu du thorax est une opération extrêmement difficile et compliquée.»

Je suis donc resté dans cet hôpital jusqu'à ce qu'on puisse me déplacer. Mon transfert pour un véritable hôpital de l'arrière fut alors décidé. Ma veine, c'est que je sois tombé sur le premier train donné à la France par les associations américaines.

Sans faire encore la guerre, les États-Unis se mobilisaient déjà pour venir au secours des Alliés. Ils prenaient des hôpitaux en charge et équipaient des trains qui sillonnaient le front pour ramener les blessés à l'intérieur.

Ce train avait été affrété par la Croix-Rouge américaine, et comme il était le premier à circuler, au lieu de l'envoyer à Carpentras, à Brest ou ailleurs, on l'avait dirigé sur Paris, pour célébrer l'événement. C'est à son bord que je fus évacué.

Mon père était alors directeur du Ravitaillement général, mais je précise que je n'ai bénéficié d'aucun passe-droit – ça n'était pas son genre d'en demander, encore moins pour ses fils – et je suis tombé sur ce train tout à fait par hasard.

Le personnel américain faisait tout ce qu'il pouvait pour nous aider. Or, on me croira si on veut, aucun infirmier, personne ne parlait le français, et c'est moi, blessé comme je l'étais, qui ai dû faire l'interprète!

Des plaintes montaient de partout: «J'ai mal!… Je veux pisser!» Les Américains ne cessaient de me demander: «Qu'est-ce qu'il veut, celui-là?» Je le leur traduisais.

Du front de Thiaucourt jusqu'à Paris, dans ces wagons transformés en couchettes pour blessés, il a fallu que, de ma couchette, avec le peu de forces que j'avais, j'intercède la nuit entière pour ces autres soldats qui demandaient le bassin, une piqûre, et je n'ai jamais pu m'assoupir !

À la gare de l'Est, notre convoi reçut une réception grandiose. Nous attendaient des ministres, des généraux, des personnalités américaines – la vraie fête, en somme ! pour remercier les Américains de tout ce qu'ils avaient déjà fait pour nous.

Mais je n'ai pu que l'entrevoir de ma civière, sans y participer. De la gare, on m'a transporté à l'hôpital Péan, rue de la Santé, juste en face de la prison, où je suis resté jusqu'au 15 novembre 1916.

Là, les chirurgiens ont travaillé à m'extirper les morceaux de ferraille les plus accessibles. Ils m'en ont sorti un de l'omoplate qui m'empêchait de lever le bras, un dans le poignet, un autre du dos, plusieurs des jambes, dont je porte toujours les cicatrices. Il y en avait tant qu'ils en ont quand même laissé quelques-uns, qui étaient indolores et ne me gênaient pas. Pour éviter d'inciser trop profondément, ils se servaient d'un électro-aimant, ce qui n'était guère agréable car les éclats d'obus, hérissés de pointes, déchiraient la chair au passage.

Quant à l'éclat principal, fiché près du cœur, il était trop profond pour qu'on l'opère. Ils renoncèrent à me l'ôter. Il m'a longtemps fait mal, surtout quand je voulais respirer profondément. Mais il a dû s'enkyster, car maintenant je ne le sens presque plus.

La dernière fois qu'on m'a radiographié, à Saintes, le cardiologue a appelé ma fille Madeleine, qui m'avait accompagné, pour qu'elle le voie. Elle a été si frappée par sa taille et son emplacement qu'elle s'est exclamée : « J'ai failli ne pas naître ! » Ce qui est vrai.

Fin 1917, quand mes blessures ont été à peu près cicatrisées, les médecins de l'hôpital Péan m'ont enfin jugé disponible et libéré.

Au total, j'étais resté trois ans sous les armes, dont quelques mois à Verdun.

Tout seul en Argentine

Après ma blessure, jugée « consolidée », je fus déclaré inapte à retourner au front. On m'affecta à l'arrière à différents travaux de liaison que je n'estimais pas très intéressants. Au front, si l'on était en danger, au moins les événements étaient-ils palpitants. On y rencontrait des gens nouveaux, parfois formidables. Mais, là, c'était la routine.

C'est pourquoi j'ai prié mon père d'intervenir pour me faire sortir de la zone des armées. Au bout d'un certain temps, il s'en est occupé, et j'ai été affecté au ministère de l'Armement à Paris, où je ne suis pas resté plus de deux semaines.

En effet, j'y ai aussitôt rencontré quelqu'un qui m'a confié qu'on cherchait du personnel au ministère des Affaires étrangères, alors qu'il y avait déjà trop de monde au ministère de la Guerre et de l'Armement. En revanche, les Affaires étrangères avaient évité de recruter, et les places inférieures étaient libres.

Mon informateur a ajouté : « Si vous faites une demande, on vous prendra sûrement ; à un échelon assez bas, mais ce sera pour vous confier un poste intéressant, par exemple en Amérique latine, où les ministres plénipotentiaires manquent totalement de personnel jeune, puisque tous ceux qui étaient en âge d'aller faire la guerre y sont partis. Et puis votre blessure et votre décoration vous aideront. »

Après ma blessure à Verdun, j'avais reçu la croix de guerre, fin 1916. J'avais vingt et un ans. À l'époque, on ne la remettait pas au cours d'une cérémonie, on recevait un diplôme qui annonçait : « Vous êtes cité à l'ordre de l'armée ou de la division pour tel et tel fait d'armes… »

C'était tout ; d'ailleurs mon père ne s'est pas répandu en félicitations ! À vrai dire, il ne m'en a jamais parlé, peut-être même ne l'a-t-il pas su tout de suite, mais seulement lorsque j'ai pu me rendre auprès de lui en permission et qu'il a dû l'apercevoir sur mon uniforme. Mais il n'a rien manifesté.

Mon frère Pierre a également obtenu la croix de guerre et personne dans la famille, pas même moi, n'en a fait une affaire. Au point que je ne sais toujours pas où, ni quand mon frère a été décoré ; nous n'en avons pas parlé non plus. Je ne dirais pas que ça allait de soi, chez nous, mais presque !

J'ai donc déposé une demande au ministère des Affaires étrangères, en expliquant que je savais un peu d'anglais, d'allemand et d'espagnol. Cela a suffi pour qu'ils m'acceptent et demandent aussitôt au ministère de la Guerre de me détacher. Je n'y étais pas depuis huit jours que j'étais désigné pour partir en Argentine !

Quarante-trois jours de mer m'attendaient, sur un navire qui transportait à la fois des passagers et des marchandises. Ce bateau mixte, qui marchait au charbon, faisait souvent escale, car les sous-marins allemands coulaient les navires alliés, et ceux qui étaient encore en service se devaient de desservir de nombreux ports.

Le mien s'appelait le *Liger* – en latin, cela signifie la Loire – et devait partir de Bordeaux, où mon père était venu m'accompagner. Comme on avait appris que des sous-marins ennemis rôdaient dans le golfe de Gascogne, le départ avait été remis de plusieurs jours. Mon père s'impatientait. Il avait du travail à son poste de directeur de Ravitaillement! Finalement, il est reparti et m'a laissé attendre seul le départ du bateau.

Non sans me faire quelques recommandations : «Tâche de ne pas rencontrer un sous-marin allemand, ça vaudra mieux!» Cela l'obsédait, comme moi ; toutefois nous n'y pouvions rien ni l'un ni l'autre.

Finalement le *Liger* prit la mer. Le bateau fit escale à Vigo, en Espagne, puis longea les côtes d'Afrique jusqu'à Dakar pour éviter les mauvaises rencontres. Il n'était pas armé. Ensuite, il a traversé l'Atlantique d'une traite puis s'est réapprovisionné en charbon à Pernambouc, au Brésil.

De là, nous sommes descendus jusqu'à Rio de Janeiro pour une nouvelle escale, puis à Santos, la capitale du café, et après un dernier arrêt à Montevideo, en Uruguay, nous sommes enfin arrivés à Buenos Aires.

C'est là seulement que j'ai dit «ouf», car jusqu'en Uruguay, il y avait eu nombre de navires détruits par les sous-marins allemands. Nous y pensions de jour comme de nuit! Ce qui m'a gâché le voyage… Mais nous avons eu la chance de ne pas en rencontrer et d'arriver à bon port.

Chaque escale durait au moins deux ou trois jours. Nous, les passagers, nous promenions et tâchions de visiter un peu le pays. J'étais parti avec mille francs, une jolie somme pour l'époque, mais au cours des escales elle a fondu d'autant plus vite que nous avions très soif, ce qui entraînait à consommer. Nous étions en février ou mars, l'été dans l'hémisphère Sud, et la chaleur était épouvantable. Cela me changeait de l'hiver passé dans les tranchées !

Lorsque je suis arrivé à Buenos Aires, une fois donnés les pourboires au personnel du navire, je n'avais plus un sou vaillant. Pourtant, je n'avais pas fait de dépenses excessives ; mais mon avoir s'était envolé.

Que faire ? Les amitiés que j'avais liées sur le bateau s'étaient égaillées – il n'y avait pas de Français, à part moi, mais surtout des Sud-Américains qui rentraient chez eux. Je me suis retrouvé seul sur le quai, avec ma malle et ma valise !

Des employés se sont présentés comme appartenant à une société de transport, et m'ont proposé de se charger de mes bagages en me disant que je les paierais à l'arrivée à l'hôtel. Je leur ai fait confiance, comment faire autrement, et me suis rendu à pied à la légation de France, où j'ai demandé à voir mon ministre, M. Gaussen.

Celui-ci m'a reçu très aimablement, et je lui ai tout de suite expliqué ma situation : j'étais totalement démuni ! Il m'a dit qu'il allait me faire prêter de l'argent en attendant que je touche mon traitement, et quand il a su que j'avais confié mes bagages aux premiers venus, il a vite envoyé une voiture de la légation pour les récupérer. Ce qui fut fait ; il semblait même que j'aie eu de la chance : beaucoup de voyageurs se faisaient ainsi détrousser dès leur arrivée !

Puis le ministre m'a fait conduire au Grand-Hôtel, plaza de Mayo, où couchaient les diplomates célibataires. On leur avait réservé un étage où les chambres n'étaient pas trop chères. Heureusement, car c'était un magnifique hôtel, un palace énorme.

En Amérique du Sud, on a le sens du gigantisme. C'est à Buenos Aires, par exemple, que se trouvait le plus grand opéra du monde, le teatro Colon. Alors, les hôtels !

C'était un samedi ; je ne me souviens plus comment j'ai passé le dimanche, sans doute à me promener, mais dès le lundi matin je me suis précipité à la banque pour retirer l'argent que devait m'envoyer mensuellement le ministère des Affaires étrangères.

J'ai demandé à parler au directeur ; je lui ai dit qui j'étais et que je venais chercher mon argent, mais il m'a répondu : « Je suis désolé, il n'est pas là. »

Quelle déconvenue ! J'ai insisté : « Monsieur, ça n'est pas possible ! Quand je suis parti, le ministère m'a assuré qu'il allait l'envoyer par chèque ou par télégramme, et que je le trouverais à mon arrivée ! »

Le directeur a fini, sur mon insistance, par convoquer un employé pour savoir s'il n'y avait vraiment rien à mon nom ; il s'est avéré que l'argent était bien là, mais comme il avait été envoyé le jour même de mon départ, quarante jours plus tôt, on avait oublié le télégramme !

Cela m'a retiré une belle épine du pied, car on ne peut imaginer ce que c'était que de se trouver dans un pays lointain, seul et sans argent, les communications avec la France en guerre pratiquement coupées !

Je ne touchais pas beaucoup d'argent – trois mille francs par mois – mais la vie était fastueuse. Quand on vous servait un *beefsteak*, il était épais d'au moins dix centimètres !

Ce même jour, j'ai rencontré l'attaché militaire, le capitaine Gouspy ; il avait été grièvement blessé à une jambe lorsqu'il était au front, d'où son affectation loin de la guerre. Il y avait là un autre secrétaire, M. du C., bien plus âgé que moi. Il était comte, pourvu d'un bec-de-lièvre, et insignifiant.

Autrement dit, le personnel de la légation de France se composait de quatre personnes. C'était peu pour un grand pays comme l'Argentine !

Mon travail, dès le lundi matin, a consisté à m'occuper des Français qui résidaient en Argentine, mais aussi, et c'était peut-être le plus important, à faire pression sur le gouvernement argentin pour le décider à déclarer enfin la guerre à l'Allemagne.

L'Argentine était un nid d'espions allemands, très influents. J'étais chargé de faire de la propagande, je revêtais mon uniforme, avec ma croix de guerre, et me rendais aux réceptions où je racontais mes aventures. Je n'étais pas tout seul. Gouspy, l'attaché militaire, en faisait autant de son côté. La délégation d'Angleterre, celle d'Italie, celles de Russie et même des États-Unis – juste entrés en guerre – unissaient leurs efforts aux nôtres pour tenter d'arracher l'Argentine à sa neutralité.

Et nous y sommes parvenus ! À la dernière minute, l'Argentine a déclaré la guerre à l'Allemagne, en juillet 1918 ! Les autres pays d'Amérique latine, l'Uruguay, le Brésil, ont suivi le mouvement. Notre mission avait réussi !

Mais tous ces pays ne prenaient pas trop de risques, car il était évident que l'Allemagne était en train de perdre la guerre. Ils en ont profité pour s'approprier les biens des Allemands établis chez eux, une vraie manne ! Quant aux espions, on n'en a plus entendu parler…

90

Après les réceptions, je rédigeais des rapports sur la situation et les conversations que j'avais pu avoir avec les uns ou les autres, qui étaient expédiés par la valise diplomatique, c'est-à-dire par bateau.

En dehors de ces quelques travaux, je m'amusais ferme ! Il n'y avait d'ailleurs que ça à faire en Argentine.

Mon meilleur ami, Desmoineaux, un Français qui depuis des années avait monté une affaire là-bas, connaissait parfaitement les ressources de Buenos Aires. Aussi, nous, les jeunes, le suivions partout.

Les boîtes de nuit, en particulier, valaient la visite ! Surtout pour nous qui venions de pays en guerre, soumis à toute sorte de restrictions. On avait institué le couvre-feu à Paris, avec interdiction de faire du tapage nocturne : si les jeunes gens qui n'étaient pas au front voulaient danser, ils ne pouvaient le faire qu'à la maison et dans la plus grande discrétion, de peur que les voisins du dessous, peut-être d'archipatriotes, n'aillent les dénoncer, en disant : « Ceux-là, ils ne s'en font pas, pendant que les autres se battent ou crèvent de faim, eux, ils font les rigolos. Ce sont des traîtres ! »

Mais à Buenos Aires, tout était permis et c'était la grande nouba ! On dansait, bien sûr, mais on allait aussi voir les demoiselles ! On en trouvait partout : en maisons, dans les cabarets, dans les boîtes et, dans leur immense majorité, elles étaient françaises. Malgré l'éducation stricte que j'avais reçue de mon père, je me suis fourré dans le plaisir jusqu'au cou ! Je ne savais même pas qu'une telle chose pouvait exister…

Quelques demoiselles avaient été importées, d'autres étaient venues d'elles-mêmes. Elles se montraient très heureuses de parler le français et d'entendre des nouvelles de la France. Les matrones aussi étaient généralement françaises. Certaines de ces filles étaient très jolies, toutes étaient gentilles, elles devaient gagner pas mal d'argent, mais n'envisageaient jamais de revenir en France. Les Argentins, très portés sur ces femmes-là, les entretenaient sur un bon pied. De temps à autre, on rencontrait une Italienne, une Espagnole, même une Argentine, mais jamais d'Allemande.

Il est très difficile de décrire le climat de ces établissements, car il n'existe plus rien de semblable aujourd'hui : il y régnait la plus grande gaieté ! Certaines de ces maisons étaient plus huppées que d'autres, mieux tenues, luxueuses même.

Nous fréquentions aussi les nombreux cafés de Buenos Aires, et quand notre ami Desmoineaux, qui était depuis vingt ans en Argentine et que tout le monde connaissait, entrait dans l'un d'entre eux, l'orchestre s'arrêtait de jouer pour démarrer : «*Ils sont dans les vignes les moineaux !*», la chanson de Dranem. Cela nous faisait rire aux larmes ! Nous étions jeunes…

J'ai aussi intégré les rangs du *Jockey-Club*, comme tous les diplomates. On y rencontrait les milliardaires argentins, qui jouaient comme des fous, mais moi, bien sûr, je n'en avais pas les moyens.

L'intérêt du club, dont les caisses étaient alimentées par les revenus du jeu, résidait presque uniquement dans les excellents repas qu'on pouvait y prendre, dans un superbe cadre, et à un prix modique.

Ces Argentins des classes aisées étaient bien vêtus, et avaient de bonnes manières, mais intellectuellement ils semblaient encore des sauvages ! Qu'on en juge : un jour, le président du *Jockey-Club* a voulu acheter une tapisserie ancienne, et il en a demandé à l'antiquaire le prix au mètre carré !

Je me rappelle aussi avoir fait la connaissance d'un certain Las Cases, un Français très riche qui possédait une *estancia* dans le Sud, en Patagonie. Il devait aller visiter sa propriété et avait demandé à mon ministre s'il pouvait m'emmener pour quelques jours. Il m'avait expliqué que pour lui, qui venait de France, se retrouver là-bas, sans aucune conversation possible, était proprement invivable ! Il ne se trouvait sur ces terres que quelques péones tout à fait incultes.

Mon ministre m'a volontiers accordé la permission et je suis parti chez Las Cases, près d'une semaine. Cet homme s'était cassé les deux poignets en pilotant son avion au début de la guerre, et il pouvait à peine se servir de ses bras pour manger. Il avait hérité de ses parents des milliers d'hectares, où l'on élevait uniquement le mouton, mais le mouton à perte de vue !

J'ai vite compris que, lorsqu'on est civilisé, un mois dans ces vastes plaines et sur ces mornes étendues où il n'y a strictement rien suffit à vous rendre fou ! Surtout si l'on y reste seul.

Mon hôte était ravi d'avoir un compagnon. Nous avons fait plus de cinq cents kilomètres en automobile sans sortir de ses terres. Mais à quoi bon ? Il n'y avait que de l'herbe, de l'herbe, de l'herbe… et des moutons.

Dans le nord, près de Buenos Aires, où il fait moins froid l'hiver, on trouve des bœufs et toutes sortes de bêtes à cornes. Mais vers l'extrême pointe de l'Argentine, là où Las Cases avait son hacienda, seuls les moutons prospèrent.

Quand l'Argentine se constitua au XVIIIe siècle, le gouvernement offrit ces grandes terres désertes à qui les désirait, à une seule condition : pour délimiter sa propriété, il fallait la clôturer. Cela pouvait coûter cher : on devait faire venir des kilomètres de fil de fer, mais aussi des piquets de bois, parce qu'il n'y en a pas là-bas ; aucun arbre n'y pousse.

On n'était donc propriétaire que lorsque le terrain était enclos ; un seul fil suffisait. Et puis le mouton s'est mis à prospérer. Plus on descendait vers le froid, plus les moutons avaient de la laine ! Le seul travail des péones, les employés des propriétaires comme Las Cases, consistait à parcourir continuellement le terrain à cheval pour remettre sur leurs pattes les moutons qui avaient chu ! Leur laine était si abondante et si lourde, surtout quand il avait plu, qu'ils étaient incapables de se relever seuls ; si on ne les y aidait pas, ils mouraient de faim sur place.

J'ai vu faire les péones : ils ne descendaient même pas de cheval ! Aussi habiles que des cow-boys, ils se penchaient sur leur selle, prenaient le mouton à deux mains par sa toison, et hop ! il était debout. Et, s'il n'avait pas jeûné pendant trop longtemps, il repartait aussitôt.

Ce qui m'a surpris aussi, c'était la façon dont on lavait les moutons, avant la tonte, pour nettoyer la laine. Par une battue gigantesque, on ramenait le plus de bêtes possible dans un enclos ouvrant sur un couloir en forme d'entonnoir, et débouchant sur une mare, si étroit à l'extrémité qu'une seule bête pouvait y passer à la fois.

Plus on les pressait, plus ils poussaient ceux qui les précédaient dans la mare mêlée de détergents. Quand ils en ressortaient, la laine un peu plus propre, ils étaient bons pour la tonte. L'opération était annuelle, des ouvriers venaient même du nord, pour ne faire que ça : raser les moutons !

J'ai trouvé ce spectacle très intéressant et puis, lorsque j'ai eu tout vu, au bout de quelques jours, nous sommes repartis pour Buenos Aires. Il faut dire que l'habitation de mon hôte n'avait rien pour me retenir : c'était une sorte de baraque sans confort, en planches et non pas en pierres, car il n'y a pas de carrières dans la pampa.

Drôle de pays, où l'on ne trouvait que de la terre, de l'herbe, de l'eau et du ciel ! Dès qu'on désirait quelque chose, il fallait le faire venir de très loin.

La laine, heureusement, enrichissait les gens, sauf durant ces années de guerre où l'on ne pouvait plus l'exporter vers l'Europe, par manque de bateaux. Il fallait stocker.

Plus au nord, on produisait de la viande dont l'Europe avait grand besoin. Son transport avait la priorité, dès qu'on disposait d'un bateau. En France, le directeur du Ravitaillement était mon père. Il suivait anxieusement le voyage des navires, ne dormant pas de la nuit quand un bateau était torpillé : huit jours de ravitaillement coulaient et allaient manquer, comme il me le racontait dans ses lettres. Je lui répondais aussitôt, mais le courrier était lent.

J'ai conservé ses lettres et lui les miennes. Quand j'ai relu mes épîtres, elles m'ont paru purement informatives et très sages : mon père n'avait pas idée du genre de vie que je menais ! Je ne le lui racontais pas, ni d'ailleurs à mon ministre.

Nous nous couchions toutes les nuits aux environs de deux heures du matin, mais avant d'aller nous mettre au lit nous allions manger un *beefsteak*, un carré de viande aussi large qu'épais, servi sans autre accompagnement que du pain et du vin. En Argentine, on fait du très bon vin rouge. Il y avait aussi des cigarettes dont le goût fort me plaisait bien – j'ai toujours aimé le tabac âcre. On les appelait les 33.

De mon séjour en Argentine, ce que j'ai retiré de plus utile pour mon avenir proche, c'est d'avoir bien appris l'espagnol. J'y ai pris aussi le goût des voyages et celui d'autres façons de vivre. Surtout – était-ce dû à l'éloignement qui me privait cruellement des miens ? – j'ai compris que tout devient supportable dès qu'on se fait des amis. C'est à quoi j'ai travaillé le restant de ma vie.

Le 11 novembre 1918, date de l'Armistice, j'étais donc en Argentine. J'aurais préféré vivre ce jour mémorable en France, à partager la joie et le soulagement de mes proches, mais ce que j'ai vécu ce jour-là m'a marqué d'une façon inoubliable.

L'enthousiasme populaire fut si grand qu'on aurait cru que les Argentins fêtaient la fin d'une tuerie qui aurait ravagé cinq années durant leur pays ! La liesse dura deux jours entiers pendant lesquels toutes les administrations, les commerces, les usines, les industries s'arrêtèrent de travailler. Nous aussi, bien sûr ! Quelle grande chose que la paix !

Quelque temps plus tard, vers le mois de décembre, le ministère des Affaires étrangères m'a fait demander si la vie diplomatique me plaisait. J'ai répondu : « Oui, pourquoi pas ? » On m'a alors informé qu'on allait rétablir le concours des ambassades et me rappeler en France pour que je puisse m'y présenter.

Je suis donc rentré vers le début de l'année 1919. Le voyage de retour a été plus court que celui de l'aller : ne craignant plus les sous-marins, on a pu naviguer en droite ligne. Nous n'avons fait escale qu'aux Açores, pour le charbon. Ces îles étaient bien jolies, à l'époque, elles n'étaient pas encore couvertes de gratte-ciel. Trente jours plus tard, je débarquais au Havre, et comme personne ne m'y attendait, je pris le train pour Paris.

Toutefois, parmi les passagères, j'avais trouvé une âme sœur qui sut m'être de tendre compagnie pendant toute la traversée mais que j'ai dû quitter – avec regret – à l'arrivée, car elle se rendait directement dans le Midi où elle avait de la famille. Brève rencontre que je n'ai pas oubliée. C'était, si je puis dire, la première hirondelle m'annonçant le printemps : mon retour au bercail, dans une France victorieuse et en paix.

Ma nouvelle vie commence

Quel bonheur de retrouver ma famille en bon état et au complet! Bien sûr, ma mère manquait et elle nous manquerait toujours, mais mon père s'était épanoui dans ses dures fonctions, et mon frère Pierre, l'ami et le complice, reprit aussitôt son dialogue avec moi comme si rien de spécial n'avait eu lieu!

La plus transformée était ma petite sœur Fernande, devenue ravissante. Je n'exagère rien : Fernande est douée d'une beauté exceptionnelle, qui dépasse celle de toutes les femmes de la famille, lesquelles ne sont pourtant pas vilaines, et l'auréole encore aujourd'hui, à plus de quatre-vingts ans.

Au moment de Verdun, en 1917, ma sœur Fernande avait neuf ans, et elle avait su, par notre cousine Masfrand, que j'avais été blessé :

— Ton frère est blessé, c'est très grave!

Les miens ont dû attendre longtemps pour savoir que j'étais tiré d'affaire. Ma sœur m'a raconté comment, de son côté, elle avait passé la guerre, à Paris d'abord, puis à Saintes. Cela ne fut pas drôle tous les jours : notre père était d'une humeur constamment exécrable, car à cette époque, il dirigeait le Ravitaillement général et, vu les aléas de la situation, le soir, au dîner, personne n'osait ouvrir la bouche. Ma petite sœur était morte de peur.

Autre désagrément : notre grand-mère étant très vieille, on lui laissait tout ce qui était sucré, le lait Nestlé et les morceaux de sucre. Si bien que Fernande, qui n'était pourtant âgée que de neuf ou dix ans, n'en avait pas. Un jour, elle mit la main sur une boîte de lait condensé et sucré. Elle la consomma d'une traite, à la petite cuillère ; elle en fut si malade qu'elle s'en souvient encore !

Mon frère Pierre, mon cadet de trois ans, né en 1898, est parti en 1917 à Fontainebleau, pour entrer comme moi à l'École d'artillerie. Très tôt, il a eu le doigt coupé en chargeant un de ces canons à fermeture automatique. Il a laissé sa main un dixième de seconde de trop dans la culasse, et sa dernière phalange y est restée.

Empêché pendant quelque temps, il est quand même parti sur le front, il avait vingt ans. Vers 1918, il fallait être bien handicapé pour ne pas être jugé bon pour le service.

À cette époque, ma petite sœur, avec sa bonne Nana, notre grand-mère Sophie et la cousine Masfrand, furent envoyées à Saintes, parce que la grosse Bertha, le canon allemand à grande portée, bombardait Paris. Les Allemands tiraient peu souvent, et leurs salves, venues de cent kilomètres, étaient imprécises, mais causaient quand même des dégâts importants ; on peut en voir encore quelques traces à l'ouest de Paris, comme dans l'avenue du Président-Wilson, non loin de chez nous.

En janvier 1918 – il n'était pas encore question de la fin de la guerre – notre grand-mère est morte à Saintes, à quatre-vingt-treize ans, sans s'en apercevoir, sans même avoir été malade. Née Pomier, elle s'appelait Sophie Chapsal, et était la mère de mon père. Je garde le souvenir d'une femme charmante, en particulier avec moi.

On lui avait installé son lit dans le salon, parce qu'elle ne pouvait plus monter l'escalier. Un matin, elle n'a pas pu se lever ni ouvrir les yeux, et le médecin a dit : « C'est comme une bougie qui s'éteint. Il n'y a rien à espérer, mais elle ne souffre absolument pas. » Quelques heures plus tard, elle était partie.

Les autres femmes ont terminé l'année 1918 à Saintes, puis elles sont revenues à Paris vers le 1er octobre, pour la rentrée des classes. Ma sœur conserve du 11 novembre un souvenir plutôt bizarre : c'était un lundi, jour de couture chez Mlle Roche, rue Cortambert, et toutes les cloches de Paris se sont mises à sonner en même temps. On a dit aux élèves : « La guerre est finie ! » Et on les a toutes fait sortir de classe pour qu'elles aillent à la chapelle toute proche.

Mais ces petites filles de onze ans, trop jeunes pour se rappeler distinctement le temps de paix, ont été prises d'inquiétude. Elles se sont dit sur le chemin de la chapelle : « S'il n'y a plus la guerre, qu'est-ce qu'on va devenir ? »

Mlle Roche a trouvé le moyen de les rassurer : « Vous avez vacances cet après-midi ! » Aussitôt consolée, Fernande est rentrée à la maison, mais notre père n'a jamais voulu qu'elle sorte, et elle n'a rien pu voir des formidables manifestations de rue qu'a déclenchées l'annonce de l'armistice !

Ma sœur a quand même assisté au défilé de la Victoire, qui a eu lieu au mois de mai 1919, sur l'avenue des Champs-Élysées. Le ministère du Ravitaillement était au coin de l'avenue George-V et des Champs-Élysées, dans l'hôtel Carlton, réquisitionné. Mon père avait demandé à Nana d'y emmener sa fille ; de son bureau, on voyait en enfilade tous les Champs-Élysées. Mais, à cause de la foule et du service d'ordre, elles ne purent jamais s'en approcher. Les deux femmes montèrent sur les bancs de l'avenue, d'où elles virent finalement passer les régiments de toutes les armées alliées. Mon père, lui, regardait le défilé de sa fenêtre.

Quand ma sœur a su que j'allais revenir d'Argentine, elle m'a demandé de lui rapporter un perroquet vivant. Mais il était bien trop compliqué de l'emporter sur le bateau ; de plus, je ne savais pas trop ce qu'en penserait mon père. J'ai donc choisi de lui rapporter à la place un tatou empaillé ! Fernande n'a pas voulu le regarder, elle croyait qu'il allait la mordre, et elle ne me l'a jamais pardonné ! Pourtant il était gentil tout plein, ainsi transformé en boîte à ouvrage ! En mordant sa queue, il formait même une anse ! On ne fait plus de choses dans ce goût-là ! Le pauvre animal a fini dans un grenier, puis fut jeté sans cérémonie.

En réalité, le sort du tatou m'était bien égal, j'étais vivant, mon frère aussi. Une nouvelle vie pouvait commencer !

Jeune diplomate à Madrid

Voir son fils aîné devenir diplomate, avec tout le prestige qui accompagne cette fonction, tel était le rêve de mon père.

Il se trouve que c'était aussi le mien : j'adorais voyager. Et je ne détestais pas non plus l'idée de me retrouver loin de la maison, car j'habitais toujours chez mon père qui, en dépit de mon âge et de mes états de service aux armées, tenait encore à contrôler le sérieux de ma vie !

Or une folle envie de m'amuser m'était venue depuis la guerre et mon séjour dans les boues de Verdun. Je n'étais pas le seul. N'a-t-on pas appelé l'après-guerre « les années folles » ? Nous avions tous cru mourir, dans des conditions effroyables, maintenant nous voulions vivre. À grandes brides !

Très peu de temps après ma réussite facile au grand concours des ambassades, Quai d'Orsay, je fus désigné pour le poste d'attaché d'ambassade en Espagne. Il leur fallait du personnel jeune.

Je courus à Saintes dire adieu à mon père qui s'y trouvait, et je partis pour Madrid sans plus de délai.

Dès mon arrivée, je fus logé à l'ambassade dans un deux-pièces très convenable, au dernier étage d'un beau bâtiment à proximité de la Castillana, superbe promenade en plein centre de la ville. L'environnement me convenait tout à fait !

Quant à mon travail, il n'était ni très compliqué, ni très pressant. Mais j'eus le tort, quand le conseiller me demanda d'un air innocent si je savais l'espagnol, de lui répondre affirmativement.

Qu'avais-je dit là! Quelle divine surprise! Quelle aubaine! On avait enfin trouvé un hispanisant pour l'ambassadeur qui ne connaissait pas la langue du pays où il opérait. On était sauvé par ce jeunot qui allait pouvoir s'acquitter d'une corvée insupportable à tous, et que chacun se refusait d'assurer.

Il me fut immédiatement indiqué que chaque matin, à neuf heures, même le dimanche, je devrais aller trouver l'ambassadeur dans sa chambre pour lui lire en traduction instantanée, dans les journaux du jour, tous les articles concernant la politique espagnole et étrangère. C'était en fait mon plus gros travail – mais le plus empoisonnant!

Je l'ai pourtant accompli sans broncher tout le temps de mon séjour en Espagne. J'en ai toutefois retiré que le dicton «N'avouez jamais» a du bon, et je m'en suis souvenu autant que j'ai pu par la suite.

Une autre obligation me tomba également dessus et se transforma bientôt en un véritable calvaire. Vers deux heures de l'après-midi, chaque jour, le maître d'hôtel de l'ambassadeur passait dans les divers bureaux et demandait à chacun de nous s'il était disposé à venir déjeuner avec l'ambassadeur, afin de lui tenir compagnie. Sa femme étant restée à Paris, il s'ennuyait à prendre seul ses repas.

Mes collègues répondaient presque toujours qu'ils étaient occupés. Certains, en effet, étaient mariés, ou déjà retenus, ou prétendaient l'être, de sorte que lorsque le maître d'hôtel en arrivait à moi, le plus jeune et le dernier venu, il ne me restait plus qu'à accepter, ce qui, à la longue, me pesa énormément.

Que pouvaient en effet se dire, à l'époque, un homme d'une soixantaine d'années et un jeune homme de vingt-cinq ans ? Après le déjeuner, nous partions, à pied, faire un tour de digestion au parc du Retiro – le Luxembourg de Madrid – et nous ne revenions à l'ambassade que pour nous rendre tout droit à nos bureaux.

Je me consolais comme je pouvais de ce pensum quotidien en me disant que je faisais l'économie d'un repas sur mon modeste traitement !

Il n'y eut pas que des inconvénients dans ma vie madrilène.

Gibraltar, zone franche, n'étant pas loin de la capitale, nous pouvions faire venir beaucoup d'articles à des prix très accessibles à nos bourses.

Pour ma part, je me contentais d'acheter du tabac, des cigares et des cigarettes des meilleures marques au plus bas prix. Avec mes collègues, nous écrivions tous les mois environ à un commerçant qui nous adressait un gros colis par la valise diplomatique, circulant entre le consulat de France de Gibraltar et l'ambassade à Madrid – ni vu ni connu.

C'est ainsi que j'ai commencé ma collection de tabac – j'avais déjà conservé quelques paquets de gris de la guerre de 14-18 – aujourd'hui entassée dans des tiroirs, des armoires, et dont ma famille se moque gentiment.

Je l'ai continuée à Constantinople où les Hauts-Commissaires des puissances alliées dirigeant le pays occupé avaient accès aux entrepôts du monopole turc. À la Cour des Comptes, on partageait avec les hauts fonctionnaires du ministère des Finances le privilège de bénéficier, une fois l'an, des invendus annuels de la SEITA, le monopole des tabacs français. On pouvait y acheter à bon marché de très belles boîtes en bois remplies d'excellentes cigarettes.

J'ai terminé cette collection à l'OTAN où un bureau de tabac spécial vendait sans taxe aux membres de l'Organisation des produits pétuniers venant de tous les pays de l'Alliance.

Aussi, lorsqu'on me dit que le tabac ne se conserve pas indéfiniment, je réponds : « Venez donc fumer l'un de mes gros cigares de cinquante ans d'âge, et vous m'en reparlerez ! »

Ma fille Madeleine, quant à elle, apprécie beaucoup les élégantes cigarettes turques, mauves, jaunes, roses, vert pâle à bout doré, dont je possède encore quelques anciennes boîtes.

En 1920, alors que je me trouvais à Madrid, l'impératrice Eugénie mourut, à l'âge de quatre-vingt-quinze ans. Née en 1825, elle avait été impératrice de France pendant près de vingt ans, et s'était même retrouvée régente, durant le premier mois de la guerre en 1870, tandis que son mari était aux armées, jusqu'à ce qu'il fût fait prisonnier.

Eugénie de Montijo était une superbe Espagnole, un peu fantasque. Un beau tableau de Walter Halter – une scène magnifique – la montre entourée de ses dames d'honneur. Depuis longtemps, elle vivait à Madrid, hébergée par ses neveux, le duc et la duchesse d'Albe, lorsqu'elle disparut.

Comme elle était parente du roi d'Espagne, l'événement prit une dimension suffisamment considérable pour que toutes les cours d'Europe – et il y en avait encore beaucoup – envoient des délégations imposantes, voire des chefs d'État, à ses obsèques qui eurent lieu huit ou dix jours plus tard.

Jugez de l'embarras pour le gouvernement français !

On ne savait que faire : la République l'avait flanquée dehors avec son mari ! Tout de même, on ne pouvait pas ignorer qu'Eugénie de Montijo avait été impératrice de France, et régente.

Fallait-il réunir une importante délégation avec des membres du gouvernement, ne rien faire ou en faire le moins possible ?

Pendant huit jours, le téléphone fonctionna en permanence entre Paris et Madrid, et l'affaire fit grand bruit dans les couloirs de la diplomatie. On finit par décider qu'il y aurait bien une représentation française, mais la plus modeste possible. L'ambassadeur fut invité à désigner quelqu'un de son ambassade.

Fraîchement débarqué dans des bureaux trop grands, j'étais alors le plus jeune attaché, vivant dans l'ombre de l'ambassadeur auquel j'étais censé rendre quelques menus services. On me choisit donc, et je fus chargé d'aller représenter seul le gouvernement français aux obsèques de l'ex-impératrice de France.

On mit à ma disposition une voiture et un chauffeur, et, en grand uniforme, je me rendis à la maison mortuaire pour y suivre la cérémonie funèbre, lourdement protocolaire.

Ma place m'avait été soigneusement indiquée dans le cortège qui se dirigea à pied jusqu'à l'église. Elle était plus qu'honorifique : la famille de l'impératrice d'abord, le roi d'Espagne et ses proches ensuite, et moi, suivi de tout le corps diplomatique et des délégués de tous les pays d'Europe !

J'étais gonflé d'orgueil, mais très préoccupé de me tenir avec dignité.

La messe célébrée dans la cathédrale de Madrid fut très belle, puis les cortèges se séparèrent dès la sortie de l'église car l'inhumation au caveau des ducs d'Albe eut lieu dans l'intimité familiale.

En partant, je signai le livre comme on me l'avait expressément indiqué : *Robert Chapsal, attaché d'ambassade, représentant du gouvernement français.*

Tout compte fait, cela m'a bien amusé et vivement intéressé, mais quand je dis aux jeunes générations : « J'étais présent à l'enterrement de l'impératrice Eugénie ! », elles ne veulent pas me croire !

À Madrid, j'ai pu assister à d'autres cérémonies très curieuses, notamment durant la semaine de Pâques.

Le Jeudi saint dans la religion catholique est, dit-on, le jour où le Seigneur a lavé les pieds des pauvres et leur a servi à manger. Eh bien, à l'époque, en Espagne, Alphonse XIII se soumettait toujours à cette tradition. Dans cette même cathédrale où nous avions assisté aux obsèques d'Eugénie, une belle et grande église au centre de la ville, il conviait toutes les personnalités de Madrid et le corps diplomatique au complet pour assister à ce rituel.

Ce jour-là, nous arrivions tous en grand costume, et dans cette profonde nef d'où l'on avait enlevé le mobilier habituel, on avait disposé une table toute en longueur. De chaque côté, douze mendiants, hommes et femmes, s'asseyaient les uns en face des autres. On les avait sortis des asiles où on les hébergeait et on les avait toilettés. Ils étaient vêtus en pèlerins. Du côté des hommes, se tenait le roi, avec derrière lui les grands d'Espagne, de l'autre la reine, avec les grandes d'Espagne.

Les souverains se livraient alors à un simulacre du lavage des pieds. Les mendiants n'étaient déchaussés que d'un côté, et le roi leur plongeait le pied dans une bassine d'eau. Un grand d'Espagne, qui se tenait juste derrière lui, frottait un peu puis essuyait.

La reine en faisait autant pour les femmes. Suivait le repas servi par le roi, auquel la reine ne paraissait pas. Les mendiants s'approchaient de la table, puis le roi recevait – sortant du fond de l'église – des plats magnifiquement dressés, poulets, faisans, poissons. Il les posait lui-même au milieu de la table, puis attendait quelques instants. Mais ce n'était qu'un simulacre, personne ne touchait à rien, peut-être même ces plats n'étaient-ils pas véritables. De là où j'étais, je ne pouvais en décider mais quelqu'un m'a confié plus tard que ces mets étaient vrais, et distribués ensuite aux hôpitaux.

Curieusement, il n'y avait pas de boisson ! Enfin, le roi desservait la table et tendait les plats à des domestiques qui les emportaient. Un curieux mais très joli spectacle.

Je suis resté à Madrid treize ou quatorze mois. L'été, il y faisait une chaleur épouvantable, autant peut-être qu'à Rome.

Toute la Cour partait pour San Sebastian, dès le 15 juin. Mais nous, les Français, quittions la capitale les derniers, car notre fête nationale était la dernière en date et l'ambassadeur tenait absolument à la célébrer à Madrid ! Nous ne pouvions nous en aller que le 15 juillet au plus tôt.

À San Sebastian, nous descendions à l'hôtel, où nous demeurions tout le temps que la Cour d'Espagne passait dans son château qui surplombait la mer.

Je me rappelle aussi la venue à Madrid du maréchal Joffre. Vers 1919, le gouvernement français avait décidé d'envoyer dans plusieurs pays une délégation officielle. Naturellement, le roi d'Espagne, après l'avoir reçue, convia le Maréchal à déjeuner, avec tout le personnel de notre ambassade.

J'ai donc été invité à déjeuner au Palais royal, en compagnie de mes collègues et de leurs femmes. Il ne s'agissait pas de s'amuser ! Nous arrivions en uniforme avec sur la tête le bicorne et l'épée au côté. Comme on ne pouvait pas déposer le bicorne au vestiaire, on le gardait avec soi, même durant le déjeuner, posé sur les genoux, avec interdiction de le mettre à terre.

Nous étions contraints de manger les bras tendus, encombrés par ce gros bicorne. Il fallait aussi veiller à ce que les serveurs ne se prennent pas les pieds dans l'épée. Cela n'est pas toujours une sinécure d'être diplomate !

Joffre était très cordial, très convivial. Je m'étais réjoui de me rendre à ce déjeuner, malgré la pesanteur du protocole. La reine, qui portait un costume entièrement constellé de diamants, constituait un spectacle remarquable ! La richesse de son habit et de celui de ses dames d'honneur évoquait celle des Indes, au faste analogue. Les Espagnols en avaient les moyens, n'ayant pas eu à souffrir de la guerre. Ils en avaient même profité pour faire du commerce avec chacun des belligérants, et avaient ainsi gagné beaucoup d'argent.

Le 1er janvier 1920, j'ai assisté à la cérémonie du Nouvel An, au cours de laquelle Alphonse XIII recevait les vœux des représentants des autres gouvernements, comme cela se fait toujours à l'Élysée chaque année. Tous les ambassadeurs étaient conviés, disposés suivant leur ancienneté à Madrid, et nous, les attachés, nous nous rangions en file derrière eux.

En passant devant moi, et remarquant probablement mes décorations, ou renseigné par son secrétariat, le roi me dit :

« Vous avez fait la guerre ?

— Oui, Sire.

— Dans quelle arme étiez-vous ?

— Dans le 39e régiment d'artillerie, Sire.

— À Verdun ?

— Oui, à Verdun, c'est même là que j'ai été blessé.

— Ah, reprit-il, alors vous étiez à… »

Il dit un nom que je n'avais jamais entendu et où je ne m'étais pas trouvé.

Mais je connaissais le protocole : on ne contredit pas un roi. Je répondis : « Oui, Sire. »

Le roi passa ensuite à l'autre ambassade, celle d'Allemagne, où il se livra au même jeu de questions.

Je le trouvais plutôt bien, cet Alphonse XIII, le menton un peu à la Charles Quint, mais bien quand même. Et je crois qu'il était aimé de son peuple. Pourtant, il ne voulut pas rester après que les Espagnols eurent voté massivement pour les socialistes aux élections municipales. Le sentiment républicain était alors très fort.

Lorsque Joffre était arrivé par le train, j'avais été l'accueillir à la gare avec mes collègues, en grand costume et chapeau haut de forme.

La gare était bondée ; beaucoup criaient « Viva la República ! » en apercevant le maréchal, mais dès qu'ils voyaient poindre le nez d'un policier, ils ajoutaient en chœur, d'un air innocent « … francesa ! »

En somme, mon séjour à Madrid se passait de la façon la plus agréable et je ne peux, avec le recul, mentionner qu'un seul désagrément. Il m'a d'autant plus affecté que j'avais agi en toute innocence.

Au cercle de *La Pena*, je déjeunais souvent avec le ministre plénipotentiaire de Hollande, M. Van Vollenbrowen. Nous nous asseyions à la même table et devisions plaisamment.

« Dimanche prochain, me dit-il un jour, je suis invité par les autorités municipales de Vitoria à venir visiter la ville. Voulez-vous m'accompagner ? Je suis seul, cela vous promènera. »

N'ayant rien de prévu pour ce dimanche-là, j'acceptai, ravi d'aller faire un tour en automobile dans cette petite ville située au nord de Madrid.

Une fois sur les lieux, nous fûmes reçus par les autorités. Grand déjeuner, visite des lieux et signature du Livre d'Or à la mairie. Au moment de partir, le maire remit au ministre de Hollande la grande médaille d'honneur en argent de la ville et, comme je l'accompagnais, il m'offrit une petite médaille en bronze, geste auquel je ne m'attendais nullement, mais qui me toucha.

Nous retournâmes à Madrid, enchantés de notre promenade. Le lendemain, je montrai fièrement ma médaille à mes collègues, en leur narrant mon expédition.

Mes propos parvinrent aux oreilles de l'ambassadeur qui me convoqua dans son bureau et me tança aussitôt vertement ! « Il est inadmissible, me dit-il, que vous acceptiez de recevoir une "décoration" du pays où j'exerce mes fonctions sans mon autorisation préalable ! »

J'eus beau m'expliquer, dire que je n'avais pas sollicité quoi que ce fût, et que j'avais été le premier surpris par le geste des autorités de Vitoria, il ne voulut rien entendre et me renvoya dans mon bureau d'une manière fort peu courtoise.

J'avoue que j'étais très ennuyé. Je n'avais commis aucun crime, mais j'avais enfreint sans y songer l'une des règles essentielles du corps diplomatique : en toute circonstance, un membre d'une ambassade représente son pays et son ambassadeur et doit se rappeler qu'en lui-même, il n'est rien !

Les sourires moqueurs de mes collègues de l'ambassade m'évoquèrent longtemps ce fâcheux épisode. Quant à la médaille, moi qui les garde toutes, je ne sais pas ce que celle-là est devenue...

Pendant tout le temps que j'ai passé en Espagne, la France ne m'a pas trop manqué. D'abord, elle n'était pas si loin, et puis la vie que je menais à Madrid avait de quoi combler mon appétit de plaisirs ; plus encore l'été à San Sebastian.

Dans la capitale, je me rendais souvent à *La Pena*, une sorte de *Jockey-Club*, le cercle aristocratique dont tout le personnel des ambassades faisait automatiquement partie. On y jouait beaucoup, au baccara et à la roulette, que j'aimais bien. À certains moments – et je choisissais bien sûr ceux-là pour profiter du jeu – il n'y avait pas de zéro, et donc moins d'argent à perdre. En quelque sorte, on se sentait plus à égalité avec la banque.

J'ai toujours aimé jouer, c'est vrai, surtout aux cartes. Quand j'étais simple soldat, avec nos camarades paysans, nous jouions à des jeux campagnards : par exemple, à la bourre à deux sous ! J'aimais ces jeux simples. Des jeux tout à fait sobres et qui faisaient passer le temps. À la guerre, le temps est le deuxième ennemi.

Même à mon âge, je continue à jouer au bridge le plus souvent que je le peux. Au cercle, à Saintes, mais aussi chez les uns ou les autres à Paris. C'est un jeu convivial et une bonne façon d'entretenir des relations d'amitié, car sans amis, la vie est un désert.

Et puis j'ai quitté Madrid pour quelques jours de congé en France, mais je n'y suis pas resté longtemps. Le Quai d'Orsay m'a très rapidement nommé troisième secrétaire à Constantinople, capitale de la Turquie, pays occupé depuis l'Armistice par les puissances alliées.

Leurs représentants ne s'appelaient plus «ambassadeurs» mais «hauts-commissaires», et des forces militaires de terre et de mer ont stationné dans le pays jusqu'à la signature du traité de paix à Sèvres.

Tout ce que je savais de l'Espagne s'est effacé, et je suis entré dans mon nouveau poste comme dans une nouvelle peau. Le cadre, l'environnement politique et humain, mes supérieurs, mes collègues, la langue, tout était différent, et il allait bien falloir que je m'y fasse. Sur-le-champ.

Telle était la vie, faite de mues successives, que j'avais alors choisie : celle de diplomate.

Constantinople ou la douceur de vivre

Ah! la vie en Orient à l'époque! Ceux qui ne l'ont pas connue ne savent pas ce qu'est la douceur de vivre! À croire qu'on est sur terre uniquement pour profiter de l'existence…

Ce qui me convenait parfaitement!

C'est d'ailleurs à Constantinople que j'ai rencontré Paul Morand, mon aîné de quelques années, lui aussi dans les ambassades, avec qui je suis sorti plus d'une fois. Il en a même tiré l'un de ses livres : *Ouvert la nuit*. Bien plus tard, Morand a envoyé une lettre à Madeleine pour lui dire que lui aussi se souvenait de moi et de cette période exceptionnelle.

Il m'était d'autant plus loisible de m'adonner aux plaisirs que je n'avais pas trop à faire. En tout cas rien d'épuisant, bien que j'eusse deux fonctions différentes à remplir.

Après la fin de la guerre de 1914, Constantinople et sa région étaient occupées et administrées par les pays alliés, c'est-à-dire la France, l'Angleterre et l'Italie. Comme la ville était très étendue, on l'avait divisée en trois secteurs : chaque puissance alliée avait le sien, avec sa police, ses gendarmes, ses soldats et ses marins.

Les trois hauts-commissaires se réunissaient une matinée par semaine pour délibérer sur les différents problèmes de la ville, de la question des impôts jusqu'à celle, importante aussi, des bordels !

Mon haut-commissaire, le général Pellé, m'avait nommé secrétaire de cette commission, qui se tenait alternativement dans chacune des ambassades. C'était ma première fonction.

Quand la séance avait lieu à l'ambassade de France, j'en faisais le compte rendu ; dans les autres ambassades, le délégué du haut-commissaire britannique ou italien s'en chargeait. Mon confrère d'Italie s'appelait Piero Quaroni. Je m'en souviens parce qu'il est resté aussi longtemps que moi et qu'il nous arrivait de faire la fête ensemble. Les Italiens aussi avaient envie d'oublier la guerre, même si elle ne leur avait pas coûté autant qu'à nous. Piero a terminé sa carrière comme ambassadeur d'Italie à Paris, où j'ai eu le plaisir de le revoir dans sa haute fonction – nous étions devenus tous les deux beaucoup plus sérieux !

Rédiger le rapport de séance des hauts-commissaires, une fois toutes les trois semaines, était un travail peu fréquent, mais assez délicat : il fallait écouter, noter les discussions en quelques mots, en tenant compte des divergences – il y en avait souvent – et des décisions prises (ce que font en somme les rapporteurs à l'Assemblée nationale). Cela me prenait en tout deux ou trois jours. Le reste de mon temps était consacré à une autre fonction que le haut-commissaire m'avait réservée, celle-là beaucoup plus prenante et intéressante.

La France était protectrice des lieux saints et de tous les chrétiens dans l'Empire ottoman, qu'ils fussent orthodoxes, arméniens ou protestants. Du moment que quelqu'un était chrétien, il relevait de la protection de la France.

Cette disposition datait de Louis XIV : le Saint-Siège avait passé une convention avec la France stipulant que nos représentants dans les pays barbaresques – c'est-à-dire la Turquie, l'Arabie, la Perse, l'Égypte, l'Algérie, la Tunisie, le Maroc – se devaient de défendre et de protéger les chrétiens. Depuis la fin de la guerre, la convention ne jouait plus que pour l'Empire ottoman, notamment la Turquie d'Europe, où les établissements chrétiens relevaient toujours de notre protection. Les établissements français étaient les plus nombreux, collèges de filles et de garçons, séminaires pour les futurs prêtres.

J'étais donc chargé de m'occuper d'eux et, en cas de problème, de proposer des solutions à mon haut-commissaire. Je devais aussi répartir les subventions concédées annuellement à ces organismes pour entretenir leurs écoles et leurs internats.

Pour m'acquitter de cette fonction, j'avais à les visiter au moins une fois l'an, écouter les doléances des directeurs et établir un rapport. Je devais aussi fixer pour chaque établissement le quota à prélever sur le budget réservé par le ministère des Affaires étrangères à l'entretien des écoles et aux émoluments des professeurs, afin d'aider au développement de la langue et de la culture françaises.

On mesure mal, aujourd'hui, l'ampleur du domaine que représentait à l'époque ce qu'on nomme désormais la francophonie, mais que nous appelions l'«influence française», culturelle et religieuse, dans l'ensemble du monde. À la mesure de cet empire, un nombre considérable de personnes y étaient employées, la plupart à plein temps.

J'ai accompli cette tâche pendant quatre ans, et elle m'a extrêmement intéressé. Je devais aussi présider aux examens, assister aux distributions de prix et aux fêtes des collèges.

Chaque année, avant les vacances, l'année scolaire était sanctionnée, comme en France, par un examen, baccalauréat, brevet, simple et supérieur. J'étais toujours le président du Jury, mais je m'appliquais à suivre ponctuellement les décisions des examinateurs.

Les épreuves dans les écoles de filles retenaient plus particulièrement mon attention, surtout les séances de gymnastique ! Je n'étais pas le seul, je dois reconnaître que les ecclésiastiques suivaient aussi de très près les progrès sportifs de ces demoiselles !

Ces examens me prenaient beaucoup de temps : j'en fus récompensé quelques mois plus tard par la croix de chevalier de l'Instruction publique, que je ne porte qu'en brochette avec toutes les autres, pour les cérémonies officielles.

Une autre obligation m'incombait, comme à tous mes collègues : nous devions assister aux messes du dimanche. Il y avait plus de cinquante établissements religieux dans la ville, et tout le personnel du haut-commissariat était mobilisé pour se rendre chacun à une messe, parfois à deux ! Il n'était pas question d'y manquer. Comme nous représentions la puissance protectrice, nous étions reçus avec les plus grands honneurs, fût-on le dernier sous-fifre du haut-commissariat !

Cette situation honorifique avait des avantages et des inconvénients : on nous asseyait dans un fauteuil spécial, très confortable, mais il ne fallait pas songer à s'amuser – ma spécialité à l'époque – ni à s'agiter ou à chercher à bavarder ; isolés comme l'évêque sous son dais, nous étions trop exposés à la vue de tous…

Pour m'occuper, je suivais le déroulement de la cérémonie, généralement fort belle, accompagnée par des chants et de la musique, et j'admirais la magnificence orientale de ces églises, si richement décorées.

Un jour, j'eus une émouvante surprise. Au cours de ma visite au collège de jeunes filles de Notre-Dame-de-Sion, où beaucoup de jeunes Levantines étaient éduquées, j'allai saluer la mère supérieure, alors très âgée.

«Je vous attendais, me dit-elle. Vous êtes bien Robert Chapsal, fils de Fernand Chapsal?

— Oui, ma mère.

— Eh bien, lorsque j'étais moi-même élève à Notre-Dame-de-Sion, à Paris, j'ai eu pour condisciple votre mère, Amélie Bouchon-Brandely! Je l'aimais bien. Nous étions très amies, puis j'ai pris l'habit religieux; j'ai été envoyée, comme vous le voyez, dans différents pays, ce qui fait que je ne l'ai plus revue. Mais j'avais retenu son nom et je savais qu'elle avait épousé un Fernand Chapsal. Et aussi qu'elle était morte précocement. Quand je vous ai vu, vous m'avez immédiatement rappelé sa physionomie et sa façon d'être. Je voulais vous le dire.»

Ses mots m'ont beaucoup ému, comme tout ce qui m'évoquait ma mère. Je suis retourné voir la mère supérieure deux ou trois fois, mais elle ne m'en a plus reparlé. Sans doute jugeait-elle que trop d'attendrissement ne convenait pas à son état.

Jamais je n'ai mené une vie aussi agréable qu'à Constantinople. D'abord, je suis tombé amoureux!

Pas d'une Orientale – elles n'étaient pas de mon goût, trop surveillées et trop grosses. Ah! les dames turques! Les Turcs les aimaient volumineuses, ils détestaient les planches à pain. Ils voulaient des femmes fortes, et même très fortes.

Cela ne m'empêchait pas de sortir parfois avec elles, en tout bien tout honneur. Dans les harems, elles n'avaient pas grand-chose à faire. Quand elles allaient dehors, c'était toujours couvertes d'une sorte de léger voile qui rappelait plutôt une voilette et qu'on appelait le *tchartchaf*. Il m'arrivait de porter un *fès*, acheté tout exprès, car il n'était pas question d'accompagner une dame turque avec un chapeau ou une casquette sur la tête. Si je ne parlais pas, sous ma moustache, avec ma figure un peu ronde à l'époque, et comme les Turcs sont blancs de teint, on ne pouvait deviner que j'étais français.

Ce n'est pas d'une Turque que je suis tombé amoureux, mais d'une Française qui se trouvait là depuis quelques mois, Germaine Falconnet. J'ai souvent expliqué à mes filles que ce prénom, à mon sens, est le plus beau de tous, parce qu'il signifie sœur ; mais jusqu'ici je ne leur ai pas avoué la vraie raison de mon engouement.

Germaine, qui devait avoir vingt-deux ou vingt-trois ans, était nantie d'un protecteur de cinquante ans, un certain Louis J., recruté à Paris. Il lui avait offert une petite boutique de modiste, qu'elle avait ouverte sous le nom de *Pierrette Cartier, modiste de Paris*.

Au début, le vieux monsieur ne sut rien de notre liaison, mais du jour où il l'apprit, par des jaloux du bonheur d'autrui, il lui coupa les subsides. Cela ne fit pas de drame, au contraire : Germaine vint habiter chez moi, avec son chat que nous appelions entre nous «le fils».

Nous nous accordions très bien, et sa boutique marchait fort : elle avait beaucoup de clientes parmi les Levantines – pas les Turques – car elle possédait le «chic» de Paris, dont elle était originaire.

Mais le temps a vite passé, j'ai dû quitter Constanti-nople, et Germaine. Pour elle comme pour moi, les adieux – qui ne se firent pas en une fois – furent déchirants.

Germaine avait hésité à rentrer avec moi. Elle est même venue me rendre une fois visite à Paris, mais son affaire de modiste prospérait et elle n'a pas voulu l'abandonner. Nous ne nous sommes jamais revus. C'est l'inconvénient d'être diplomate, on ne reste pas longtemps en place : ou ceux qu'on aime vous suivent, ou bien l'on doit s'en séparer !

(Le dilemme s'est à nouveau présenté quand j'ai rencontré ma première épouse, la mère de mes filles. Elle aussi était dans la mode, où elle réussissait à merveille. Madeleine me dit que je semble avoir eu du goût pour les créatrices de mode ! Marcelle était une artiste de toute première classe – le bras droit de Madeleine Vionnet – et il n'était pas question qu'elle quitte Paris et sa haute clientèle. L'un de nous deux devait renoncer à ce qu'il faisait : ce fut moi !)

Germaine et moi avons quand même failli nous revoir, et comme j'étais alors divorcé, qui sait ce qui aurait pu se passer si cela s'était produit.

C'était au début de la guerre de 40, quinze ans plus tard. Germaine, qui s'était mariée sur place avec un médecin français, était revenue seule en France. J'ai encore sa lettre : elle me disait qu'elle avait obtenu mon adresse, non sans difficulté, par la Cour des Comptes, qui hésitait à la lui donner. Malheureusement, j'étais à nouveau mobilisé, je me trouvais au camp de Montreuil, où j'aidais à mettre sur pied un régiment d'artillerie et instruisais les bonshommes pour leur montrer comment tirer au canon.

Germaine ne pouvait pas attendre que sa lettre me parvienne : elle devait repartir à toute vitesse pour Constantinople : C'était les tout premiers temps du conflit et elle ne désirait pas demeurer en France. Son mari étant resté sur place, elle devait rentrer.

Dans sa lettre, elle me dit : « Écris-moi à mon hôtel, viens me voir, je voudrais tellement te rencontrer avant de repartir pour la Turquie. »

Hélas ! Nous nous sommes ratés. Je ne sais pas ce qu'elle est devenue, elle ne m'a plus jamais écrit. Elle doit être morte, aujourd'hui. C'était une femme qui ne pouvait pas avoir d'enfants, et quand j'étais jeune, cela me paraissait commode ! À présent, je trouve notre histoire plutôt triste.

J'ai toutefois gardé d'excellents souvenirs de la Turquie, et des Turcs. Ce sont de bons types, quoique capables de se comporter en sauvages à la moindre escarmouche. S'ils se sont montrés barbares avec les Arméniens, et avec d'autres, comme les Grecs ou les Syriens, c'est que ces derniers les provoquaient. Ces pays occupés supportaient mal l'hégémonie turque, alors ils avançaient à petits pas, tout petits pas…

Au début, les Turcs n'intervenaient pas ; par tempérament, ils aiment la tranquillité. Et puis, tout à coup, le pacha qui représentait le sultan déclarait que son gouvernement en avait assez de ce harcèlement. Il ordonnait un massacre, et pour un temps, tout rentrait dans l'ordre. (Soixante-dix, ans plus tard, dans les Balkans, ce sont toujours les mêmes luttes fratricides et vaines.)

En ce qui me concerne, je trouvais les Turcs plutôt sympathiques, ils parlaient souvent français. Les gens de la société, les fils de bey ou de pacha avaient été éduqués au lycée franco-turc de Galata Seraï, où on leur avait admirablement enseigné notre langue.

Toutes les communications du ministère turc des Affaires étrangères étaient d'ailleurs rédigées dans un français parfait à la virgule près ; il n'y avait jamais rien à reprendre.

J'appréciais aussi leur style de vie et, si j'ai laissé en partant l'essentiel de ce que je possédais à Germaine, j'ai quand même rapporté quelques menus objets que j'ai installés dans une petite pièce de notre maison du Limousin, que mes filles appelaient la chambre turque. Des tissus brodés, une table, un narguilé, des gravures, un sofa avec des coussins, un paravent incrusté de nacre. J'ai ainsi tenté de reconstituer l'ambiance où j'avais été si heureux avec Germaine, et dont j'ai toujours gardé la nostalgie. C'était aussi le meilleur de ma jeunesse.

Je ne fumais pas le narguilé. Je l'avais essayé une fois, mais je n'avais pas trouvé ça bon parce que la fumée du tabac, refroidie dans de l'eau, vous arrive fraîche dans la bouche ! Cela ne me plaisait pas. L'instrument nécessitait par ailleurs la présence constante d'un serviteur pour rallumer le foyer, car ce tabac un peu spécial – d'Orient bien sûr – s'éteint rapidement. Il fallait sans cesse rajouter du petit charbon de bois pour entretenir l'espèce de fourneau dans lequel il brûle.

En revanche, j'appréciais énormément la nourriture : tout ce qu'il y a de meilleur, du gibier jusqu'au caviar, du poisson aux fromages, aux fruits, avec les vins les plus raffinés. Servie à l'ambassade et dans certains restaurants, cette cuisine n'était pas spécialement turque.

La gastronomie du pays se distingue surtout par l'abondance du sucre, dont les Turcs sont friands, au point d'en mettre partout. Leurs gâteaux sont sucrés au maximum ! Les dames de là-bas, qui se nourrissent de plats sucrés et de loukoums, finissent par devenir volumineuses.

Une nuit, j'ai participé à un événement historique. Nous fûmes réveillés par un branle-bas général.

« Habillez-vous vite ! Dépêchez-vous !

— Mais que se passe-t-il ?

— On vous le dira tout à l'heure, quand vous serez prêts… »

Le haut-commissaire lui-même nous informa enfin que le sultan voulait quitter Constantinople, où il ne se trouvait plus en sûreté. Les troupes alliées allaient en effet se retirer, et le traité mettant fin à la guerre serait bientôt ratifié ; le territoire occupé par les pays alliés serait rendu aux nouvelles autorités turques. Le sultan, le pauvre gars, risquait d'être accusé de collaboration avec les troupes d'occupation. Or, il n'avait rien pu empêcher, il n'avait d'infrangible que son palais.

Il allait être accusé de trahison, savait qu'on voulait lui régler son compte, et faisait maintenant appel à nous, les Français !

Sur l'ordre du haut-commissaire, nous nous retrouvâmes donc dans son appartement privé. On décida que le départ du sultan serait organisé pour la nuit même.

Vers les cinq heures du matin, nous vînmes le chercher dans son palais pour le conduire avec sa suite sur l'un des vaisseaux de guerre qui devait l'amener en France.

Après une certaine attente, je vis soudain surgir le sultan enveloppé de voiles blancs. Puis venaient ses femmes, cinq ou six, au plus, empaquetées comme des momies : on ne leur voyait rien du tout ! Il y avait aussi quelques hommes. Tous s'engouffrèrent dans des ambulances, plus discrètes que des voitures de maître, précédées d'un véhicule de police qui faisait fonctionner sa sirène et son gyrophare, comme pour ouvrir la route à des blessés à évacuer d'urgence. Ce qui était, en quelque sorte, le cas.

Le sultan et sa suite furent conduits au port où un canot à moteur les emmena immédiatement embarquer à bord du navire, le *Waldeck Rousseau*. Mehmed VI est resté paisiblement en France, du côté de Cannes, jusqu'à sa mort quelques années plus tard.

Après ce départ en catimini, les troupes françaises rembarquèrent elles aussi, suivies des troupes italiennes et anglaises. Il n'est pas resté un seul soldat allié, et on craignait ce qui allait se passer avec l'arrivée d'Atatürk, demeuré jusque-là dans la zone montagneuse d'Ankara. De l'immense Turquie, à peu près aussi étendue que les Indes, nous n'avions occupé que la partie européenne.

En réalité, tout demeura plutôt calme, dans les ambassades, et la vie reprit son cours. En ce qui me concerne, j'eus même une sorte d'aubaine : des Grecs que je connaissais très bien – je dansais et jouais au tennis avec leurs filles – décidèrent brusquement de s'en aller. Ils s'étaient fortement compromis avec nous, les occupants, et eux aussi craignaient des représailles.

En partant, ils m'ont abandonné la jouissance de leur petit hôtel, où ils avaient tout laissé, même une domestique, prévoyant de revenir dès que le calme serait rétabli. En leur absence, ils préféraient que la maison fût habitée. Si possible par un diplomate, pour échapper aux réquisitions des locaux laissés vides. C'étaient des Grecs très riches, qui s'appelaient les Philicos.

Je n'étais pas le seul à avoir ainsi «hérité» d'une confortable résidence. La plupart de mes collègues, s'ils le désiraient, pouvaient occuper la maison d'un Grec, d'un Arménien ou d'un Juif turc. Ils ne se sentaient pas non plus en sécurité sous le nouveau régime et attendaient que la situation se décantât pour revenir.

L'endroit était parfait. Je m'y suis tout de suite installé avec Germaine, mais je n'y suis pas resté longtemps. La tournure que prenaient les événements, la menace possible de persécutions, rien de tout cela ne me plaisait.

Sans compter que le premier geste des nouveaux Turcs, probablement pour nous embêter, a été de décréter le régime sec ! Interdiction de boire, même un verre de vin, dans les endroits publics ! Ce gouvernement devenait trop policier pour mon goût et j'ai demandé mon rappel. Depuis quatre ans que j'étais en poste à Constantinople, j'y avais droit.

J'ai donc laissé la maison à un ami que je m'étais fait là-bas, Henri Crougneau ; un homme très gentil, très aimable, qui travaillait à la Banque ottomane, laquelle fut vraisemblablement nationalisée quelques mois après mon départ ; tous les employés étrangers durent rentrer. Quant à la maison du Grec, je n'ai pas su ce que Crougneau en a fait.

Les Turcs, qui avaient subi notre présence, et même fraternisé avec nous, ont-ils eu des ennuis par la suite ? Tout le monde avait peur, surtout les Levantins qui n'avaient pas hésité à faire des affaires avec les troupes d'occupation.

Les Levantins ne sont ni turcs ni islamiques, ils sont orthodoxes, surtout originaires de Grèce ou de Syrie.

Nombreux, ils tenaient la banque, le commerce, l'agriculture et contribuaient, en quelque sorte, à faire la fortune du pays.

Les Turcs, eux, ne s'occupaient pas de grand-chose, en dehors des gros travaux, de l'édification des bâtiments, et de l'armée. En fait, ils étaient surtout bons pour la guerre. Même l'administration était sous la coupe des Levantins, qui y excellaient.

J'ai d'ailleurs failli me marier avec une demoiselle levantine dont le père, pacha, avait été ministre des Affaires étrangères du sultan. Finalement, j'ai renoncé, car la demoiselle ne me plaisait pas assez.

Toutes ces filles, fort riches, recherchaient des maris dans les ambassades, car les jeunes diplomates constituaient de beaux partis. Et elles désiraient quitter le pays, en particulier pour aller à Paris. Mais je ne me suis pas laissé faire, j'ai même esquivé le «coup du canapé», qu'en Orient on appelle un «sofa»!

Au fond de moi, même si j'étais un peu flirt, je savais que je n'épouserais jamais qu'une Française.

Et, malgré mon amour pour Germaine, je savais qu'il était temps pour moi de rentrer.

Je découvre le monde politique

À mon retour de Turquie, le Quai m'a nommé rédacteur à la direction des Unions internationales, qui, sous la houlette de M. Harismendy, ministre plénipotentiaire, établissait des accords entre la France et d'autres pays sur toutes les questions des relations internationales, à l'exception des questions politiques et militaires.

C'est ainsi qu'un beau jour de 1927 se réunit à Paris la première conférence internationale sur la circulation automobile.

Jusqu'alors, il n'y avait jamais rien eu de semblable. Les autos étaient encore très peu nombreuses, ne faisaient pas de grands parcours et ne traversaient que rarement les frontières.

Chaque pays avait alors sa propre réglementation ou même n'en avait pas du tout. Chacun faisait comme il l'entendait. Cela ne pouvait pas durer plus longtemps.

Le gouvernement français prit donc cette initiative, et sous l'autorité de M. Harismendy, représentant notre ministre des Affaires étrangères, eut lieu cette première conférence chargée de formuler une réglementation unique pour tous. Tous les pays d'Europe acceptèrent et furent représentés, rejoints par des délégués des autres continents.

La conférence travailla environ quinze jours et parvint à définir quelques règles communes à toutes les nations présentes.

J'avais été nommé secrétaire général et j'enregistrais les résultats des discussions. Les accords portaient notamment sur les permis de conduire (encore inexistants dans certains pays), les plaques minéralogiques, et enfin les signaux routiers.

Une vive discussion s'engagea entre les États-Unis et l'URSS sur le choix des initiales – les deux puissances voulaient utiliser les mêmes lettres ! – mais elles finirent par s'accorder ; le sigle US échut aux États-Unis, et SU à l'Union Soviétique.

Six signaux routiers furent aussi définis, six seulement, les plus nécessaires ; alors qu'aujourd'hui il en existe un nombre considérable, qui continue à croître. À mon avis, personne n'y comprend plus rien !

Une difficulté s'éleva : comment signaler un passage à niveau non gardé ? Ils étaient encore nombreux et c'était très dangereux. Il fallait inventer un sigle très parlant pour avertir les automobilistes d'un danger mortel.

Les congressistes, hommes d'un certain âge, se consultaient entre eux, et leurs propositions n'aboutissaient à rien. Tout en écoutant les conversations, histoire de passer le temps et sans intention précise, j'entrepris de dessiner une petite locomotive, toute noire, bien simple, avec une cheminée d'où sortait un gros panache de fumée.

Le président, ayant vu mon dessin, me prit le papier des mains et le montra à ses collègues en leur disant : «Ce dessin vous conviendrait-il ? Il signifie bien ce qu'il veut dire ! »

Après qu'il fut passé de main en main, ces gens qui avaient pourtant quelque mal à se mettre d'accord le trouvèrent tous à leur goût et l'adoptèrent aussitôt!

C'est ainsi qu'un pauvre petit dessin, né de mon désœuvrement, a fait le tour du monde, et le fait encore malgré la diminution des passages à niveau dans tous les pays! Évidemment, ce fut sans profit matériel pour moi. Ni même moral, car chaque fois qu'en ralentissant ou en m'arrêtant devant ce signal, je dis à mon passager ou à l'une de mes filles que je suis l'auteur du petit train, ils refusent de me croire! Pourtant, c'est vrai!

J'ai toutefois la satisfaction de penser que je suis le seul dessinateur à pouvoir se vanter d'un exploit aussi universel. (On me dit : avec Walt Disney!)

Un après-midi, alors que j'étais sorti fumer l'une de mes cigarettes favorites dans le couloir attenant à nos bureaux, en regardant par hasard par une fenêtre donnant sur la cour intérieure du ministère, je crus voir deux étages plus bas, à l'endroit où se trouve la salle d'attente du ministre, une silhouette qui me rappelait celle de mon père. Je ne la voyais que de dos, à travers la vitre, mais je devinai que je ne me trompais pas.

Mon père ne m'avait pas dit qu'il avait rendez-vous avec le ministre ; je savais seulement que le gouvernement avait récemment démissionné et que des pourparlers étaient en cours pour former le nouveau. Sa présence me parut étrange et, pour en avoir le cœur net, je descendis l'escalier quatre à quatre. Je trouvai effectivement mon père assis patiemment dans un fauteuil.

«Enfin, papa, que fais-tu là?

— Tu le vois, j'attends. Ton ministre, futur président du Conseil, m'a convoqué par téléphone ce matin ; je

crois qu'il veut me proposer un ministère dans son gouvernement. »

Étonné et ravi, je m'assis près de lui. Bientôt il fut
admis auprès du ministre ; je guettai en bouillant sa sortie du cabinet.

« Eh bien ?

— Il m'a proposé le ministère du Commerce et de
l'Industrie, j'ai accepté. »

J'étais au comble de la joie. Mon père, ministre, cela
voulait dire que j'étais, moi, fils de ministre… Vis-à-
vis de mes collègues, quelle gloire ! Tandis que mon
père s'éloignait, je remontai à toute vitesse à mon service, pour annoncer à grands éclats de voix ce qui
venait d'arriver. Puis je retournai aussitôt à la maison
faire part de la bonne nouvelle à ma femme et à toute
la famille.

Être ministre, en 1927, n'était pas seulement une
haute fonction, mais un honneur. Je savais que mon
père l'avait mérité et qu'il allait remplir son mandat
avec le scrupule et l'acharnement au travail qu'il avait
montrés dans ses autres postes. Ma fierté, quoique un
peu enfantine, était légitime.

J'obtins sans difficulté du chef du personnel du Quai
d'Orsay d'être détaché comme membre de son cabinet
où je fus nommé « chargé de mission » – ce titre me
paraissant plus approprié que chef, chef-adjoint ou
attaché de cabinet.

Parmi mes missions figurait celle, ultra-secrète, de
constituer sans bruit les dossiers des futurs décorés de
la Légion d'honneur au titre du ministère du Commerce. Recevoir la Légion d'honneur comblait de joie
ses récipiendaires et j'étais heureux de participer à leur
bonheur. Peu de femmes parmi les candidats, mais

celles qui étaient désignées étaient exceptionnelles, comme mes enquêtes me l'apprenaient.

Par la suite, je fus plusieurs fois choisi par d'autres ministres pour être membre de leur cabinet, et par mon père chaque fois qu'il se retrouva au gouvernement. J'aimais le servir, car le voir à l'œuvre était un privilège. Mon père m'instruisait en tout, en particulier sur le bon usage du pouvoir et la façon de s'en protéger.

Il était de la gauche démocratique, et j'ai été élevé dans sa pensée politique. Disons qu'elle était plus radicale que socialiste, ce qu'on lui a reproché maintes fois.

J'étais et je suis resté comme lui. Toutefois, je n'ai pas cherché à épouser la carrière politique, je n'ai jamais été en quête d'un mandat. Après sa mort, j'aurais fort bien pu profiter du vide qu'il laissait pour suivre ses traces ; en fait la politique ne m'intéressait pas.

Je préférais m'occuper de peinture, de dessin, de sculpture, des œuvres de la main et de l'esprit, que d'aller passer mes dimanches à écouter des discours électoraux dont je connaissais par cœur le contenu pour les avoir entendus cent fois.

En période électorale, je lui servais de chauffeur lorsqu'il faisait sa tournée des mairies, en Charente-Maritime. Dans chaque commune où il arrivait, on lui offrait le pineau, la boisson alcoolisée régionale. À raison de trois ou quatre par matinée, et autant l'après-midi, il n'aurait jamais pu tenir debout ! Mais, à l'époque, si l'on voulait être élu, il était impossible de refuser.

Mon père me disait : « Je tremperai mes lèvres dans le verre, et tu le finiras à ma place. » J'étais ce qu'on appelle « le troisième bras » ; je faufilais ma main sous son coude pour m'emparer furtivement de son verre, je le vidais d'un coup avant de le reposer discrètement. Puis, pour me remettre avant de reprendre le volant, je déambulais dans les rues du patelin ou m'asseyais sur un banc pour observer les choses et les gens. Ce que j'aimais beaucoup. Avant tout, je suis un observateur.

Au bout d'un temps raisonnable, je venais retrouver mon père dans la salle où il terminait sa harangue, et nous repartions vers un nouveau village et de nouveaux électeurs à persuader.

Après la Seconde Guerre mondiale et la mort de mon père, je fus choisi pour devenir directeur du cabinet du président du Conseil de la République – ce fut le nom que porta le Sénat pendant quelques années – où j'occupai mon poste pendant sept ans consécutifs auprès de M. Gaston Monnerville, sénateur du Lot, un grand personnage lui aussi.

Longtemps je me le suis demandé : pourquoi avais-je accepté le rôle de second, sans jamais chercher à me promouvoir au premier rang ni à devenir un élu du peuple ? Cela tient-il à ma nature, plus rêveuse qu'il n'y paraît au premier abord ? Ma fille me dit : « Tu es né sous le signe du Cancer, c'est le signe de la lune ! »

Je ne sais si cela tient aux astres ou à autre chose, mais ma vocation véritable, si longtemps refoulée, est avant tout artistique ; sans compter mon besoin d'écrire.

Aujourd'hui encore, je consigne tous les jours dans mon journal les événements de la veille. J'ai besoin de m'épancher et de dialoguer avec moi-même. La politique ne vous en laisse pas le temps : un homme politique ne s'appartient plus, il se doit d'être tout le temps aux autres.

Une anecdote amuse mes descendants : mon père, lorsqu'il était à Saintes, habitait rue Saint-Maur, à deux pas de sa mairie. Mais, le matin, au lieu de s'y rendre directement en empruntant la rue Georges-Clemenceau, il faisait un détour par la place Blair. C'était pour permettre à ses administrés, dont beaucoup étaient des cultivateurs, trop réservés pour prendre rendez-vous à son bureau, de l'aborder dans la rue afin de lui exposer leurs problèmes. Ainsi, au lieu de se protéger des gens, il allait exprès au-devant d'eux ! On s'en souvient encore à Saintes.

Mais telle n'était pas ma vocation. Et puis, si j'aime mes amis et ne saurais me passer d'eux, le genre humain dans son entier est un trop gros morceau pour moi !

Une femme va changer ma vie

Une femme allait changer ma vie. Je n'ai pas peur de le dire : du tout au tout !

Lorsque je suis parti pour Constantinople, je l'avais déjà rencontrée : elle s'appelait Marcelle Chaumont et allait devenir ma première épouse. À l'époque, je sortais beaucoup dans de grandes soirées, avec ma jeune sœur Fernande, qui n'avait pas encore dix-huit ans.

Mon père exigeait que je lui servisse de chaperon dans les bals de société et les bals mondains, et cela ne m'amusait pas toujours follement de me rendre dans ces endroits nettement plus guindés que ceux où j'aurais préféré me trouver ! Mais j'étais bien obligé d'obtempérer : mon frère étant marié, il n'y avait que moi de célibataire.

C'est au *Bal des Petits Lits Blancs* que j'ai rencontré Marcelle. Cette élégante manifestation avait lieu une fois par an, à l'Opéra, sous le prétexte de la charité. La soirée devait servir à récolter de l'argent pour installer des lits supplémentaires dans les hôpitaux, à l'usage des enfants malades.

Ces soirs-là, tous les fauteuils disparaissaient sous un plancher sur lequel on pouvait danser. Dans cet immense Opéra, il y avait place pour plusieurs orchestres, l'un sur la scène, les autres dans le fond de la salle de spectacle, et aux étages. Il se trouvait aussi des buffets en grand nombre, dans les galeries, dans les entrées, partout.

Tous les participants, qui appartenaient à la meilleure société, mettaient leurs plus beaux vêtements et le spectacle était superbe. Les femmes avaient des robes du soir éblouissantes, les hommes étaient en habit avec cravate blanche, le smoking n'étant toléré que pour les tout jeunes gens.

C'est dans ce cadre prestigieux et romanesque que j'ai vu pour la première fois la future mère de mes filles. Elle était accompagnée par des gens de ma connaissance, ce qui a facilité notre rapprochement. Un peu plus âgée que moi, Marcelle était fort belle et comme elle travaillait dans la haute couture, aux côtés de Madeleine Vionnet, la plus célèbre créatrice de l'époque, son élégance était en tout point remarquable.

Je lui racontai mes voyages, ce qui l'intéressa. À son tour, ce qu'elle me dit de son métier, où elle commençait d'exceller, me toucha également. Depuis toujours, j'appréciais la grâce vestimentaire et j'avais de l'admiration pour ceux ou celles qui la créent.

Nous convînmes de nous revoir. J'allai la chercher chez Vionnet, dont la maison, à l'époque, était encore 222, rue de Rivoli. (Cette triple répétition du même chiffre nous amusait, nous disions : aux trois cocottes !)

La première fois, je l'emmenai à la pâtisserie *Rumpelmeyer*, qui, à cause de la guerre, a dû changer son nom, jugé trop allemand, pour *Angelina*. Ce premier rendez-vous s'est très bien passé : Marcelle a toujours été très gourmande, et glaces, gâteaux à la crème, chocolat, tout y était délicieux.

Par la suite, je l'attendais souvent à la sortie de son travail, m'adossant aux grilles des Tuileries, sur le trottoir d'en face. Nous allions aussi chez *Bodega*, le bar à la mode, sur les Grands Boulevards. Nous restions là à bavarder peut-être une heure, puis Marcelle prenait un taxi pour rentrer chez sa mère, qui habitait alors à Montrouge.

C'est à cette époque que j'ai été nommé à Constantinople, mais une fois là-bas, je ne l'ai pas oubliée. Je la trouvais extrêmement gentille et intéressante. C'était une femme qui menait avec courage une carrière passionnante et avait beaucoup de choses à raconter. Nous nous écrivîmes souvent. Si Marcelle n'avait pas dépassé le certificat d'études, son style écrit était étonnant, d'une élégance parfaite, comme tout ce qu'elle faisait et disait, et sans la moindre faute d'orthographe. À l'époque, les instituteurs – pour elle les sœurs d'Eymoutiers – apprenaient vraiment le français aux enfants.

Chaque fois que je revenais de Constantinople, je la prévenais et nous nous arrangions pour nous voir. J'utilisais tous les moyens pour aller le plus souvent possible à Paris. Ainsi, tous les quinze jours, un membre du ministère des Affaires étrangères arrivait par train de Paris porteur de la valise diplomatique, c'est-à-dire des papiers et des documents secrets destinés aux ambassadeurs. En fait, il la portait dans tous les Balkans. Il commençait par Vienne, il continuait par la Tchécoslovaquie, Belgrade, Sofia et terminait par Constantinople.

Arrivé là, il demeurait quatre ou cinq jours à se reposer puis reprenait le chemin du retour par l'Orient-Express, mais cette fois en direct parce qu'il n'avait plus rien à livrer – sauf à Paris.

L'un de ces envoyés, que je connaissais, m'avait dit : « Si vous voulez vous rendre à Paris pour quelques jours, je resterais volontiers un petit moment ici. J'ai envie de visiter la ville et le pays que je n'ai jamais eu le temps de voir. Puis vous reviendriez en rapportant la valise suivante, et je repartirais.»

J'ai tout de suite accepté la proposition avec l'autorisation de l'ambassadeur, bien sûr. Mon collègue put rester une semaine en Turquie et moi sept à huit jours à Paris, ce qui me permit de revoir Marcelle.

Les ambassades n'étaient pas chiches, ça n'était pas la caserne… Auparavant, j'avais demandé et obtenu un congé pour assister au mariage de mon frère. Pierre épousait Mlle Marguerite Koechlin, d'une grande famille protestante, d'origine suisse, dont un des membres, ingénieur, avait été le plus proche collaborateur d'Eiffel lors de la construction de la tour en 1889.

Quant à moi je voyageais trop pour songer à me marier. D'autre part, je trouvais la vie belle et je crois que je n'en avais pas tellement envie.

Et puis j'ai quitté Constantinople, à cause du changement de régime, mais aussi parce que l'ambassade de France partait s'installer à Ankara, la nouvelle capitale de la Turquie, et que je ne voulais pas aller y habiter !

Autant Constantinople était une ville somptueuse, pittoresque, étendue, intéressante, autant Ankara, située très loin à l'intérieur, dans la montagne, n'était qu'une bourgade dépourvue de tout. L'ambassade n'était même pas édifiée. Il n'y avait pas d'hôtel et, les premiers temps, tout le personnel couchait dans des wagons-lits, même l'ambassadeur ! À Constantinople nous jouissions d'un palais presque aussi important que celui du Petit Luxembourg, l'habitation du président du Sénat.

Ce choix d'installer la capitale de la Turquie en plein centre de l'Asie Mineure pouvait paraître curieux, mais les Turcs pensaient ainsi mettre leur gouvernement à l'abri des convoitises, des pressions, des intrigues européennes en s'isolant dans un lieu qui n'était relié à la civilisation que par une seule ligne de chemin de fer.

Puisque le gouvernement turc s'installait à Ankara – on disait encore Angora – tout le corps diplomatique dut se résigner à s'y transporter. L'ambassadeur de France, un nouveau venu, partit donc là-bas, et les autres ambassadeurs en firent autant.

Tout, depuis l'arrivée d'Atatürk, était en train de changer. Le Constantinople que je connaissais, la ville qu'avait construite Constantin, l'empereur grec, allait disparaître : on la débaptisa d'ailleurs pour la renommer Istanbul.

Ce nom provenait d'une amusante déformation linguistique. Après la conquête, en 1453, quand les paysans grecs se rendaient à la capitale, ils étaient arrêtés par des soldats turcs qui leur demandaient : «Où vas-tu ?» Ils répondaient : «Je vais à la ville…», car pour eux il n'y en avait qu'une ! Dans leur dialecte, cela donnait : *Eis* – je vais – *tin* – à – *poli* – la ville. *Eis tin poli* finit par devenir Istanbul. «Je vais à la ville !»

J'ai préféré quitter le futur Istanbul et je me suis retrouvé à Paris. C'est là que ma destinée a changé.

Cela faisait quatre ans, maintenant, que je connaissais Marcelle Chaumont, mais je n'avais pu la voir qu'au cours de ces brefs séjours à Paris. Et puis, si elle avait su me plaire, mon cœur restait quand même pris par Germaine.

Quand je suis parti définitivement pour la France, je souffrais d'un chagrin d'amour dont je devais à tout prix me consoler, puisque nous ne devions plus jamais nous revoir, Germaine et moi. Chacun sait que, lorsqu'on souffre d'amour, on est particulièrement vulnérable…

C'était en octobre 1924. Je ne suis pas rentré directement à Paris, je me suis arrêté en Suisse où je savais que Marcelle se trouvait à ce moment-là. Elle était venue rendre visite à sa jeune sœur Gabrielle qui soignait une grave tuberculose pulmonaire – dont elle allait guérir – au célèbre sanatorium de Montana Vermala. J'y suis resté quatre ou cinq jours, auprès de Marcelle, dans un charmant hôtel, puis je suis rentré à Paris.

Et c'était fait! Quelques semaines plus tard, Marcelle m'apprenait qu'elle était enceinte, il ne restait plus qu'à nous marier.

Si j'avais hésité jusque-là, en dépit des sentiments que cette belle jeune femme, de trois ans mon aînée, m'inspirait, c'était à cause de mon métier et du sien : ma carrière de diplomate, qui m'obligeait à voyager, ne s'accordait pas avec la haute couture, un métier qui ne s'exerce bien qu'à Paris.

Cette fois, il fallait changer mes projets. C'est ainsi que j'ai dû quitter ma carrière de diplomate, renonçant éventuellement à me retrouver un jour ambassadeur. Mes filles prétendent que cela m'aurait convenu à merveille, étant donné mon tempérament et mon goût pour la mesure en toute chose. Je le regrette quelquefois.

Mais avoir des enfants, les filles que j'ai, est un bienfait si précieux que je ne pouvais le sacrifier à ma carrière, d'autant moins que celle que j'ai choisie par la suite m'a beaucoup intéressé et m'a sûrement laissé plus libre que si j'avais continué les ambassades.

Un ambassadeur est, en dépit de tout son prestige, l'esclave de son gouvernement ; il doit soutenir la politique de son pays, qu'elle lui plaise ou non, et changer de poste, c'est-à-dire de pays et d'amis, sur simple injonction. À la Cour des Comptes, j'ai été mon maître.

Mon père, devenu sénateur, puis ministre, se permettant pour la première fois une entorse à son principe de ne pas user de son pouvoir en faveur des siens, m'a aidé à entrer à la Cour ; à trente-cinq ans, il n'était plus question que je suivisse la filière ordinaire en passant le concours. Heureusement, le règlement de la Cour des Comptes réservait tous les ans quelques postes de magistrats à la discrétion du gouvernement.

C'est à un de ces postes que j'ai été nommé conseiller référendaire de deuxième classe. J'avais désormais une situation fixe à Paris comme membre d'un des grands corps de l'État, et je pouvais enfin envisager de faire tranquillement ma vie.

Mon entrée à la Cour des Comptes

Après le drame de la guerre de 14, et ma vie plutôt bohème dans les ambassades, c'est à la Cour des Comptes que j'ai passé l'essentiel de ma vie. Ce grand corps de l'État m'a appris beaucoup de ce que je sais et, en quelque sorte, m'a formé.

La Cour des Comptes est un énorme édifice imaginé au début du siècle par un architecte officiel, Moyaux, et élevé au 13 de la rue Cambon. Entre nous, nous disons «la Cour», ou «la rue Cambon».

Il a pignon sur trois rues et forme, dans ce quartier très élégant, une masse imposante et sans attrait, qui a remplacé l'ancien bâtiment, situé au palais d'Orsay, mais détruit par le feu en 1870. Au moment où la Commune renversait Napoléon III, elle s'en prit également au palais des Tuileries, à l'Hôtel de Ville, au Pavillon de la Légion d'honneur, tous incendiés.

C'est donc dans cette grande bâtisse qu'un matin de juillet 1930 je pénétrai pour la première fois, après la parution de ma nomination dans les colonnes du *Journal officiel*.

Je pris aussitôt contact avec le secrétaire général de la Cour, pour me mettre à sa disposition. Je fus reçu par un homme fort civil mais peu bavard, qui m'indiqua que mon «installation» aurait lieu tel jour, à telle heure et qu'il fallait que je me préoccupasse sans tarder de mon costume de magistrat ; mais les vacances étant très proches, je ne prendrais effectivement mes fonctions qu'à la rentrée. On me désignerait alors un cabinet où je pourrais m'installer pour travailler.

Après avoir quitté mon futur collègue, je n'hésitai pas à faire un tour dans cet immense palais qui me parut bien triste. Couloirs immenses, salles énormes, bibliothèque démesurée ! Rien de vivant, seulement le silence le plus écrasant !

Quel changement avec les couloirs du Quai d'Orsay où un monde cosmopolite et bruyant déambulait constamment ! En montant dans les étages, je découvris les longues lignées de portes donnant chacune accès aux bureaux des membres de la Cour.

Toutes étaient fermées à clef et je ne pus en visiter aucun. Impossible d'obtenir le moindre renseignement des quelques rares huissiers plus ou moins endormis sur leurs chaises.

Cet endroit était-il fait pour moi ? Heureusement, je connaissais un magistrat de la Cour, un seul, mais bon ami. Je décidai de m'adresser à lui pour qu'il puisse me fournir toutes les indications dont j'avais besoin pour mon nouveau métier. M. Hamelin, conseiller référendaire de deuxième classe, comme moi, se déclara fort heureux de me retrouver – je l'avais connu au lycée Janson-de-Sailly – et ne se fit pas prier pour répondre à mes nombreuses questions.

« L'installation d'un magistrat à la Cour est toute une affaire, me dit-il. Tous les membres sont conviés à assister à la cérémonie en grand costume, et la séance, présidée par le Premier Président siégeant dans la Grand-Chambre, est publique. Le Président reçoit votre serment sur l'honneur de vous conduire en digne et loyal magistrat et de garder jalousement le secret sur les délibérations. C'est le plus ancien et le plus jeune magistrat de votre grade qui viennent vous chercher à la porte pour vous conduire au centre de la pièce et, là, c'est à vous de jouer. Sans rire ! » ajouta-t-il.

Il s'agissait, en effet, d'effectuer un salut. Une sorte de révérence, d'abord devant, puis à droite, ensuite à gauche, enfin de se retourner complètement pour une dernière courbette en arrière, et de se remettre en place en attendant que le Premier Président nous invite à prononcer le serment rituel.

Mais, avant de regagner notre place parmi nos collègues, nous devions recommencer le jeu des courbettes, en signe de remerciement.

Ce petit ballet paraît encore plus drôle et plus démodé lorsqu'il est exécuté par plusieurs magistrats en même temps, car il est rare que les impétrants opèrent en mesure comme les girls des Folies-Bergère !

Bien averti, et après répétitions, je crois que je sus tenir convenablement mon rôle au cours de cette cérémonie à laquelle j'avais convié ma famille, sauf mes filles, bien trop petites. Je partis ensuite en vacances jusque vers le milieu de septembre. C'était le bon côté de la Cour des Comptes !

À mon retour, je me vis attribuer un bureau au troisième étage, meublé d'une table-bureau, d'un bon siège, d'une bibliothèque, d'un fauteuil et de deux chaises. Un cabinet de toilette avec lavabo était attenant. Pas de téléphone.

Je pris à nouveau contact avec mon ami pour qu'il m'indique ce que j'avais à faire, car je ne le savais pas ! « Je vais t'initier à notre métier, me dit-il, mais tu as bien de la chance de m'avoir trouvé, car ici personne ne dit rien à personne, et on ne peut espérer recevoir de renseignements ! Sauf, parfois, épisodiquement, du greffier de la Chambre à laquelle vous appartenez. Sinon vous devez vous débrouiller tout seul, sans l'aide de quiconque, si vous n'avez pas d'amis dans la maison. »

Je m'étais déjà rendu compte de cette étrangeté, en demandant à l'huissier de mon étage quelles étaient les heures de bureau en usage. Il m'avait répondu d'un air médusé : «Ici, ces messieurs n'ont pas de bureau, ils ont un cabinet ! » Ce qui signifiait : « Vous venez quand vous voulez, personne ne se préoccupe de votre assiduité. »

Quel changement par rapport à la façon dont le travail quotidien se passait aux Affaires étrangères ! Là-bas, tout le monde se parlait, se fréquentait, se voyait, je les connaissais tous ; même quand on était au loin, à l'étranger, on se serrait les coudes. C'était parfait.

À la Cour, régnait vraiment une tout autre ambiance et, pour ma part, j'y trouvais les gens bien guindés. C'est dans ce climat que je me mis au travail, «courageusement», dirais-je !

Comme première tâche, on me donna une petite comptabilité à vérifier, celle d'une commune de la banlieue de Paris. Il s'agissait d'une masse de «liasses» dans lesquelles je devais fouiller pour rechercher les documents dont j'avais besoin. Ces «liasses» étaient composées de reçus, contrats, et toutes pièces justificatives des recettes et des dépenses de la comptabilité à examiner. Il pouvait y avoir deux à trois liasses par année pour un petit hôpital de province, et jusqu'à dix mille et plus pour une ville comme Paris.

Les liasses étaient hautes de trente à trente-cinq centimètres et couvertes de poussière, car elles étaient conservées, parfois pendant des années, dans un immeuble annexe de la Cour, uniquement construit à cet effet.

Des employés nous les apportaient sur notre demande et les remportaient une fois notre examen terminé. Il était donc nécessaire de se munir d'un tablier ou, mieux, d'un vêtement d'ouvrier, pour farfouiller dans ces liasses…

Nos observations devaient être consignées à la suite dans un rapport soumis, lorsque la vérification était terminée, à la Chambre dont dépendait la comptabilité.

Je dois dire qu'à part le Premier Président et le procureur général, la Cour ne disposait à mon époque d'aucun service de dactylographie et encore moins de sténo. Nous devions donc, sur papier à en-tête fourni par la Cour, soit copier nous-mêmes, d'une belle écriture, nos rapports, soit les faire taper où bon nous semblait et à nos frais. J'avais heureusement conservé au Quai d'Orsay des accointances avec le service des dactylos, auquel je m'adressai aussitôt et pendant tout le temps que je passai à la Cour.

Depuis, bien des choses ont changé qui facilitent la vie des nouveaux magistrats. Ils possèdent chacun un ordinateur portatif, sur lequel ils peuvent taper leurs rapports. Il existe aussi un ordinateur central où tout est classé et fiché. À mesure que de nouvelles questions arrivent, elles sont introduites dans l'ordinateur que les Conseillers n'ont plus qu'à consulter.

Par ailleurs, des Conseillers se font bénévolement les mentors des jeunes nouvellement arrivés, pour leur inculquer les rudiments du métier ; moi, j'ai dû apprendre tout seul à faire un rapport, en lisant ceux des autres !

Pour ceux que ce métier hautement spécialisé intéresse – les autres me le pardonneront – je me permets d'entrer un peu plus dans le détail : admettons qu'on me confie la vérification sur un an des comptes d'une commune. J'irais prendre les rapports précédents, pour regarder comment ils étaient faits, ce qui s'y traitait, et je m'en inspirais.

Peu à peu j'ai commencé, sans y avoir vraiment goût, à pouvoir produire quelques rapports convenables. Non que nous eussions à craindre des sanctions : quand on est admis à la Cour des Comptes, c'est pour la vie, mais on est jugé par sa propre conscience. Lorsqu'on me donnait à vérifier une comptabilité, je tenais à m'assurer qu'elle était bien tenue. Je crois n'avoir jamais rien bâclé.

Comment fonctionne la Cour dans son ensemble ?

C'est un travail difficile parce qu'il s'accomplit avec un certain retard. Si une mairie a bâti un nouveau local municipal, on n'obtient toutes les factures, les devis, les votes de crédits dont il faut vérifier qu'ils n'ont pas été dépassés ou mal employés, que quelques années après.

D'autant que l'opération se déroule par étapes. Par exemple, quand une commune fait construire, elle doit d'abord établir le devis des travaux prévus, faire des offres de marchés, choisir les entrepreneurs, donner des acomptes, en principe trois, au fur et à mesure de l'avancement des travaux. Une commission départementale, composée du trésorier-payeur général, du maire ou de son représentant, de conseillers généraux, vient périodiquement, en cour d'exécution, voir si tout se fait en concordance avec les crédits votés.

En fin de travaux, on règle tout moins 10 % qui ne

seront versés que lorsque la commission sera venue examiner les travaux terminés, voir s'ils correspondent bien à ce qui a été souscrit, et qu'elle aura donné son accord.

À la Cour, nous ne nous déplacions pas : nous avions tous les documents à notre portée, nous les étalions devant nous et vérifions sur pièces que tout concordait bien.

Cela peut demander du temps. Pour la ville de Paris – que je n'ai jamais eue à examiner – nous recevions chaque année quinze mille liasses d'à peu près mille feuillets chacune ! Un seul Conseiller n'aurait pas suffi. Une équipe d'au moins cinq membres, dirigée par un Conseiller-Maître, se chargeait du travail. Les uns examinaient les travaux, d'autres les subventions, d'autres encore les salaires des employés municipaux. Ils se concertaient au cours de réunions, puis rédigeaient leur rapport en commun.

Mais pour les villes de taille moyenne, comme Arras, La Rochelle ou Pontoise, une seule personne suffit, bien qu'il y ait quand même parfois de deux à trois cents liasses.

En prenant un peu de bouteille, en acquérant du flair, on sait dénicher les endroits où il peut se cacher des loups. Généralement, ce sont des affaires de travaux publics, de subventions, de sécurité sociale et de secours aux personnes. (Notre époque n'a rien inventé !) Pour le paiement des employés, si ça ne se passe pas convenablement, il y a moins à craindre, car ils réclament bruyamment !

On reproche beaucoup à la Cour ses délais, on l'accuse d'arriver après la bataille, souvent quatre ou cinq ans plus tard ! Je vais en fournir l'explication. Elle peut paraître trop professionnelle, mais les citoyens, à mon sens, ne sont pas suffisamment au courant du fonctionnement de leurs magistratures et de leurs administrations.

Prenons l'année 1990. Il faut attendre qu'elle soit terminée pour l'examiner. Vient ensuite la «période complémentaire», trois mois, parce qu'on considère, du point de vue de l'administration, que l'année ne s'arrête pas pile le 31 décembre. La Cour n'a donc tous les papiers qu'à la fin de 1991. Elle ne peut commencer à examiner qu'en 1992. À ce moment-là, tout dépend de la disponibilité des magistrats. Les premiers à être libres commenceront leur examen vers le mois de mars et, pour une ville un peu importante, il leur faut compter trois ou quatre cents liasses, ce qui ne se vérifie pas en quelques jours.

Finalement, le dossier sera jugé en Chambre, et sera clos, au mieux, en 1993... Mais la Cour ne peut guère faire plus vite.

À l'époque, il existait un «esprit Cour des Comptes». Les magistrats étaient imbus de leur fonction, de leurs privilèges et de leur place dans l'État. Fierté que le gouvernement socialiste a peut-être eu tort de tenter de briser, par exemple avec un projet de loi pour ramener l'âge de la retraite de soixante-dix à soixante-cinq ans.

Or, je considère que plus on prend de l'âge, dans ce métier difficile, plus on a assimilé un ensemble de lois, d'exemples, de décrets et de manières de faire. Cela permet d'arriver rapidement à un jugement, ce qui n'est pas le cas des jeunes qui débutent. Si on décapite la Cour des Comptes de ses «sages», un esprit nouveau va souffler, certes, mais sera-t-il le bon?

Tel est le point de vue d'un vieux magistrat. Je ne suis pas le seul à en juger ainsi : si la Cour entretient un «esprit de corps», c'est parce que ses membres connaissent l'importance et la difficulté de leur fonction.

Moi qui venais des Affaires étrangères, je ne me suis pas fait d'emblée à cet «esprit» quelque peu pesant ; mais j'ai quand même fini par m'intégrer à mon administration. J'ai compris la nécessité, pour un État qui se veut juste et démocratique, de cette haute juridiction. La Cour des Comptes a été créée par Napoléon en 1807, avec la mission de s'assurer que l'argent public était bien employé et non gaspillé.

Dans tous les États du monde, il existe une façon de vérifier que les deniers publics sont bien utilisés. La juridiction française est l'une des plus sûres du monde. Les Conseillers n'ont pas à juger du bien-fondé des dépenses, mais seulement si ce qui a été décidé a été exécuté justement. Avec honnêteté et rigueur. Déciderait-on de construire un pont qui relierait Marseille à Paris ? Nous n'aurions pas à estimer si c'est une bonne ou une mauvaise chose, seulement à nous assurer que les deniers votés sont bien employés à cet usage !

Il nous arrive quand même de glisser quelques considérations dans un rapport – ainsi sur l'usage qui serait fait du pont reliant Marseille à Paris ! – mais comme les travaux sont alors engagés et parfois même terminés, elles ne peuvent que rester lettre morte ! Toutefois, les observations de la Cour des Comptes peuvent peser sur de nouvelles décisions.

Travailler à la Cour des Comptes finit par influencer sa propre façon de voir les choses. On y gagne un certain respect de soi et des autres. Je ne l'avais pas à ce point auparavant. J'ai dû me restreindre un peu dans mes actes et mes paroles et me forcer à acquérir une certaine réserve. Je me rappelle que je me disais : «Mon Dieu, si on apprend qu'un Conseiller à la Cour des Comptes parle ou se conduit de telle sorte, cela ne sera pas bien vu… Je risque de jeter un discrédit sur mes collègues et notre institution!»

Ce n'était pas de l'exagération. Si les bonnes manières étaient fort appréciées à la Cour, l'appareil vestimentaire l'était aussi. J'en fis au début l'expérience à mes dépens. Rencontrant un de mes collègues dans un couloir, après un «Bonjour, cher» émis d'une voix de fausset, il me lança : «Mais dites-moi, Chapsal, vous n'avez qu'un seul costume?» Tout cela parce que j'étais venu travailler plusieurs jours de suite avec le même complet que j'avais jugé, par son austérité, plus approprié que d'autres de ma garde-robe.

Une autre fois, par une belle journée de printemps, je m'étais permis un veston un peu plus clair. Nous étions au milieu de la semaine, un mercredi, et un autre de mes confrères ne me rata pas : «Cher, me dit-il, je vois que vous partez en week-end!»

Il était, en effet, de bon ton d'éviter les vêtements de couleur claire, même à la belle saison, ce qui achevait de donner à la Cour cet air de tristesse indéfinissable qui finissait par rejaillir, si l'on n'y prenait garde, sur le caractère!

Les magistrats bénéficient d'un privilège, ils sont inamovibles. Et ils ne peuvent être jugés que par leurs pairs, sauf si ceux-ci décident de les renvoyer devant une juridiction normale.

J'ai assisté à un jugement de cet ordre à l'encontre d'un de mes jeunes confrères qui avait commis un acte jugé répréhensible. Rien de bien grave, une simple affaire de vie privée : il était entré chez quelqu'un pour y enlever sa fille ! Or, un magistrat ne pouvait se permettre de tels agissements rocambolesques, d'autant que les parents de la jeune fille avaient porté plainte.

Il fut déféré devant la Grand-Chambre, c'est-à-dire toutes chambres réunies. Il avait échappé à une retenue de traitement, à l'exclusion temporaire ou même à la révocation pure et simple, mais il encourait au moins un blâme. Dans le cas présent, il fut absous. Toutefois, je restai impressionné par la séance plénière de la Cour des Comptes en grand uniforme.

Même absous, le pauvre garçon devait s'apprêter à traîner cette affaire derrière lui toute sa vie, bien certain qu'on s'en souviendrait au moment des avancements et des décorations !

À la Cour, le travail était tarifé et nous travaillions à la vacation. Chaque comptabilité, suivant son importance, valait tant de vacations : cinq, dix, vingt-cinq, cinquante, cent, deux cents ou plus.

À mon époque, nous devions réaliser un minimum de cinq cents vacations par trimestre. Nous pouvions ensuite aller nous promener.

Pour ma part, j'en faisais toujours un peu plus de façon à être bien en règle, et même à toucher quelques primes, car notre traitement était écrêté chaque mois de quelques centaines de francs, restituées si nous pouvions exécuter les cinq cents vacations prévues, et retenues dans le cas contraire. Le total des retenues servait à distribuer des primes annuelles aux magistrats ayant dépassé le minimum requis.

Le Président de la Chambre attribuait notre rapport à un Conseiller-Maître chargé d'établir un «contre-rapport».

Voici comment se passait cette cérémonie privée : un beau jour nous étions conviés devant la Chambre compétente, composée de son Président, de sept ou huit Conseillers-Maîtres et du greffier.

Après la courbette réglementaire, nous nous asseyions en face du Président qui nous donnait la parole. Mais avant que nous ayons pu prononcer un seul mot, le Conseiller-Maître chargé du contre-rapport déclarait péremptoirement à notre adresse : «Vous permettez, Monsieur le rapporteur!» Il se mettait alors à éplucher notre rapport, critiquant ou approuvant nos observations. Soit il proposait nos solutions, soit il en suggérait d'autres. Nous n'avions rien à dire, seulement à laisser courir.

Le Président consignait le résultat des discussions qui parfois s'élevaient entre le contre-rapporteur et les autres membres de la Chambre et il inscrivait en marge de notre rapport les solutions adoptées pour chaque cas.

À la fin, il nous congédiait en disant : «La Chambre vous remercie, Monsieur le rapporteur.»

Nous n'avions plus qu'à resaluer courtoisement, rentrer dans notre cabinet et rédiger le jugement, en tenant compte des observations, à adresser par voie officielle au comptable.

Nous recommencions ensuite avec une autre comptabilité que le greffier nous attribuait sur ordre du Président de Chambre. Ainsi allait la vie à la Cour des Comptes, et je pense qu'il en est toujours de même.

La Cour, comme tous les grands corps de l'État, offre toutefois une possibilité fort agréable : celle de pouvoir se faire détacher. Soit dans un grand service public ou international, soit même, parfois, dans une grande entreprise privée. Le détachement, autorisé par le Président, peut durer plus ou moins longtemps, parfois des années.

J'en ai bénéficié, et c'est ainsi que j'ai pu faire partie de plusieurs cabinets ministériels. J'ai aussi été sept ans directeur du cabinet du Président du Sénat, M. Gaston Monnerville, et j'ai terminé ma carrière comme représentant de la France au Collège international des Commissaires aux Comptes de l'OTAN, organisme chargé d'apurer les dépenses de cette alliance des peuples libres.

Je continuais toutefois d'appartenir à la Cour des Comptes – et cela pendant trente-cinq ans. J'assistais aux séances plénières et je me tenais étroitement au courant de ce qui s'y faisait.

Après avoir été nommé conseiller référendaire de première classe, puis hors classe, j'ai atteint le grade de conseiller-maître en 1953, et j'ai siégé à la première chambre de la Cour jusqu'à mon détachement, pour l'OTAN, en 1958.

J'en fus démis par le général de Gaulle, le 31 décembre 1966, quand il décida de retirer tous les fonctionnaires français de l'OTAN et de ne plus participer à l'Alliance.

L'âge de la retraite avait déjà sonné pour moi et je l'ai donc prise. Cela n'était pas totalement sans regret, car je me sentais encore en pleine forme et j'ai cherché, et trouvé, d'autres façons de rester plus ou moins dans la vie active. En particulier, en m'occupant du Crédit Agricole de ma région et en me lançant dans un nouveau hobby : la céramique !

Avec l'âge, le temps des honneurs était aussi venu. J'avais été nommé chevalier de la Légion d'honneur en 1926, pour le temps que j'avais passé à la guerre et dans les ambassades, puis j'ai été promu officier en 1953, pour mon travail à la Cour des Comptes, enfin commandeur en 1990, en remerciement du travail bénévole que j'ai poursuivi jusqu'à maintenant au service des anciens combattants, dans leurs associations d'entraide.

Entre-temps, j'avais reçu la commanderie de l'Ordre national du Mérite et différentes autres décorations françaises et étrangères de moindre importance, ainsi que de nombreux diplômes de satisfaction de la part des associations diverses dont je m'étais occupé.

En France, c'est toujours la distribution des prix ! Mais cela fait tout de même plaisir…

La récompense qui m'a le plus comblé fut toutefois une réflexion de mon père, d'habitude si avare de compliments à l'égard des siens.

— Voici mon fils Robert, qui est à la Cour des Comptes, dit-il un jour en me présentant à des personnalités importantes.

— Ah bon ! répondirent ses interlocuteurs, prenant l'air impressionné, un peu par politesse.

Alors, mon père eut un mot que je n'ai jamais oublié : « Eh bien, oui, que voulez-vous ! C'est comme ça ! » dit-il avec un petit sourire.

J'ai senti – ce fut la seule fois – qu'il en tirait quelque fierté.

Je regrette encore mon divorce

Il m'est difficile de relater les circonstances exactes de mon divorce. D'abord, il y a mes filles, et je ne pense pas que les enfants doivent être mis au courant de tout ce qui concerne la vie privée de leurs parents, même un demi-siècle plus tard. Aussi parce que moi-même je ne les ai pas très bien comprises.

Certaines particularités familiales, entre autres, ont été source de difficultés. Ainsi, lorsque nous nous sommes installés, en 1927, dans notre maison du square Pétrarque, ma femme a tenu à garder avec elle sa mère et sa sœur cadette, Gabrielle.

On admet, maintenant, qu'il n'est pas très sain pour un jeune ménage de vivre avec la belle-mère, encore moins avec la belle-sœur. De plus, travaillant dans une maison de couture, Marcelle évoluait dans un milieu exclusivement féminin, une « ruche », comme l'a écrit plus tard ma fille Madeleine dans l'un de ses livres ; et elle avait pris pour assistante sa sœur Gabrielle, qui ne la quittait jamais.

Nous avions donc peu d'intimité. Le soir, à dîner avec les enfants plus leur gouvernante, je me retrouvais entouré de six personnes du sexe faible ! Le dimanche se passait en famille, parmi les mêmes, comme les vacances, dans notre maison du Limousin ; nous n'étions jamais tous les deux mais entourés par tout ce monde.

De retour à Paris, Marcelle était obsédée par son métier. Mme Vionnet, se sentant vieillir, lui confiait des responsabilités et des charges de plus en plus grandes. Sortir le soir la fatiguait, voir des gens qui n'étaient pas de la couture aussi. C'est ainsi que nous nous sommes insensiblement éloignés.

Mon épouse ne s'intéressait pas du tout à ma fonction. Son difficile travail de création chez Vionnet la prenait entièrement.

Il m'arrivait parfois de rapporter quelques dossiers à la maison, mais elle ne les a jamais regardés. Une liasse de cent feuillets de factures plus un grand cahier de comptable, cela n'est pas très aguichant! En revanche, comme je dessinais assez facilement, il lui arrivait de me demander de lui donner des idées pour ses robes.

«Qu'est-ce que je pourrais encore inventer cette saison? J'ai tout fait! Donne-moi des idées!»

Je lui esquissais quelques croquis qu'elle emportait chez Vionnet, mais je n'ai jamais su ce qu'elle en faisait. J'étais impressionné par son succès, et surtout par cette capacité qu'elle avait de créer sans arrêt de nouveaux modèles, grâce à son intelligence et à la force d'imagination qu'elle mettait à son œuvre avec d'excellents résultats.

Je l'emmenais aux réceptions de la Cour des Comptes; j'étais très fier d'elle et de son élégance, mais en réalité elle s'y ennuyait. Ces gens-là venaient presque tous du même milieu, ils avaient passé des concours, ils étaient instruits, distingués, mais un peu empoussiérés. Rien à voir avec le monde de la haute couture où évoluait Marcelle, aux côtés de Madeleine Vionnet, et des artistes qui les entouraient, comme le laquiste Dunand, le brodeur Lesage, bien d'autres.

Dans les bras de mon père *(troisième en
partant de la gauche)* en costume des
Sables-d'Olonne. Juste devant nous, ma mère.

Avec ma mère, Amélie Chapsal,
née Bouchon-Brandely.

Mon grand-père Cyprien Chapsal, principal au collège de Saintes, entouré de ses professeurs.

Élève au lycée Janson-de-Sailly.

Avec mon frère Pierre et ma sœur Fernande.

En convalescence à l'hôpital militaire de Péan, à Paris, en 1916.

Je reçois la croix de guerre
après ma blessure
à Verdun.

À mon bureau d'attaché d'ambassade, à Constantinople.

Avec Julienne Vasse,
une ancienne amie.

Moi et ma première épouse,
Marcelle Chaumont,
mère de mes deux filles.

Mon père à 56 ans,
sénateur,
Grand-Croix
de la Légion d'honneur.

En costume
de magistrat,
robe de soie noire
et jabot de dentelle.

Un joyeux réveillon avec Marcelle, au temps des Années folles.

À nouveau mobilisé dans le 6e RANA, en 1939.

Ma seconde épouse,
Andrée Maury,
et moi.

J'ai toujours aimé l'élégance.
En costume clair,
à la plage de Pontaillac.

Mon père et ses petits-enfants
dans son jardin à Saintes.

Mon père, Fernand Chapsal,
et sa fille, Fernande Andrée-Hesse.

Vacances en Limousin.
Moi, mon beau-frère, Marcelle,
sa sœur Gabrielle, et Madeleine.

L'art d'être arrière-grand-père !

Andrée et moi, au mariage
de Véronique, ma petite-fille.

Qu'ajouter, sinon que j'ai beaucoup souffert ? Je regrette encore d'avoir quitté une femme que j'aimais, et des petites filles que j'adorais. Le temps n'a rien adouci, rien apaisé. D'autant que Marcelle n'a pas refait sa vie, contrairement à moi. Je crois savoir qu'elle non plus ne s'est pas vraiment adaptée à notre séparation.

C'était aussi une époque où l'on parlait peu et mal de ce qui était intime, si bien que nous ne nous sommes pas vraiment expliqués, ma femme et moi. Quand l'aurions-nous pu ? Nous étions toujours en public, au milieu des autres, tirés à hue et à dia. Et j'étais le seul homme à me débattre parmi toutes ces femmes.

Si la famille de ma femme avait tendance à pousser au divorce, mon père, lui, était furieux. Ce n'était pas dans notre tradition familiale et il ne trouvait pas non plus que cela fît «bon genre» aux yeux de la Cour des Comptes. Mais Marcelle était décidée. Je n'ai pas pour habitude de m'imposer ni de faire acte d'autorité ; je me suis rangé à son avis, à regret je l'ai dit, et je suis parti.

Un soir d'hiver, deux ou trois jours après la Noël 1932, j'ai quitté mon domicile, le soir. J'étais bien triste, mais j'en avais assez d'entendre ma femme me répéter à tout instant : «Quand t'en vas-tu ? »

Et je n'en pouvais plus de ces figures fermées qui me regardaient avec une certaine insolence. Je suis donc parti, à pied, avec une méchante valise où j'avais entassé mes affaires et un petit sac d'objets de toilette. Rien d'autre.

Dehors, il faisait noir et froid. J'ai marché, je ne savais où aller. Puis je me suis souvenu d'un hôtel du côté de l'Étoile où, quelque temps auparavant, j'avais été voir deux amis de province. Je m'y suis rendu, j'ai loué une chambre. Je vivais dans un mauvais rêve.

Malgré moi, j'ai eu envie de téléphoner à la maison. C'est ma belle-sœur qui m'a répondu : «Alors vous êtes à l'hôtel? C'est bien.» Et elle a raccroché. J'étais assommé, j'ai dormi lourdement jusqu'au matin et je suis resté trois jours dans cet hôtel sans en sortir.

J'ai quand même fini par trouver la force de retourner à la Cour, et j'y ai reçu un appel pressant de mon père : «Je suis au courant de ce qui t'arrive. Tu ne peux pas rester tout seul. Reviens rue Cortambert, la maison est assez grande pour nous abriter tous!» J'étais momentanément sauvé! J'ai accepté son offre, et je suis donc revenu loger chez mon père où j'ai résidé de longues années, jusqu'à sa mort, avec lui et la famille de mon frère Pierre. C'est grâce à leur présence et à leur affection, que, petit à petit, j'ai fini par reprendre une vie normale.

Mais ce fut une période sombre. Je ne voyais pas suffisamment mes filles à mon gré, seulement le jeudi et le dimanche et, heureusement, un mois chaque été, qui me paraissait trop court. J'espérais encore une réconciliation bien aléatoire ; je me retrouvais privé de tout ce que j'avais construit, un foyer, une maison, notre résidence d'été dans le Limousin où je venais de faire planter des arbres que je ne verrais jamais pousser.

Les formalités de notre divorce durèrent à peu près une année. Marcelle n'assista pas à la tentative de conciliation organisée par le juge. Je m'y trouvai seul avec l'avocate adverse.

J'ai laissé à ma femme tout ce que nous possédions et avions acquis en commun sans rien vouloir en conserver.

Et c'est ainsi que je me suis retrouvé ruiné pour la seconde fois! Par une femme que j'adorais…

J'ajoute qu'il m'était resté trois cent mille francs de notre avoir commun que je n'ai d'ailleurs pas gardés longtemps. Quelques mois à peine après notre divorce, mon ex-femme me demanda cent mille francs pour les placer au nom de Madeleine afin que ma fille puisse en toucher le double le jour de ses vingt et un ans. Cela pour la mettre à égalité avec sa sœur qui avait reçu une largesse identique de Madeleine Vionnet.

Quelques années plus tard, mon ex-femme me demanda à nouveau de lui prêter cent mille francs pour l'aider à fonder sa maison de couture.

Quant au restant, je l'ai remis à une amie chère que je quittai au début de la guerre 1939-1940, alors que j'étais mobilisé !

Je n'ai jamais pu résister à un désir féminin, c'est plus fort que moi, lorsque de jolis yeux me regardent, je suis prêt à tout abandonner…

Au fond, Marcelle et moi, bien qu'issus de milieux très différents, nous nous complétions et notre séparation a été une erreur, pour l'un comme pour l'autre.

Bien des années plus tard, à Noël, le 25 décembre 1981, je fus invité à déjeuner chez elle par ma fille Simone pour voir sa fille et ses petites-filles, mes arrière-petites-filles. Depuis août 1981, j'étais veuf de ma seconde femme, et il me déplaisait de rester solitaire un jour de fête, surtout de fête familiale ; c'est pourquoi j'acceptai.

Je savais que j'allais rencontrer ma première femme, qui vivait désormais chez ma fille, mais cela faisait des décennies que nous étions divorcés, et je n'en escomptais rien. Mon ex-épouse, qui devait s'éteindre en décembre 1990, en était alors au début de sa maladie, et l'âge ne lui avait pas ôté son charme.

163

Après un excellent déjeuner, j'étais assis au salon, dans un fauteuil, à regarder les enfants s'amuser avec leurs nouveaux jouets, lorsque Marcelle, passant près de moi, me caressa doucement les cheveux en murmurant pour moi seul : « Nous n'aurions jamais dû divorcer. »

Surpris par son geste et ces regrets tardifs, je ne sus que répondre simplement : « Il est trop tard. »

Longtemps j'ai été troublé par cet incident. Mais tout était fini.

L'exemple de mon père

La vie de mon père a été très différente de la mienne. Contrairement à moi, il n'a participé militairement à aucune guerre. S'il a été l'un des principaux artisans de la victoire de 1918 comme directeur du Ravitaillement général, ce qui lui a valu d'être nommé grand-croix de la Légion d'honneur en 1918, il était bien trop jeune pour la guerre de 1870, et trop âgé pour celle de 1914.

Ses relations aux femmes ne ressemblaient pas non plus aux miennes. Mon père n'a eu qu'une seule épouse, notre mère. Bien que veuf relativement jeune, il a préféré ne jamais se remarier, et je ne lui connaissais pas de liaisons officielles. Enfin, son amour, sa passion, c'était la politique et le service de l'État, pour lequel, d'une intelligence précoce, il s'est révélé remarquablement doué.

Mon père est né à Limoges, le 10 mars 1862. C'est là que mon grand-père, Cyprien Chapsal, était alors professeur de quatrième, au lycée Impérial, après avoir enseigné à Auch et dans diverses villes de France. Avant Fernand, il y a eu l'oncle Édouard, mort sans descendance, puis l'oncle Paul, enfin la tante Angèle, celle qui est entrée en religion.

En 1863, à peine un an et demi après la naissance de Fernand, mon grand-père a été nommé principal du collège de Saintes, une ville qu'il a tout de suite aimée.

C'est pourquoi, à sa retraite, il a choisi de s'y fixer et d'y enraciner les siens – nous y sommes encore ! – en achetant une maison dans le vieux quartier de la rue Saint-Maur.

Mon père fit donc toutes ses études dans ce collège de Saintes dont son père était le principal. Une situation qui n'a pas forcément que des avantages, et d'après ce que m'en a dit mon père, ce fut pour lui une époque sévère !

Après le baccalauréat, pour accéder à des études supérieures, il monta à Paris faire son droit. Je sais, par ses lettres de jeune homme, qu'il a alors habité une chambre d'étudiant dans la rue des Fossés-Saint-Jacques.

Une fois docteur en droit, il se présenta au concours du Conseil d'État. Il y avait trois places à pourvoir et il fut reçu second. Je ne l'ai appris que plus tard, par d'autres : mon père avait horreur de se vanter de ses mérites, ou qu'on en parlât devant lui.

Dès qu'il eut obtenu sa situation d'auditeur, il se maria avec ma mère. C'était en 1894, et je naquis l'année suivante. Ensuite, il devint maître des requêtes, mais fut aussi requis pour participer à des cabinets ministériels. C'était un travailleur acharné, à l'esprit clair, précis, méthodique, et un amoureux de la chose publique. En ce qui me concerne, et c'est ce qui a plus tard créé quelques différends entre nous, je préférais les choses de la vie…

Toujours à l'usage de ceux que la haute administration intéresse, je vais me permettre une digression. Le Conseil d'État ne suggère pas les lois, ce qui est le rôle du Sénat et de la Chambre des députés, il est chargé d'examiner si un projet s'accorde avec l'arsenal juridique en usage. Il donne des avis à l'État sur les lois déjà votées ou en cours d'élaboration, principalement dans le but de les mettre en concordance avec les lois déjà existantes.

On ne tient pas toujours compte de ses avis, surtout aujourd'hui où ces messieurs les élus, qui ne sont pas des juristes, veulent tout concevoir par eux-mêmes alors qu'ils n'en ont pas forcément la capacité. Être représentant du peuple ne vous donne pas pour autant la science infuse, en particulier en matière de droit !

C'est pourquoi le Conseil constitutionnel a de plus en plus de travail, car il est saisi en cas de discordances possibles avec la Constitution. C'est alors lui qui doit tenter de remettre de l'ordre dans des situations juridiques plus que confuses.

Le Conseil d'État a également un autre rôle : celui de tribunal administratif suprême. Quand quelqu'un se trouve en procès avec Pierre ou Paul, il va devant le tribunal ordinaire. Mais si le procès implique l'État, c'est le tribunal administratif qui est juge – il y en a un par département – et le Conseil d'État sert de cour d'appel.

Ces derniers temps, par exemple, le tribunal administratif a annulé plusieurs élections, considérées comme truquées, et les élus communistes concernés, mécontents, ont fait appel au Conseil d'État, qui est l'instance suprême.

Du temps de mon père, les avis du Conseil d'État étaient mieux suivis et respectés. Je ne peux toutefois en dire plus, car mon père avait pour principe, à la maison, de ne jamais parler de son travail. Sans doute estimait-il que nous étions trop jeunes pour nous entretenir des hautes affaires de la politique ou de l'administration. Ce n'est que plus tard, lorsque nous revînmes de la guerre et que lui-même fut nommé ministre, et me prit à son cabinet, qu'il commença à partager avec moi ses soucis, ses projets et ses espérances.

Le Conseil d'État, comme la Cour des Comptes, est une pépinière pour les cabinets ministériels. Les nouveaux ministres en exercice, pas toujours très compétents dans le domaine administratif, viennent s'y choisir des collaborateurs pour les aider à éclaircir les dossiers les plus arides de leur ministère.

Mon père dut être très apprécié, car les gouvernements et les ministres pouvaient bien changer, il était aussitôt renommé, tantôt ici, tantôt là, tout en restant membre du Conseil d'État.

J'étais très fier des fonctions politiques de mon père, comme de ses décorations : très rapidement chevalier de la Légion d'honneur, il a été promu grand-croix en 1918 – il n'avait que cinquante-six ans –, ce qui était encore une distinction rare.

C'est vers 1895 que mon père a été détaché pour la première fois à un cabinet ministériel, celui du garde des Sceaux, Louis Ricard, et c'est ainsi qu'il a commencé sa carrière politique. Au début, il s'occupait du service administratif des ministères où il se trouvait. Il y réussissait à merveille et s'est vite fait remarquer par sa méthode et son énorme puissance de travail.

Nous en savions quelque chose à la maison !

Mon père n'était ni un grand orateur ni un tribun, il n'aurait pas enflammé les foules. Mais il parlait très bien de ce qu'il connaissait, avec distinction et clarté. Il savait admirablement défendre un dossier, en donnant des explications que tout le monde pouvait comprendre.

Par ailleurs, c'était un homme bon, amical, jamais distant. Mais il impressionnait sans le vouloir. Il était très grand, d'allure majestueuse, et il possédait une grande autorité naturelle. Face à lui, on n'avait pas envie de plaisanter. Encore moins, paraît-il, face à son père, Cyprien Chapsal, le principal du collège de Saintes. C'est mon père qui me l'a raconté, moi je ne l'ai pas connu. Mais sur les photos, où on le voit entouré d'élèves et de professeurs, Cyprien Chapsal frappe par un aspect majestueux.

Dans l'intimité, mon père pouvait se montrer très gentil, tout à fait cordial. C'est qu'il avait d'énormes qualités humaines, en plus de ses grandes qualités intellectuelles. Et même des dons artistiques.

Il s'intéressait beaucoup à l'art – il était président de la Société d'encouragement à l'Art et à l'Industrie, à Paris. Il préférait la peinture à la sculpture, et il adorait la musique. Il lui arrivait de jouer du piano, quand il en avait le loisir, en particulier des valses de Brahms, un compositeur qu'il aimait particulièrement, et il a fait apprendre le violon et le chant à ma sœur Fernande, qui montrait, elle aussi, de grandes dispositions pour la musique.

Plus tard, lorsqu'il fut élu maire de Saintes en 1919, puis conseiller général d'un des cantons, et enfin, en 1921, sénateur de la Charente-Maritime (dite alors Charente-Inférieure), fonctions qu'il affectionnait, mon père était constamment en déplacement entre Paris et son département. Il fut sénateur-maire pendant vingt ans et a beaucoup fait pour le département, s'occupant des voies de communication, de l'adduction d'eau, de l'électrification rurale, et de l'amélioration de l'agriculture. (Il allait être ministre de l'Agriculture.) Surtout, il se prit de passion pour Saintes, sa ville, qu'il a gérée au mieux. Juste avant sa mort, il préparait d'ailleurs une plaquette qu'il avait intitulée : *Renaissance d'une cité*.

L'un de ses grands atouts, c'est qu'il connaissait tout le monde, pour avoir été au collège avec la plupart des gens de l'époque. Il n'y avait pas encore d'établissement scolaire secondaire dans chaque agglomération, et les enfants des familles un peu aisées des bourgs et des hameaux voisins, même de Pons, Cognac, Jonzac, qui souhaitaient faire des études, venaient en internat à celui de Saintes.

C'était un grand et vieux collège, qui a été démoli pour faire place à des bâtiments modernes qui détonnent dans ce vieux et beau quartier.

Lorsqu'il a voulu être sénateur, à la mort d'Émile Combes, il avait des appuis partout et fut élu au premier tour de vote avec une confortable majorité, qu'il conserva jusqu'à la fin. Ce qui lui donna une considérable liberté pour accomplir les réalisations et les aménagements qu'il souhaitait.

Un simple détail : à cette époque, grâce à mon père, circulait un train direct Paris-Saintes, qui a été supprimé après sa mort. De nos jours, pour aller à Paris ou en revenir, il faut changer à Angoulême ou à Niort, ce qui retient les vieilles gens comme moi de monter en chemin de fer ! Avec des bagages, c'est impossible.

Fernand Chapsal, radical-socialiste, avait le sens du progrès et du modernisme, et il connaissait l'importance d'une bonne et rapide circulation, que ce soit celle des idées ou des hommes : il savait à quel point il est essentiel d'être relié.

170

Cet homme, en avance sur son temps dans le domaine de la communication, l'était également dans celui qui ne s'est véritablement développé qu'après la guerre : la conservation du patrimoine. On lui doit, à Saintes, la création du musée lapidaire, celle du musée régional, avec son ami Mestreau, celle de la bibliothèque municipale – il a obtenu de son autre grand ami, Dangibaud, qui n'avait pas d'enfants, qu'il léguât à la municipalité sa propriété située au cœur de la ville pour la transformer en bibliothèque. On doit aussi à mon père la restauration des arènes gallo-romaines, partiellement ensablées ; il avait également entrepris celle de la magnifique abbaye aux Dames, qui servait alors de caserne et dont il a fait rendre l'église à sa vocation religieuse.

La restauration a continué depuis pour s'achever en 1989. Elle a été inaugurée par le président de la République, M. François Mitterrand, que j'ai eu l'honneur de rencontrer à cette occasion. Le Président m'a ensuite invité à monter dans son hélicoptère pour aller déjeuner avec lui et sa suite à Soubise, mais vu mon grand âge et mon manque d'agilité, j'ai préféré décliner l'invitation, non sans quelque regret…

Avec mon père, les vieilles pierres avaient une chance d'être préservées dans les meilleures conditions pour le plaisir des générations futures. Mais il s'est aussi préoccupé d'établir le confort moderne dans la ville.

C'est en effet lui qui a fait installer l'électricité et le tout-à-l'égout, moderniser l'hôpital, créer un dispensaire, un nouvel abattoir, exhausser les quais de la Charente, construire une passerelle pour les piétons sur le fleuve, supprimer le passage à niveau en pleine ville, édifier un stade, organiser la lutte contre l'incendie…

Enfin, tout ce qui allait sortir les Saintais d'un enlisement encore rural, accentué par quatre ans de guerre.

De 1919 à 1939, en vingt ans, mon père a fait de Saintes une ville en plein essor qui n'avait rien à envier aux plus grandes. Au point que Saintes, sur le plan de la qualité de la vie, à cause de sa situation exceptionnelle au milieu des vignes, des pâturages, et à proximité de la mer, est même mieux partagée que les mégalopoles.

La seule chose dont il s'est à peine occupé – je le reconnais bien là! – est sa propre maison, rue Saint-Maur. Depuis que ma fille Madeleine l'a prise en main, c'est elle qui l'a modernisée. C'était nécessaire. Par exemple, il n'y avait pas l'électricité non plus que le chauffage au deuxième étage. Mon père, spartiate, estimait que cela n'en valait pas la peine! Comme il n'y avait là-haut que des chambres à coucher, d'après lui on n'avait pas besoin de chauffage pour dormir! Dans la journée, la grande cheminée de la cuisine devait suffire à réchauffer toute la maison.

Il peut pourtant faire très froid à Saintes. En 1991, nous avons eu plus de vingt centimètres de neige, sans compter le gel qui, en plus de brûler la vigne, a fait périr quantité de figuiers et de mimosas. Les palmiers aussi, disséminés dans les jardins et qui permettent aux Saintais de vanter la clémence de leur climat, ont souffert.

Ses fonctions d'édile sont celles que mon père, pourtant vice-président du Sénat, chérissait le plus. Tous les quinze jours, été comme hiver, il courait prendre le train afin de se rendre à sa mairie, traiter les problèmes de sa ville.

Quand je m'amuse à faire le guide auprès des hôtes qui viennent me voir à Saintes, et que je leur présente l'œuvre municipale de mon père, ils n'en croient pas leurs oreilles. Il faut dire aussi que c'était une époque où un homme qui était à la fois sénateur, ministre et maire – les fonctions étaient compatibles – avait le bras long. Ses décisions étaient vite suivies d'effet.

Je comprends la passion de mon père pour son travail à Saintes, il avait le sentiment de voir surgir une ville nouvelle qu'il hissait du XIXe au XXe siècle à une vitesse accélérée !

Il s'y est tué.

Un jour qu'il avait la grippe, avec une forte fièvre, il a quand même voulu prendre le train pour ne pas rater son conseil municipal, ce qui a affaibli son cœur.

Déjà, en 1937, responsable de l'Exposition universelle, à Paris, il avait fourni des efforts excessifs. Il m'avait pris avec lui dans son cabinet, et, dans la mesure de mes moyens, j'essayais de lui épargner au maximum les sorties, les banquets, les réunions et les réceptions qui n'arrêtaient pas.

J'amuse mes filles et mes petites-filles en leur racontant que j'assistai, un soir, à un dîner où l'on nous servit… cent plats ! Pas un de moins. C'était au pavillon de la Roumanie, qui allait fermer, et ne savait que faire de toutes les victuailles et produits régionaux qui avaient été exposés. Tout fut donc rôti et on servit tout. Nous avons passé la journée entière à table, à goûter de chaque plat, dont certains étaient plutôt étranges !

Mais j'avais quarante ans, le meilleur appétit du monde, et cela ne me dérangea nullement. Mon père, lui, avait intérêt à se ménager, et je ne crois pas qu'il le fît assez, ça n'était pas dans sa nature. Il ne cessa pas d'inaugurer l'Exposition elle-même, qu'il fit visiter plus d'une fois à plus d'un souverain, mais aussi la grande salle du nouveau théâtre de Chaillot, construit pour l'occasion, sans compter chaque pavillon étranger !

Frac, chapeau haut de forme, barbiche, il était l'image parfaite d'un haut fonctionnaire de la Troisième République, vice-président du Sénat, et même, en 1934, présidentiable. On lui préféra Albert Lebrun, plus effacé, car on pensait que l'union nationale, dont on commençait à sentir la nécessité, se ferait mieux autour d'un homme incolore.

Tant mieux pour mon père. Avec le recul, je n'aurais pas aimé le voir aux prises avec le drame, préparé de longue date et qu'il avait prévu sans rien pouvoir y faire : la guerre. De toute façon, le destin a voulu qu'il meure avant.

Il avait droit à une voiture de fonction pour se rendre au Sénat, mais il n'en usait pas. Il préférait, tous les matins, prendre son autobus ; c'est ce qui provoqua sa disparition.

Le 15 janvier 1939, voyant que l'autobus allait démarrer, il força le pas et voulut sauter sur la plate-forme arrière du véhicule en marche. Il rata son coup, tomba, se fractura le col du fémur et se luxa l'épaule droite.

Transporté à l'hôpital Marmottan, puis à la clinique de Neuilly, il eut affaire à un chirurgien qui lui déclara : « Monsieur Chapsal, cette fracture risque de vous immobiliser plusieurs mois. Pour un homme comme vous, ça n'est pas possible ; je vais vous opérer, ainsi vous serez debout en quelques semaines… »

Mon père subit l'opération avec succès, mais ramené dans sa chambre, il fut pris d'une syncope et ne put être ranimé. Son cœur fatigué avait lâché, c'était le 8 février 1939, il avait soixante-dix-sept ans.

Mort à Paris, il a été enterré à Saintes.

On lui fit des obsèques grandioses, d'abord à l'église de Neuilly puis à Saintes. Il fut inhumé au cimetière Saint-Vivien, après une cérémonie à la cathédrale Saint-Pierre qui a rassemblé toute la ville et le département. Le Conseil municipal décida qu'une rue porterait son nom. On choisit la rue du collège, juste derrière la rue Saint-Maur où nous habitons, qui porte une plaque où l'on peut lire : *Rue Fernand Chapsal, 1863-1939*.

Afin de mieux perpétuer son souvenir, la municipalité de Saintes lui a élevé une stèle dans le jardin public qu'il avait fondé et qui porte désormais son nom.

Madeleine me dit parfois : « Tu vois, nous avons déjà une rue et un jardin public à notre nom. Nous n'avons plus rien à faire, toi et moi, qu'à nous tourner les pouces ! »

Il est vrai qu'avoir vécu à l'ombre d'un grand homme – tel était mon père à mes yeux et aussi dans la réalité – écrase quelque peu ses descendants : il ne peut être question de le surpasser ! En tous les cas, si on suit la même voie que lui.

Est-ce pour cela que je n'ai jamais brigué de responsabilité politique ? Je me suis contenté, de ma place, de servir l'État.

Vacances d'été à Pontaillac

À partir de 1933, fraîchement divorcé, j'allai passer chaque mois d'août sur la côte atlantique et, comme le jugement de divorce m'avait accordé le droit d'avoir avec moi mes deux filles pendant une partie de leur vacances, je les y emmenai tous les ans avec leur nurse anglaise.

Vivre avec mes deux filles, quel bonheur j'en éprouvais ! C'était une période de joie.

Mon frère et sa famille, vieux habitués de la station, habitaient une villa tout près, de sorte que mes filles retrouvaient tous les jours leurs cousins et cousines sur la plage.

J'appréciais également de n'être pas loin de Saintes, où chaque été résidait mon père ; je pouvais lui rendre visite, avec Madeleine et Simone, ses deux petites-filles qu'il s'était mis à beaucoup aimer.

À Pontaillac, nous logions toujours à l'hôtel Miramar en face de la mer ; la nurse anglaise s'occupait des enfants, aussi n'avais-je pas besoin de les surveiller continuellement.

Nous parlions anglais à la table du restaurant, ce qui intriguait, je l'ai su par la suite, les autres estivants : « Qui est donc ce monsieur seul avec ses deux petites filles ? Que peut-il bien faire ici ? » se disaient-ils.

Mais je ne m'autorisais aucune relation avec les résidents de l'hôtel, tenant à donner le plus de temps possible à mes filles. Je restais avec elles tous les matins, et, l'après-midi, je me consacrais à mes amis, que je retrouvais également le soir, après le dîner et le coucher des petites.

Le dimanche matin, je les emmenais à la messe ; je n'étais pas peu fier de me montrer avec ces deux ravissantes fillettes, si bien élevées et magnifiquement habillées. L'église, de construction récente, était ornée de nombreux vitraux modernes, signés R.C. Un jour, Madeleine me chuchota : « C'est toi qui as donné ces vitraux à l'église ? Ils portent tes initiales. » J'avoue, à ma honte, que je n'ai pas pu résister et que j'ai répondu « Oui », ce qui m'a valu la considération sans bornes de Madeleine. Elle s'en souvient encore !

Elle se rappelle aussi, me dit-elle, les longues heures que nous passions chaque jour ensemble sur la plage où je leur apprenais à nager à l'aide du « pneu » – une grosse chambre à air de camion – et nos excursions en voiture sur la Côte sauvage, ou par le petit train côtier qui faisait leur joie jusqu'au phare de Cordouan.

À la fin du mois d'août, je ramenais mes filles à Limoges. Après un déjeuner pris en commun avec leur mère et leur tante Gabrielle dans le restaurant d'un bel et grand hôtel aujourd'hui démoli, elles retournaient pour quelques jours à Eymoutiers, avant d'aller achever leurs vacances à Bandol, dans le Midi, chez leur marraine Madeleine Vionnet.

Ces séjours annuels à Pontaillac, avec mes enfants, décidèrent bizarrement de ma vie future. J'avais un ami à Royan, Bernard P., qui venait chaque année passer quelques semaines dans sa villa où il recevait des amis parisiens. Il m'introduisit immédiatement auprès d'eux – sa «joyeuse bande», comme il disait. Ces gens avaient en commun un objectif qui me convint immédiatement : profiter de la mer pour mener la belle et bonne vie ! Bains, déjeuners, dîners, casino, excursions, dancing, on n'arrêtait jamais !

Notre bande, celle de mon ami Bernard, s'était rapprochée d'une bande analogue, formée surtout de Bordelais en rupture de bassin d'Arcachon, leur lieu de vacances le plus habituel. Des gens fort agréables mais qui, avec leurs façons d'Aquitaine, se croyaient tout permis et semblaient nous prendre, nous les Parisiens, pour des éléments de second ordre.

Avides de réagir, nous nous demandâmes longuement quelle était la meilleure manière de montrer à ces messieurs-dames (tous parents de propriétaires de grands crus) combien leur attitude nous semblait stupide, lorsque l'un de nous eut une idée qui nous parut géniale : «Nous ne leur dirons bonjour qu'un jour sur deux.»

Aussitôt dit, aussitôt fait. Le résultat fut à la hauteur de notre ressentiment ! Éberlués, épatés par notre comportement, auquel ils ne comprenaient rien, croyant peut-être à une nouvelle forme de politesse en vigueur à Paris, les Bordelais se radoucirent et acceptèrent désormais de collaborer gentiment avec nous dans notre quête quotidienne de plaisirs renouvelés.

Parmi les membres de notre bande, j'avais remarqué une jeune femme blonde, divorcée depuis peu, qui séjournait à Royan avec ses parents et sa sœur, et qui sortait presque chaque jour avec nous.

Elle était plutôt réservée, mais paraissait prendre du plaisir à se distraire en notre compagnie. À force de nous rencontrer, nous fîmes plus ample connaissance et, bientôt, nous ne nous quittâmes plus.

J'appris que ses parents habitaient Paris, dans le 1er arrondissement, j'étais donc sûr de pouvoir la retrouver dans la capitale. C'est ainsi que commença l'aventure qui devait se terminer par mon second mariage.

Il n'eut pas lieu tout de suite, Andrée et moi restâmes plusieurs années à nous voir souvent à Paris, presque tous les jours, et l'été à Royan, jusqu'à cette année 1939 où deux événements capitaux vinrent précipiter les choses.

D'abord l'accident d'autobus qui entraîna la mort de mon père, puis la déclaration de guerre à l'Allemagne, suivie de mon incorporation.

La mort de mon père fut un coup terrible pour moi. Revenu vivre avec lui, je lui rendais de nombreux services dans sa vie quotidienne et professionnelle, ce qui nous rapprocha encore. Je me sentais tellement orphelin et solitaire…

L'autre événement qui allait tout changer fut la déclaration de guerre à l'Allemagne, fin août 1939, entraînant ma mobilisation et mon incorporation immédiate dans un régiment d'artillerie de campagne, le 6e RANA, en formation à Montreuil, près de Paris.

Je dus rentrer sans délai à Paris, après avoir reconduit mes filles à Limoges où leur mère est venue les voir, puis repartir aussitôt, le cœur gros, vers mon destin.

Je me sentais horriblement seul, comme perdu ; mon frère, mon beau-frère, étaient aussi mobilisés, et leurs familles réfugiées en province. Mes amis étaient soit mobilisés, soit éparpillés en France.

Dès mon arrivée dans la capitale, je me rendis à

Montreuil, dans l'usine désaffectée qui nous servait de caserne. Je n'y connaissais personne et je dus m'habituer, une fois de plus, à vivre avec des inconnus.

Ils m'étaient d'autant plus étrangers qu'ils étaient pour la plupart algériens et que nous avions peu de choses en commun. Ce furent des moments d'adaptation difficiles.

Nous sommes demeurés à Montreuil plus d'un mois à nous constituer en unité capable d'aller au combat. Nous faisions des exercices chaque jour sans compter les «amphis» dirigés par des officiers d'active, qui nous rappelaient les notions sur le tir apprises en 14 et bien oubliées depuis !

C'est alors que je me mis à réfléchir sérieusement sur mon sort. Je me rendis compte que s'il m'arrivait quelque chose de grave, au cours de cette nouvelle guerre – blessure ou captivité –, je me trouverais isolé, sans aide, sans appui familial, car chacun ne pensait plus qu'aux siens et peu aux autres.

Le temps, cependant, passait. Nous allions partir et je me sentais le besoin, une fois au front, d'avoir un correspondant à l'arrière pour m'écrire, me soutenir, et aussi m'accueillir si, hélas ! la situation l'imposait.

Je savais que ma famille avait suffisamment à faire avec ses propres mobilisés pour me rendre vraiment service. Ayant retourné le problème sous toutes ses formes et passé en revue toutes les amies plus ou moins chères qui avaient compté dans ma vie depuis mon divorce, et qui d'ailleurs s'étaient dispersées, l'idée me vint de demander à Andrée, restée à Paris, avec son père, si elle accepterait de devenir ma marraine de guerre. C'était peu, mais c'était un point d'ancrage.

Je ne pouvais quitter ma caserne de Montreuil. C'est donc par téléphone que tout s'est passé ! Nos coups de fil se faisaient de plus en plus longs et, jour après jour, ma marraine de guerre s'est muée en une femme disposée à veiller sur moi, finalement à m'épouser.

Andrée, je l'avais compris, en avait assez de son état de divorcée et elle redoutait comme moi de se retrouver seule pendant cette période de guerre. Elle avait besoin, elle aussi, d'un appui pour plus tard, et dut penser que j'étais capable de lui assurer un avenir sérieux.

De mon côté, je la connaissais suffisamment pour apprécier ses qualités. Moi aussi je désirais inconsciemment me recréer un foyer stable.

Nos caractères semblaient s'accorder sans heurts, et c'est ainsi qu'une «relation balnéaire» se transforma, au fil du temps et sous la pression des événements, en un lien conjugal des plus solides. Andrée se révéla une épouse sûre et très chère, que j'aimais et qui m'aimait.

Tout se conclut par téléphone. On ne pourra pas dire que nous n'étions pas modernes !

Andrée se chargea de tout, puisque je ne pouvais l'aider. Elle réunit les documents nécessaires, entreprit les démarches à la mairie du 16e, tout se fit au plus vite et j'obtins finalement de mon commandant de batterie une permission de mariage d'un après-midi et d'une nuit !

En présence de deux témoins recrutés par ma future femme et que je ne connaissais pas, nous nous sommes mariés presque clandestinement. Dès le lendemain, je retournais à la caserne de Montreuil, le cœur bien gros, après une courte nuit de noces chez elle, avenue Montaigne.

Je n'en demandais cependant pas plus pour l'instant : j'étais comblé, je n'étais plus seul, j'avais quelqu'un avec moi sur qui je pouvais compter en cas de malheur.

Ma nouvelle épouse demeura dans son appartement jusqu'à la fuite des Parisiens en province, après la défaite. Elle partit alors dans notre petite voiture se réfugier chez son père en Dordogne.

Ces faits étaient minimes, au regard du drame qui venait de s'abattre sur la France et qui allait embraser l'Europe.

Mais un désastre national n'est jamais qu'une somme de malheurs individuels. Le pire est de perdre des êtres chers. Même si le deuil les a épargnés, la plupart d'entre nous ont été touchés – dans leurs biens, leurs terres, leurs commerces, leurs industries, sans compter le temps perdu, en particulier pour les jeunes, qui n'ont pas pu suivre leurs études et qui, d'autre part, ont souffert des restrictions alimentaires.

Dès les premières heures de la défaite, chacun a senti que tout pouvait arriver ; ce fut un sauve-qui-peut général. Chacun savait qu'il ne pouvait plus compter que sur lui-même et sur les siens pour survivre, mais sûrement pas sur le gouvernement, qui avait pris la fuite, ni sur les autorités en déroute. Il n'y avait plus de protection civile ou militaire pour personne. Le règne de la force et de la terreur commençait et, pour s'en tirer, il ne fallait plus songer qu'à l'essentiel, se procurer un abri et de la nourriture.

J'avais pour ma part l'expérience du front. Manques et restrictions ne m'étaient pas nouveaux, ni insupportables. Je savais que j'aurais pu me trouver sous les obus et les bombes. Après l'armistice et jusqu'à la Libération, nous fûmes pour la plupart délivrés de ces désagréments. Dans notre impuissance, cette chance n'était pas celle, hélas! de bien des Européens.

C'est pourquoi je trouve inconvenant de nous plaindre, et si je rapporte ici ou là certains de nos petits malheurs, ce ne sont qu'anecdotes que je destine aux jeunes, qui n'ont pas connu cette période, et ne parviennent pas à imaginer ce que c'est que de se laver sans eau chaude et de se passer de sucre, de savon, de café, d'essence, d'électricité et de cigarettes!

Encore une fois la guerre !

Par chance, la « drôle de guerre », comme on l'appelait par dérision, m'a épargné les dangers que j'avais connus au cours du précédent conflit.

J'étais pourtant mobilisé, à quarante-cinq ans, mais je n'ai pas eu l'occasion de combattre vraiment. Ce fut l'une des bizarreries de ce conflit. L'armée m'avait rappelé à la caserne de Montreuil où, après bien des déconvenues et des manques, notre unité ne fut constituée qu'au bout de plusieurs semaines.

D'une façon générale, les officiers comme les hommes étaient âgés et leur rassemblement ne pouvait se comparer à une troupe.

Les carences étaient considérables, tant en matériel de transmission, que de préparation de tir, d'observation et de protection contre les gaz. Les munitions ainsi que les fournitures d'artillerie proprement dites faisaient gravement défaut. L'habillement comme le campement étaient loin d'être complets.

Le travail de complément immédiatement entrepris se heurta à de nombreuses difficultés pour obtenir les dotations réglementaires. Certain matériel, comme les effets d'habillement des hommes, ne put jamais être perçu.

Quant au parc automobile, ses éléments arrivés en mauvais état résistèrent fort mal aux nécessités de leur emploi – et tout véhicule envoyé en réparation n'était pas sûr d'être récupéré au moment du départ.

Il aurait fallu un immense travail pour rendre le 6e RANA (Régiment d'Artillerie Nord-Africain) opérationnel, étant donné l'insuffisance de l'équipement et le peu d'instruction des gradés d'encadrement.

En dépit de ces insuffisances, qui ne nous paraissaient pas de très bon augure, notre unité quitta le casernement de Montreuil pour le camp de Sissone, où nous exécutâmes plusieurs écoles à feu afin de définir la fonction de chacun et de confirmer la répartition des tâches à accomplir.

Nous fûmes ensuite dirigés sur la frontière de l'Est, où nous prîmes position dans le secteur qui nous était affecté, sur les bords du Rhin. Chaque jour, sur la rive opposée du fleuve, nous voyions passer et repasser tout l'arsenal allemand, camions et véhicules militaires de toutes sortes, parfois bondés de soldats.

Ce trafic s'effectuait en toute quiétude, car on nous avait totalement interdit de tirer sur l'ennemi, puisque lui-même ne nous provoquait pas. « Surtout ne pas l'exciter », nous avait-on ordonné en haut lieu.

Cette passivité nous faisait bondir, car nous pensions bien que tout ce remue-ménage cachait des préparatifs de guerre qu'il nous eût été facile d'interrompre par des salves d'artillerie. Hélas ! il fallait attendre qu'ils nous tombent dessus, bien préparés, bien approvisionnés, parfaitement au point.

Nos troupes, qui ne savaient que faire, s'ennuyaient. Pour tenter d'y remédier, on nous offrait des spectacles en tournée, des ballons de football avaient même été envoyés à certaines unités occupant la ligne Maginot.

En attendant, le temps s'écoulait, et rien ne changeait ; les avions ennemis traversaient le ciel, souvent même nous survolaient ; les nôtres restaient invisibles. Moi non plus, je n'échappais pas au cafard. Le pire, à la guerre, est d'attendre sans savoir quoi. Par ailleurs, je m'inquiétais pour ma famille, ma femme laissée à Paris, mes filles dont j'avais peu de nouvelles, mon frère remobilisé comme moi.

Un matin d'avril 1940, je fus convoqué inopinément par mon commandant qui me déclara que j'étais appelé sans délai à Paris. J'en fus le premier étonné et je quittai tôt le lendemain mes compagnons devenus des amis, après une beuverie de départ en règle.

Aussitôt arrivé, je me rendis au ministère de la Guerre, où l'on me signifia que, vu mon âge, mes blessures antérieures, ma situation dans le civil, j'étais retiré du service actif et affecté à un corps d'experts dénommé «Contrôle de l'Armée».

Ce service, je l'appris par la suite, était chargé de contrôler toutes les dépenses de l'armée, de les prévoir, de les assurer et de les vérifier. Son contrôle s'étendait jusqu'aux réquisitions militaires dont il devait juger la nécessité ; il procédait aussi au remboursement des réquisitionnés.

En temps de paix, ce service était dirigé par des officiers supérieurs de l'armée active, au terme d'un concours très difficile. En temps de guerre, lui étaient adjoints des civils mobilisés, experts en comptabilité.

Appartenant à la Cour des Comptes, je fus incorporé au Contrôle de l'Armée, et envoyé immédiatement dans une unité de ce corps, stationnée à Rouen.

Elle était composée comme une unité combattante, avec son chef, son état-major, ses hommes de troupe.

Nous nous déplacions en camions. Pour nous défendre, nous avions des revolvers, remis aux seuls gradés.

Je n'eus même pas le temps de commencer le travail qui devait m'incomber : la foudre nous tomba soudain dessus. C'était l'offensive allemande, tant redoutée, qui se déclenchait dans toute son ampleur au début de mai 1940.

Le choc fut terrible et les effets immédiats. D'autant que nous ne nous y attendions plus, du moins, pas si tôt ; certains jouaient encore au football sur la ligne Maginot !

Les armées française et anglaise reculèrent rapidement sous l'assaut. La guerre était enfin entrée dans sa hideuse réalité.

Tout le monde connaît la suite. Inutile de décrire ici la débâcle qui s'ensuivit, et qui se termina par l'occupation des deux tiers de la France et par l'armistice de juin 1940.

Que devint mon unité dans ce chaos ?

Nous nous rassemblâmes sous les ordres de notre général – pardon, de notre contrôleur général – nommé Lévêque, et nous fîmes exactement comme les autres : nous reculâmes chaque jour un peu plus loin, munis de nos seuls revolvers pour nous défendre contre un ennemi omniprésent. Des avions lâchaient des bombes sur les convois en retraite, des tanks poussaient des pointes de plus en plus profondes au milieu d'une marée humaine, et des réfugiés encombraient les routes de l'ouest et du sud.

C'est ainsi que nous traversâmes successivement Mantes, Falaise, Alençon, Laval, Clisson, Challans, et atteignîmes enfin Saint-Gilles-Croix-de-Vie, sur la côte vendéenne.

Nous savions que les Allemands faisaient prisonniers tous les militaires qu'ils capturaient, isolés ou en troupe, et nous tâchions de précéder leur avance, sans but précis, sinon celui de fuir, fuir pour leur échapper.

Nous ne voulions à aucun prix être faits prisonniers et expédiés en Allemagne, ce qui dut arriver aux militaires territoriaux casernés à Laval quand nous y sommes passés.

En traversant cette ville, nous avions remarqué de nombreux militaires isolés ou en groupe, et notre « général » en avait référé au commandant militaire de la ville, en allant le saluer.

« Comment pouvez-vous laisser vos hommes en uniforme ? Pourquoi ne les incitez-vous pas à quitter la ville pour le Sud ? Vous savez que dans un jour ou deux, tout au plus, les Allemands vont arriver et tous les rafler. »

Il s'entendit répondre :

« Quand les Allemands entreront dans la ville, ils nous trouveront tous rangés en bon ordre pour les attendre. C'est ainsi que doit se conduire une armée qui a le respect des traditions militaires. »

Et, par la faute de cet imbécile, des centaines d'hommes qui n'avaient pas voulu désobéir à leur chef et disparaître furent faits prisonniers sans offrir aucune résistance. Lamentable ! Quant à nous, nous campâmes à Saint-Gilles, prêts à repartir dès le lendemain.

Mais, ce jour-là, nous fûmes avertis que les ennemis étaient déjà arrivés à La Rochelle et qu'ils ne nous laisseraient pas continuer.

Que faire ? De quel côté se tourner ? Toute la journée se passa en attente, jusqu'au moment où notre « général » nous fit dire par son état-major : « Nous n'allons pas faire comme à Laval et attendre que les Allemands nous capturent alors que nous n'avons aucun moyen de leur résister. Donc, fichez le camp ! Comme vous voudrez, comme vous pourrez, où vous voulez, je ne veux plus vous voir ici ; abandonnez votre matériel, partez, partez vite. »

Il ajouta : « Moi et mon état-major nous ne pouvons nous échapper. Nous serons faits prisonniers. Les Allemands seront là dès demain matin. » C'était pathétique et navrant, grandiose, aussi, et désespérant.

Aussitôt, chacun s'employa à s'enfuir sans plus réfléchir. Pour ma part, j'étais accompagné d'un jeune officier qui ne me quittait pas et qui me répétait sans cesse : « Où aller ? Que faire ? On devrait attendre les Allemands et se rendre, ce serait le mieux pour nous. » Je finis par lui répondre : « Rendez-vous si vous le voulez, mais tout seul. Moi je pars. Je ne sais où ni comment, mais je pars. »

Ce n'était rien de le dire !

Pour commencer, je me suis acheté une veste, un pantalon et des sandales de pêcheur des Sables-d'Olonne ; j'ai jeté mes vêtements militaires et mon revolver dans un puits et, couché dans une grange, j'ai attendu le lendemain.

Alors, j'ai vu les Allemands arriver en voiture, encore peu nombreux. Ils ont occupé la petite mairie pour la transformer sans délai en Kommandantur, et ont collé quelques affiches menaçant de mort ceux des habitants qui cacheraient des militaires français.

Pendant deux jours, j'ai vivoté, couchant n'importe où et mangeant n'importe quoi, n'importe comment. Heureusement, le temps était beau et chaud ; l'après-midi j'allais me baigner tout nu, pas loin des Allemands qui faisaient de même. Dans ce simple appareil, ils ne pouvaient reconnaître en moi un militaire français !

Je rongeais mon frein ; il me fallait partir à tout prix, car se nourrir et dormir deviendrait bientôt un problème insoluble. Une idée me vint : voler une bicyclette et prendre les petites routes pour éviter les mauvaises rencontres. Encore fallait-il en trouver une. Je me mis immédiatement à parcourir les rues de Saint-Gilles à la recherche d'un vélo abandonné – en vain. Arrivé à la petite poste, en revanche, j'aperçus des bicyclettes en tas, celles des gens d'alentour venus aux nouvelles. Elles étaient en bon état et suffisamment nombreuses pour que je puisse en choisir une sans éveiller la curiosité ni l'attention. Je n'avais qu'à me servir.

Mais je restai là, planté ! On me croira difficilement : en dépit du danger pressant dans lequel je me trouvais, je n'ai jamais pu voler une bicyclette !

J'eus beau essayer à plusieurs reprises de me raisonner, et tenter de me forcer, rien n'y fit. Quelque chose de plus fort que moi me retenait au moment même où j'allais poser la main sur l'objet désiré, que je savais indispensable à mon salut, mais qui appartenait à autrui. Ce fut un curieux combat qui se termina par ma retraite, je quittai la poste, furieux contre moi-même et contre mon impuissance.

C'est alors qu'eut lieu le miracle ! Un événement inattendu, inconcevable, fantastique – et je pèse mes mots !

M'étant à peine éloigné de la poste, je vis venir une banale automobile, une Citroën, si je me rappelle bien, qui s'arrêta près de moi. Elle était remplie de paquets. Une jeune femme la conduisait, une dame plus âgée à ses côtés. Je compris aussitôt qu'il s'agissait de fugitives qui avaient quitté une grande ville en emportant ce qu'elles avaient de plus précieux.

La conductrice passa la tête par la portière et m'interpella : « S'il vous plaît, monsieur, nous sommes perdues ; pouvez-vous nous indiquer la route pour aller plus au sud ? »

Depuis quelques jours, les pancartes et panneaux indicateurs avaient été arrachés sur toutes les voies de communication pour tromper ou tout au moins retarder les Allemands au maximum.

Je m'approchai de la voiture et engageai la conversation. Ces dames, la mère et la fille (le père était mobilisé), venaient de Paris et fuyaient vers le Midi, chez des parents. Elles avaient très peur, et ne se sentaient pas en sécurité, exposées aux avancées allemandes comme aux malandrins détrousseurs de réfugiés, pour qui cette débâcle constituait une aubaine.

À leur tour, elles s'enquirent de ce que je faisais ici. Je leur expliquai en quelques mots ma pénible et inextricable situation, et les ayant renseignées de mon mieux, je leur offris de faire un petit bout de chemin avec elles pour leur indiquer la route la moins dangereuse.

Tout à coup, la plus âgée me dit : « Vous devriez venir, ça nous tranquilliserait d'avoir un homme avec nous. Cela vous permettrait de vous éloigner rapidement d'ici où vous ne pouvez pas rester à attendre la captivité. »

Je ne pris pas le temps d'envisager les difficultés à surmonter, je ne pensai à rien ; j'avais seulement entendu ce qu'on venait de me dire et, sans plus réfléchir, je sautai dans la voiture et partis avec les deux femmes, comme si j'avais été soudain frappé par la grâce.

Par un autre miracle, nous ne fîmes aucune mauvaise rencontre, et en suivant les routes communales, en évitant les nationales et même les départementales, ainsi que la traversée des villes, nous parvînmes successivement aux abords de Niort, Melle, Ruffec, Montron, et enfin Périgueux, qui n'était pas encore occupé.

Parcourir plus de trois cents kilomètres, avec des détours inévitables, nous prit un temps considérable qui nous parut d'autant plus long que nous étions tout le temps en alerte ; je descendais de voiture avant chaque croisement de routes pour m'assurer que la voie était libre.

De nombreux réfugiés, à pied parfois, encombraient les voies importantes, tandis que les plus petites étaient presque désertes. Les fermes isolées étaient closes, pas même une vache dehors ; il était impossible d'obtenir de l'aide du côté des cultivateurs.

À notre arrivée à Périgueux, j'abandonnai ces dames après force remerciements. Elles se dirigeaient plus à l'est, sur Aurillac, puis vers le Midi. Nous promîmes de nous revoir en des temps meilleurs ; ce qui, à mon vif regret, n'eut jamais lieu, car je perdis le bout de papier sur lequel j'avais écrit leur nom et leur adresse !

Après bon nombre de recherches, je finis par trouver quelque chose à manger sur le pouce. Les restaurants n'avaient plus rien à proposer, ou bien ils étaient archi-complets.

Je parvins aussi à téléphoner d'un bistro à ma belle-famille, réfugiée au complet aux Eyzies-de-Tayac, à 40 kilomètres au sud sur la Vézère, et j'eus la grande joie d'entendre la voix de ma femme. Après les premières paroles d'effusion, elle décida de venir aussitôt me chercher pour me ramener aux Eyzies, dans la petite auto avec laquelle elle avait eu la bonne idée de quitter Paris quelques semaines auparavant. Elle m'assura avoir encore assez d'essence pour ce trajet.

Une heure et demie plus tard, Andrée arrivait, accompagnée de sa sœur Geneviève qui n'avait pas voulu la laisser voyager seule. Nous nous retrouvâmes avec la plus grande émotion et repartîmes sans délai pour Les Eyzies, cette capitale de la préhistoire. Tout au long du chemin, je lui narrai tout ce qui m'était arrivé depuis notre dernière entrevue.

Ma belle-sœur, toutefois, ne partageait pas notre joie car elle était sans nouvelles de son mari. On sut bien plus tard qu'il avait été fait prisonnier dès le début de l'offensive allemande. Mon beau-père me reçut dans sa maison sous les rochers avec la plus vive cordialité. Je pus me faire confectionner un costume civil par un tailleur alsacien réfugié dans le village, car je n'avais aucun bagage, et j'appréciai de retrouver pendant quelques jours une vie plus calme et plus conforme à mon tempérament.

Les restrictions n'étaient pas encore trop sévères, le temps était beau, et aucune troupe allemande n'avait encore occupé le petit bourg. Je savais mes filles à l'abri, à Eymoutiers, depuis des mois, et j'aurais pu respirer un peu. Mais je n'avais aucune nouvelle des autres membres de ma famille, surtout de mon frère et de mon beau-frère, mobilisés depuis le début du conflit, et cela me causait un vrai tourment.

S'y ajoutait le désastre militaire ; à la radio nous suivîmes, impuissants, la débâcle de l'armée française, jusqu'à sa conclusion par l'humiliant armistice. Aussitôt après fut mise en place la ligne de démarcation, et le gouvernement appela les réfugiés à retourner chez eux.

Je n'avais pas le choix : il me fallait revenir à Paris, pour reprendre mon travail afin de gagner chaque mois l'argent nécessaire à notre vie, car les réserves emportées par ma femme avaient fondu.

Vers le milieu d'août, Andrée et moi reprîmes donc notre petite auto pour regagner la capitale, en espérant qu'il nous resterait assez d'essence pour aller jusqu'à la maison. Hélas ! arrivés presque au but, ce fut la panne sèche ! Heureusement, un camion consentit à s'arrêter et, moyennant finance, à nous remorquer jusqu'à Palaiseau dans la banlieue parisienne. Il nous abandonna devant un garage qui n'avait plus d'essence à vendre ; il ne nous resta plus qu'à prendre le train, puis le métro pour arriver enfin avenue Montaigne, dans l'appartement de ma femme.

Quelques semaines plus tard, lorsque mon frère, démobilisé, revint de Saintes avec sa famille, nous nous installâmes avec eux rue Cortambert. Hormis quelques péripéties, il n'avait pas non plus rencontré d'ennui majeur et avait pu échapper à la captivité.

Autour du 18 août 1940, je reprenais mes fonctions à la Cour des Comptes. Bon nombre de mes collègues manquaient à l'appel, mais certains n'allaient pas tarder à revenir, chacun avec une histoire différente, parfois désastreuse, à l'image de la période que nous venions de vivre et qui en annonçait une autre, pire encore que la précédente. Si nous n'étions plus en guerre, nous étions vaincus et occupés par ceux-là mêmes que nous avions autrefois victorieusement combattus.

Voilà qui était dur à admettre, surtout pour d'anciens combattants tels que mon frère et moi. Le soir, à dîner – à cause du couvre-feu, nous devions rentrer tôt chez nous et y rester – nous en parlions longuement, sans parvenir à comprendre comment un pays comme le nôtre avait pu manquer à ce point de prévoyance et d'organisation.

La défaite était si accablante qu'il m'est arrivé, je l'avoue, de considérer comme un bienfait que mon père n'ait pas été là pour assister à la ruine de ce pays, qu'il avait contribué à rendre prospère. Après tant d'années d'un travail acharné au service de l'État, cela l'aurait désespéré.

Mon frère et moi étions encore jeunes, et même si nous nous sentions complètement bloqués et écrasés, comme tous nos concitoyens, nous ne pouvions nous résigner à demeurer des vaincus. Notre lien avec l'espoir, pour nous comme pour tant de Français, c'était le combat que menait le général de Gaulle, que nous écoutions clandestinement, le soir, à la radio anglaise.

Cela nous faisait un peu oublier le poids de tous les jours : Paris défiguré par les croix gammées, les panneaux rédigés en allemand et ces militaires en uniforme que nous croisions sans cesse dans les rues et les transports publics.

Hélas ! La Libération, que nous ne pouvons encore envisager, n'est pas pour tout de suite. Il nous faudrait attendre de longues et, pour certains, terribles années.

L'Occupation

Quand je me suis retrouvé à Paris avec ma femme, un long deuil commençait. À peine quelques autos particulières dans les rues, les habitants n'étaient pas tous revenus de leurs divers lieux de refuge. Des détachements allemands, à pied ou en camion, défilaient avec ordre dans les principales artères.

Peu de journaux, encore moins de distractions. Les restaurants montaient chaque jour leurs prix, et les restrictions en tout genre se faisaient de plus en plus sévères.

J'avais repris mes fonctions à la Cour des Comptes – je ne pouvais faire autrement, mais le cœur n'y était pas.

Je m'étais installé avec ma femme dans notre hôtel particulier de la rue Cortambert, non loin de la maison du square Pétrarque où demeuraient d'ordinaire mes filles qui n'étaient pas encore rentrées du Limousin.

Les cartes d'alimentation ne tardèrent pas à être distribuées. Il fallait faire des queues de plus en plus interminables pour obtenir une misérable pitance qu'on finissait tout de même par avaler, faute de mieux.

Certes, le marché noir sévissait déjà, mais en plus du fait qu'il était sévèrement réprimé si l'on était pris, les denrées vendues coûtaient chaque fois plus cher et, comme les salaires étaient bloqués, la majorité de la population ne pouvait y avoir recours.

Nos seules distractions, à part quelques séances dans les cinémas du quartier, étaient d'écouter à la radio, avec la plus grande prudence, les nouvelles toujours brouillées venues de Londres : *Les Français parlent aux Français*.

Cela nous réconfortait, nous faisait patienter, et parvenait à nous donner de l'espoir même quand tout allait au plus mal.

La situation, en effet, ne cessait d'empirer.

Chaque soir, il y avait couvre-feu : à vingt-trois heures il fallait être chez soi et veiller, en peignant les vitres en bleu, à ce qu'aucune lumière ne filtre de la rue. Ceux qui pour une cause quelconque se trouvaient dehors après l'heure limite risquaient gros, les Allemands assurant des rondes en permanence.

La France était divisée en deux, la zone occupée par les Allemands et la zone dite libre sous l'autorité du maréchal Pétain, la «zone nono» – non occupée – comme on l'appelait.

Il était difficile, sinon impossible de se rendre d'une zone à l'autre, sans toutes sortes de formalités administratives, qui rebutaient les gens. Les familles vivant de part et d'autre de la ligne de démarcation étaient ainsi séparées.

Ma fille Madeleine se trouvait à Megève où, après sa grave primo-infection, ma sœur Fernande, qui s'y était réfugiée, avait bien voulu l'héberger. Je me débrouillai deux à trois fois pour aller les embrasser. Côté ravitaillement, elles ne vivaient pas trop mal, mieux, en tout cas, que nous à Paris. Toutefois, l'anxiété de ma sœur était vive : elle avait la charge de trois enfants, les siens et ma fille Madeleine, et était sans nouvelles de son mari parti pour l'Algérie, où il avait rejoint les gaullistes.

Mon *ausweiss* étant chaque fois d'une durée limitée, mes séjours auprès de ma fille et de ma sœur l'étaient aussi, et après une descente jusqu'à Sallanches dans ces autobus à bois qu'on appelait des gazogènes, c'était le cœur gros que je reprenais le train – qui n'avançait pas – pour Paris. Quand les reverrais-je ? Mon autre fille, Simone, était chez sa mère, leur grand-mère étant morte en 1941, et continuait courageusement ses études.

C'est ainsi que ma famille et moi avons passé l'Occupation à voir s'assombrir la vie quotidienne et à suivre avec passion les événements qui semblaient peu à peu annoncer une libération – en laquelle, même aux heures les plus noires, je n'ai instinctivement jamais cessé de croire.

En dehors de mon travail à la Cour, mes préoccupations étaient celles de tous les Français : avoir de quoi manger chaque jour, de quoi se chauffer quelque peu l'hiver, ne pas dépasser les quotas de charbon, de gaz et d'électricité qui nous étaient chichement alloués. Ce qui, à mesure que le temps passait et que les restrictions s'alourdissaient, devenait de plus en plus difficile.

Notre quartier de Passy était relativement tranquille. Une seule fois nous eûmes une alerte. Un coup de sonnette inattendu à la porte. On va ouvrir, il y avait deux Allemands ! Que voulaient-ils ? Que venaient-ils faire ? Arrêter l'un d'entre nous ? Tout, en ce temps-là, relevait de l'arbitraire, et le moindre incident se transformait en menace.

Après quelques instants d'angoisse, nous comprîmes que ces deux simples soldats, en fait bien intentionnés, avaient ramassé dans la rue une carte d'identité. Ils avaient lu le nom et l'adresse de son possesseur et ils venaient la rapporter ! C'était celle de mon neveu, Jean-Pierre Chapsal, qui l'avait perdue sans s'en apercevoir... La crainte fit aussitôt place au soulagement, et nous avons remercié les deux bidasses ennemis.

Mais que le temps, les mois, les années s'écoulaient lentement ! La vie nous paraissait laide, vide, ennuyeuse, les conversations portaient toujours sur le même sujet, la guerre, l'occupation, les nouvelles tracasseries et restrictions inventées par l'administration allemande.

La jeunesse, comprimée, devenait de plus en plus nerveuse, imprudente, insolente même, alors que dans le même temps les Allemands – en échec sur plusieurs fronts – se montraient de plus en plus sévères.

Un élan d'espoir nous souleva à l'annonce du débarquement en Algérie, mais les combats étaient durs et rien ne paraissait vraiment avancer.

Et puis, d'un seul coup, il y eut la nouvelle du débarquement en Normandie ! Nous l'avions tellement espéré que sur l'instant nous n'y avons pas cru ! La radio anglaise nous l'avait plusieurs fois annoncé et jusque-là rien ne s'était encore produit.

Mais cette fois c'était vrai. Nous suivions la progression alliée avec une anxiété grandissante, nous demandant à chaque instant si la bataille allait finir par tourner en notre faveur. Nous étions malgré nous à l'écoute de tous les bobards, des faux bruits, des fausses nouvelles – et aussi des vraies ! Il n'y avait plus que ça qui comptait : l'avancée des armées alliées !

Peu à peu Paris se retrouva encerclé, nous n'avions plus de nouvelles du reste de la France…

Quand nous comprîmes que les Allemands reculaient pied à pied, et lorsqu'ils commencèrent à abandonner la capitale, une nouvelle crainte s'empara de nous : qu'allaient-ils faire de Paris ? La bombarder, l'incendier, se livrer à des massacres d'habitants pour se venger d'avoir à la quitter, furieux de percevoir la joie générale qu'on sentait sourdre ?

Dans certains quartiers éclataient déjà des combats de rue. Un sentiment grandissant d'insécurité tenait les gens enfermés chez eux. Il ne fut bientôt plus possible de se rendre à son travail. Les transports et les ravitaillements étaient coupés.

À la maison, nous nous mîmes à consommer nos maigres réserves qui se composaient presque exclusivement de haricots blancs. Une fois que nous les aurions tous mangés, qu'allions-nous devenir ? Combien de temps pourrions-nous ainsi durer ? Aucun de nous n'avait d'armes, pas même un revolver pour nous défendre contre la moindre attaque.

Nous n'osions pas nous téléphoner pour prendre des nouvelles les uns des autres, de peur des écoutes ennemies. On ne peut décrire cette période où tout le monde – hommes, femmes, enfants – se retrouvait frappé de la même impuissance. Incapables de nous protéger mutuellement. Nous ne pouvions qu'attendre, terrés, anxieux, mais, je dois le dire, pleins d'un inébranlable espoir !

Les combats de rue se multipliaient, et les résistants, sortis on ne savait d'où, assiégeaient les bâtiments publics où s'étaient retranchés les Allemands.

Enfin, après quinze jours d'angoisse, une immense clameur s'éleva de toute la ville ! Des gens couraient dans la rue, en criant : « Les Américains arrivent, ils vont arriver, ils vont délivrer Paris, ils vont nous délivrer ! »

Ce ne furent pas les Américains qui arrivèrent les premiers. Ils avaient eu l'élégance de s'arrêter pour laisser de Gaulle et Leclerc libérer Paris les premiers. L'armée allemande avait quitté la ville, jugée indéfendable, pour se regrouper plus loin, laissant ainsi le champ libre aux sauveurs.

Cependant, certains lieux, immeubles, ministères, hôtels, étaient toujours occupés, et faisaient l'objet d'un siège en règle. On entendait le canon tirer de partout. On avait ouï-dire que nos libérateurs, entrés à Paris par le Sud, iraient se rassembler à l'Étoile. Aussitôt, tous les habitants de notre quartier sortirent de chez eux pour se diriger en trombe, par l'avenue Kléber, vers la place de l'Étoile. Nous les imitâmes, tous d'un même cœur, d'un même pas, dans la même joie !

En arrivant en vue de l'Arc de Triomphe, nous vîmes de loin un énorme attroupement ; les gens se tenaient en rond, serrés les uns contre les autres sur plusieurs rangs.

Nous nous approchâmes pour découvrir une scène lamentable : au milieu du vaste cercle que formaient les spectateurs, se tenait une femme, jeune semblait-il, toute nue, les bras repliés sur sa figure pour tenter de la cacher. Les gens la regardaient en silence tout en se repaissant du spectacle.

Depuis combien de temps était-elle là ? Pourquoi ? Que pouvait signifier une telle parodie un jour pareil ?

Tout à coup, deux ou trois militaires campés dans l'avenue Foch – encore nommée l'avenue du Bois –

portant une couverture, rompirent le cercle, enveloppèrent l'exhibitionniste involontaire et rejoignirent avec elle leur campement. C'étaient des Américains fraîchement arrivés qui désiraient, par pitié, par dignité aussi, mettre fin à ces tristes agissements.

On sut par la suite que la jeune femme avait eu des bontés pour les occupants, et que ses voisins, par représailles, l'avaient agressée et déshabillée alors qu'elle voulait, elle aussi, accueillir les libérateurs.

Cette scène est restée pour moi le symbole de ce qui était en train de se passer dans notre pays : la chasse aux collabos commençait, sur la place même de la victoire, alors que les Américains venaient au secours de la France, nue et humiliée, elle aussi. Une ternissure sur notre joie.

Quelque huit jours plus tard, rue de Rivoli, dans l'appartement de mon beau-père où je devais finalement m'installer avec ma femme, j'assistai d'une fenêtre au passage triomphal du général de Gaulle se rendant à l'Hôtel de Ville. Une foule immense, très dense, l'acclamait follement, massée tout au long de son parcours.

C'était beau, un moment d'émotion profonde et inoubliable.

Toutefois, je ne pouvais m'empêcher de penser que quinze jours plus tôt la même foule, avec la même ferveur, accueillait le passage du maréchal Pétain emmené outre-Rhin par les Allemands en retraite.

Ma fille Madeleine me reproche parfois de ne pas avoir d'idées générales sur l'histoire et la politique, en tout cas de ne pas en parler suffisamment. Mais quand on a vécu, comme moi, tant de situations extrêmes et contradictoires, vu les gens se comporter de façon héroïque, admirable, puis faire preuve de bassesse et de goût du crime, on n'a plus envie d'avoir d'idées générales. À quoi bon? Un jour ou l'autre, elles seront démenties par les faits.

Il y a peu, à la radio, j'ai entendu parler une dame roumaine, d'environ mon âge. Toute sa vie, elle avait été communiste, avait participé à la guerre d'Espagne, puis rejoint des groupes de résistance en France jusqu'à son arrestation et sa déportation à Auschwitz. Libérée, en 1945, elle avait choisi de retourner dans son pays pour aider à construire le communisme. « J'aurais crevé les yeux, disait-elle, à qui m'aurait dit que je me trompais, et que le communisme n'était qu'un leurre, tellement j'avais la foi ! » Aujourd'hui, cette femme pense que le communisme a sombré, elle est sortie, dit-elle, de son illusion. Et si, entre-temps, elle avait crevé les yeux à quelqu'un ?

Je n'aime pas les fanatiques, même de bonne foi.

Après la Libération, petit à petit la vie normale a repris. Les administrations revinrent de Vichy ou d'Algérie pour fonctionner de nouveau normalement, le ravitaillement s'améliora et les habitants de notre bonne ville de Paris retrouvèrent leurs habitudes, cafés, divertissements de toutes sortes, noctambulisme, mode (toutefois les défilés de la haute couture, je le savais par mon ex-femme, avaient continué pendant la guerre).

À croire que tout était oublié !

La politique se mit à refleurir, les discours à pleuvoir, les promesses à s'accumuler, la chasse aux collaborateurs à culminer et les vengeances à s'exercer.

La guerre était finie, l'Occupation terminée, et nous

avions la chance de faire partie de ceux qui avaient sur-
vécu. On pouvait désormais penser à autre chose,
puisque la vie reprenait.

Mais quelle vie ?

Madeleine se marie

Aucune génération, je crois, n'a assisté à autant de changements que la mienne, en particulier en ce qui concerne les rapports entre les enfants et leurs parents ! Même à trente ans, je ne me serais jamais permis de dire un mot à mon père qui ne fût pas dans la ligne du plus grand respect. D'ailleurs, je n'avais qu'à obéir, un point c'est tout. Mon frère de même.

Était-ce à cause de cette soumission qui éliminait toute révolte et tous frottements ? En tout cas, la vie me semblait beaucoup plus douce. Du moins dans notre catégorie sociale. Tout était simple dans ma jeunesse, pour moi comme pour les autres, bien que ma mère m'eût terriblement manqué. Nous étions pris dans le mouvement du progrès, et j'aimais cette impression, que nous avons gardée longtemps, jusqu'à la guerre de 1914, que l'avenir apportait avant tout du mieux-être et des améliorations.

Parler du progrès me rappelle cette terrible malédiction qui pesait sur la famille de ma mère, la tuberculose. Tous mes parents du côté maternel furent décimés, tous sont morts tuberculeux, parfois très jeunes.

Par bonheur, Madeleine, ma fille aînée, put bénéficier des progrès médicaux, en particulier de ce médicament américain, le *Rimifon*, et de la plus grande connaissance que l'on avait de la maladie. C'était après la guerre de 1940 et, d'une façon ou d'une autre, les guerres font tout progresser, les mœurs comme les acquis scientifiques.

Je ne me suis d'abord pas aperçu que Madeleine était gravement atteinte, parce qu'elle vivait chez sa mère. Je savais seulement qu'elle avait fait une congestion pulmonaire et qu'elle toussait. Je n'ai vraiment compris de quoi il s'agissait que lorsqu'on m'a dit qu'elle devait aller à la montagne, parce qu'elle avait les bronches en mauvais état. Plus tard, quand j'ai eu connaissance de certains symptômes, j'ai mesuré l'ampleur du mal, heureusement jugulé. Quand elle est rentrée à Paris, en 1944, à la Libération, c'était une belle jeune fille, pleine de charme et de santé. Les prétendants ne lui manquaient pas.

C'est Jean-Jacques Servan-Schreiber, alors lieutenant dans l'armée de l'air et pilote de chasse, qu'elle a choisi d'épouser. Ma première rencontre avec mon futur gendre, en 1946, s'est, à vrai dire, passée plutôt fraîchement !

Madeleine m'avait convoqué, pour la présentation, dans une pâtisserie de l'avenue Victor-Hugo. Soudain, j'ai vu ce garçon se diriger vers moi à toute vitesse ! C'était la première fois que je l'apercevais et je me suis immédiatement demandé : « Mais qu'est-ce que c'est que ce gars-là ? » J'ai compris par la suite que c'était son allure ordinaire !

Je n'ai rien dit, mais je n'aimais pas l'assurance de ce garçon qui avait à peine une vingtaine d'années. Il décidait de tout d'une façon sans appel – c'était comme ci ou comme ça –, un vrai tranche-montagne ! J'étais plutôt surpris, d'autant que j'apprécie surtout la modération, en particulier dans le langage ! Cette réserve

208

doit tenir à ma formation diplomatique. Par ailleurs, j'ai aussi la conviction que le temps a ses vertus, et qu'il ne faut pas tout vouloir bousculer.

Mais sans doute Jean-Jacques Servan-Schreiber n'avait-il pas tort d'être ainsi… car il a fort bien réussi sa vie.

Entre Madeleine et lui, cela s'est également décidé à toute vitesse. Après l'entrevue, ma fille m'a expliqué que c'était très sérieux. Autrement dit, je n'avais qu'à m'y faire et j'ai gardé mes réflexions pour moi !

Le mariage eut lieu en l'église de l'Annonciation, dans le 16e, où s'était mariée ma sœur Fernande. Je les laissai, Marcelle et la famille Servan-Schreiber, l'organiser. Depuis mon second mariage, je ne tenais pas trop à rencontrer ma première femme, la mère de Madeleine.

J'assistai, bien sûr, au mariage civil, à la mairie du 16e, puis je conduisis ma fille jusqu'à l'autel, dans la merveilleuse robe que lui avait créée et fait exécuter sa mère. C'était très émouvant. Quant à la réception qui suivit et qui eut lieu chez Marcelle, square Pétrarque, elle fut, paraît-il, très réussie. S'y trouvèrent réunis toute la famille du marié, celle de mon ex-femme, mon frère et sa famille, ma sœur et la sienne, et des amis intimes des deux côtés, comme Madeleine Vionnet. Mais je n'y étais pas. Je n'avais pas voulu remettre les pieds dans la maison que j'avais contribué à faire bâtir, et que j'avais dû quitter le cœur serré quelques années plus tôt.

Madeleine fut très vite lancée dans des réalités dont elle ignorait tout, pour avoir vécu exclusivement dans le milieu de sa mère, celui de la haute couture. Mais son esprit éveillé s'y est adapté tout de suite. Même si elle a divorcé depuis, elle n'a rien à regretter de cette période ni de ce mariage. Son éducation s'en est trouvée enrichie et complétée. Plongée dans le milieu du grand journalisme, elle a pu voir de près les choses de la réalité, à commencer par celles de la politique et de la littérature. Et, maintenant, elle écrit.

Je lis toujours ses livres avant leur parution. J'ai pu constater comme elle s'est enhardie, petit à petit. Nous avons toujours aimé écrire dans la famille, ma mère rédigeait parfois les discours de son mari, et moi j'ai tenu mon journal toute ma vie. Madeleine, elle, après avoir été longtemps journaliste, a fini par se consacrer entièrement à l'écriture, où elle réussit bien.

De tous ses livres, celui que je préfère est un ensemble de conversations avec des écrivains ; un ouvrage instructif, particulièrement intéressant[1]. J'aime aussi son livre sur la haute couture, le métier de sa mère que je connais bien, et qu'elle a parfaitement rendu[2].

J'ajouterai qu'avec le temps – comme quoi j'ai raison de faire confiance à la durée ! – mes relations avec mon ex-gendre se sont améliorées au point de devenir tout à fait confiantes. Ainsi ai-je été le premier lecteur, pendant l'été 1990, de *Passions*, le livre où il raconte sa vie. J'en ai lu le manuscrit à Saintes, chapitre après chapitre. J'annotais dans la marge les points que je ne comprenais pas tout à fait, et Jean-Jacques avait la gentillesse de me dire que cela lui rendait service.

----

1. *Envoyez la petite musique*, Grasset.
2. *La Chair de la robe*, Fayard.

Par Madeleine, qui est très liée avec eux, j'ai fait ces dernières années la connaissance de ses quatre fils, dont trois sont venus nous rendre visite à Saintes.

Ce sont de beaux garçons, intelligents, bien éduqués et qui, malgré tout leur savoir, sont demeurés modestes. Leur jeunesse me rappelle la mienne : ces garçons-là profitent de leur liberté tout en admirant leur père et, si j'ai bien compris, en lui obéissant. C'est comme ça que j'ai fait avec le mien !

Il arrive qu'ils m'envoient cette sorte de télégramme qu'ils appellent fax, et qui est une excellente commodité. Depuis notre premier appareil téléphonique, rue de Valois, les systèmes de communication me semblent avoir bien progressé.

Toutefois, les grands principes demeurent immuables. Je pense, en effet, et de plus en plus, que la seule chose sur laquelle on peut normalement compter et s'appuyer, à travers le temps, c'est la famille.

Au Conseil de la République

J'exerçais tranquillement mes fonctions à la Cour des Comptes quand, un soir de 1947, je fus appelé chez moi par mon ami André Dulin, autrefois secrétaire de mon père et qui, après la guerre, lui avait succédé au Sénat. Originaire de Saintes, Dulin avait été de longues années employé à la caisse régionale du Crédit Agricole, où mon père l'avait remarqué.

Sa faconde inégalable, sa rondeur d'accueil avaient su lui rallier les électeurs de Charente-Maritime. Sa ténacité aussi : quand on le poussait par la porte, il rentrait par la fenêtre, et il s'était révélé, pour son département, un inlassable protecteur auprès des pouvoirs publics.

Ce soir-là, c'était de moi qu'il avait décidé de s'occuper : « Le nouveau président du Conseil de la République (le Sénat de l'époque) vient d'être élu, me dit-il au téléphone. Il s'appelle Gaston Monnerville, sénateur du Lot ; il est originaire de la Guyane, dont il fut député. Légèrement coloré de peau, il ne s'attendait nullement à son élection. Comme il va former son cabinet présidentiel, et qu'il connaît peu de monde parmi les hauts fonctionnaires des administrations publiques, je me suis permis de lui donner votre nom. Il m'a aussitôt chargé de vous convoquer au Conseil… J'espère, mon cher Robert, que vous ne m'en voudrez pas

213

d'avoir disposé de vous et que vous accepterez le rendez-vous. Vous verrez bien ce que le président va vous proposer ! »

C'était tout Dulin : il tissait des réseaux, lançait des noms, des idées, puis, déjà passé à autre chose, laissait les choses se faire et les gens s'organiser entre eux.

Un peu éberlué, je le remerciai quand même et, après avoir raccroché, me mis à réfléchir. Devais-je aller à ce rendez-vous et, éventuellement, tenter l'aventure avec une personne que je ne connaissais pas, ou rester dans ma rue Cambon où, depuis le temps, je me sentais tout à fait tranquille et à mon aise ?

Ma femme, à qui je fis aussitôt part de la nouvelle, m'encouragea : « Cela ne t'engage à rien. Tu verras bien ce que le président t'offrira, sans compter que tu peux ne pas lui plaire. Tu n'es pas le seul, il doit avoir le choix entre plusieurs candidats… »

Je me rendis donc, le jour dit, au Petit-Luxembourg, belle demeure attenante au palais du Sénat, réservée à son président, et dotée d'un petit parc et d'un joli jardin d'hiver.

Je me posais bien quelques questions, en patientant dans la salle d'attente en compagnie de plusieurs autres personnes, mais je connaissais la maison, pour y avoir si souvent accompagné mon père et, tout compte fait, je m'y sentais bien !

Je fus à mon tour introduit dans le bureau présidentiel et les premières impressions que je retirai de l'homme qui me recevait furent de sympathie, de cordialité et de bonne humeur. Plutôt petit, tout de même assez coloré de teint, il parlait bien, et avec abondance – son métier était celui d'avocat. En somme, il me plut. Était-ce réciproque ?

Gaston Monnerville me déclara avoir quelque peu connu mon père avant-guerre, puis il me posa de nombreuses questions sur mon passé et mes fonctions actuelles.

La formule avec laquelle il me congédia ne laissait rien transparaître : « Je vais voir et je vous ferai connaître très bientôt ma décision. » J'eus tout de même le sentiment que je l'avais intéressé.

Deux jours plus tard, j'étais à nouveau convié au Petit-Luxembourg où cette fois le président me dit sans ambages : « Je vous confie la direction de mon cabinet, vous pouvez vous installer dès aujourd'hui. J'ai également désigné les autres personnes qui vous assisteront. Elles sont là, allez faire leur connaissance. »

C'était acquis !

Le bureau du président occupait tout un angle du bâtiment, dont un côté ouvrait sur le jardin, l'autre sur la cour intérieure. La pièce était grande, haute de plafond, éclairée par quatre fenêtres et luxueusement meublée. Sa table de travail présentait un vif intérêt : c'était celle du Premier Consul, une pièce historique !

Mon propre bureau, attenant au sien, était aussi grand et suffisamment bien meublé. Sur la cheminée de marbre blanc, une pendule imposante sonnait deux fois chaque heure, comme dans notre vieille maison de Saintes. Des placards, des rayons de bibliothèque, des boiseries tapissaient tous les murs.

C'est là que je réunis les six personnes qui allaient devenir mes collègues et, pour faire connaissance, nous commençâmes par échanger nos *curriculum vitae*, et nos vues sur les travaux qui nous attendaient.

Le directeur adjoint, ami de longue date du président, logerait dans l'appartement destiné au directeur, et jouissait de toutes les prérogatives d'un tel avantage. Je le lui abandonnai volontiers, préférant demeurer chez moi, rue de Rivoli. En cela, je suivais l'exemple de mon père, qui s'était toujours refusé à occuper un logement officiel, ou celui qu'il aurait pu obtenir en tant que vice-président du Sénat. Il m'avait expliqué, à l'époque, que pour un homme chargé de hautes responsabilités, rien ne valait la « coupure » que représente le fait de rentrer chez soi, dans son cadre habituel, pour dîner en famille, à l'écart des fastes et du poids du pouvoir.

Mes responsabilités étaient loin d'avoir l'ampleur des siennes, mais habiter le magnifique palais du Petit-Luxembourg risquait de me faire perdre pied avec ce que j'aimais : mon quartier, les miens, mes habitudes. C'est pourquoi j'y renonçai facilement.

Le travail auprès du président était divisé en deux parts bien distinctes. Le Conseil et les séances à présider constituaient en somme la partie politique de sa mission, et incombaient au secrétariat général du Conseil.

L'autre partie, dévolue au cabinet, donc à moi, était consacrée à son activité d'élu, à ses électeurs, à son département du Lot, ainsi qu'à tous les banquets, réceptions, visites à l'étranger. Autant d'obligations auxquelles un personnage de son rang est tenu de se soumettre.

En tant que directeur, je bénéficiais d'une automobile avec chauffeur qui venait chaque jour me chercher et me reconduire. Je l'employais également pour les visites et les réceptions auxquelles je devais me rendre, mais je ne m'en servais jamais à des fins personnelles. En cela aussi je suivais l'exemple de mon père, qui, jusqu'à ses derniers jours, alors qu'il était ministre et vice-président du Sénat, continuait d'utiliser les transports publics.

Je passai sept années dans ce bureau du Sénat, sans manquer un seul jour, ce qui, au fil du temps, finit par me paraître lassant. Le président m'avait prévenu : « Quand je suis là, j'ai besoin de vous. Quand je m'absente, j'ai encore plus besoin de vous pour me remplacer… »

C'était flatteur, mais combien absorbant ! Et de combien de distractions me suis-je privé pendant cette longue période, heureusement coupée de quelques diversions !

Je me souviens, entre autres, d'un voyage en Angleterre avec le président, sa femme et la mienne. Le président de la Chambre des lords l'avait invité, et il n'avait pas voulu faire ce voyage officiel sans son directeur de cabinet.

Un beau jour, nous prîmes donc le train, puis le bateau de nuit. C'était l'été, il faisait très chaud. L'arrivée à Londres fut fastueuse : Rolls-Royce, hôtel trois étoiles, tout était parfait. Le lendemain matin, nous avions rendez-vous avec le président anglais ; j'étais en train de me préparer lorsque le téléphone sonna. C'était Gaston Monnerville : « Avez-vous une cravate à me prêter ? Ma femme a oublié les miennes et je n'ai que celle du voyage. C'est peu convenable pour une visite protocolaire. » J'en avais, Dieu merci, et je pus aussitôt le tirer d'embarras.

Pendant trois jours, nous fûmes à la disposition du lord President : visite de la Chambre des lords, de celle des Communes, promenade en bateau sur la Tamise et dans le port de Londres. Repas et dîners avec d'éminents hommes politiques anglais.

Je dois dire que si nous, en France, avions retrouvé

l'abondance de nos victuailles, les Anglais connaissaient encore de grandes restrictions : leurs banquets étaient maigres et peu engageants.

Le président, ayant voulu rapporter une bouteille de whisky, se fit accompagner dans une boutique où il s'entendit dire par le marchand : « Je n'ai pas le droit de vous la vendre sans ticket. Si vous insistez, et étant donné qui vous êtes, je vous la remettrai quand même. Mais vous priverez ainsi l'un de nos compatriotes de la sienne. »

Gaston Monnerville n'insista pas.

Il avait exprimé le désir de rencontrer Winston Churchill, le grand homme qui avait gagné la guerre de 40 et qui s'était vu décerner le titre de lord par la reine. Il obtint son rendez-vous et m'emmena avec lui. Churchill nous attendait à la Chambre des lords, dans son petit bureau du troisième étage.

Le palais de Westminster, qui abrite les deux assemblées du Parlement, date du siècle dernier, mais le climat londonien et le *fog* l'ont tellement noirci qu'il apparaît comme un monument très ancien. Son architecture gothique ajoute à l'illusion.

Nous prîmes donc l'ascenseur – de style gothique lui aussi ! Nous trouvâmes le grand homme en train de fumer son éternel cigare. Il entama aussitôt la conversation avec Monnerville. Muet, je les écoutais. À un moment, Churchill lui demanda :

« De quel parti êtes-vous ?

— Je suis radical-socialiste. »

Churchill réfléchit, puis dit doucement : « Je vois, vous êtes conservateur comme moi. »

Je ne pus réprimer un sourire que je m'efforçai de dissimuler…

Le président me demandait souvent d'accompagner sa femme, Mme Monnerville, dans les réceptions officielles, où elle allait représenter son mari quand il ne pouvait quitter le Sénat.

Chaque fois, il me donnait la même consigne : « Chapsal, vous devez être rentré à sept heures, pas plus tard. » C'était une façon subtile de me dire : « Ne la laissez pas s'attarder au buffet. » C'était le péché mignon de la présidente !

Mme Monnerville était une personne très bonne et très douce, comblée par la situation de son mari que son immense valeur avait propulsé aux plus hautes fonctions de l'État. Elle m'en parlait souvent, quand nous roulions dans la voiture du président pour nous rendre à l'Élysée, le palais de Lassay, le Quai d'Orsay, Matignon, ou l'une ou l'autre des ambassades.

« Voyez donc, Chapsal, où nous sommes arrivés ! Qui aurait pu penser que moi, dont le père était boulanger à Revel, je me retrouverais logée dans l'appartement présidentiel du palais du Sénat ? »

C'était un beau parcours, il est vrai, mais elle avait l'air d'oublier qu'elle devait tout à son mari ! Il lui arrivait d'ajouter : « Le père de Vincent Auriol aussi était de Revel. Et vous voyez, son fils est arrivé comme moi ! »

Un jour, un peu agacé, je ne pus m'empêcher de lui répondre : « C'est magnifique, en effet. Pour ce qui est de moi, je ne puis me vanter d'avoir fait autant de chemin car mon père était déjà maître des requêtes au Conseil d'État, quand je suis venu au monde… »

Mme Monnerville était une brave femme et elle ne m'en voulut pas d'être sorti de mon habituelle réserve.

Mon bureau étant attenant à celui du président, j'avais

souvent l'occasion d'y accueillir les hautes personnalités qu'il n'eût pas été poli de laisser attendre, fût-ce quelques instants, dans le salon ordinaire.

C'est ainsi que je reçus le comte de Paris, l'archevêque de Paris et bon nombre de ministres venus s'entretenir avec le président Monnerville. Nous causions le temps qu'il fallait, puis le président ouvrait la porte de séparation et venait lui-même chercher son visiteur.

Une fois l'an, nous donnions une garden-party dans le jardin privé. Tout le gratin parisien y était invité, personnalités politiques, diplomatiques, gens du théâtre, des arts et de la littérature. J'y conviais aussi mes filles, car le spectacle en valait la peine. De nombreux buffets étaient disposés un peu partout et l'on se promenait d'un groupe à l'autre, en bavardant. L'orchestre de la garde républicaine jouait sans discontinuer.

Il m'arrive encore d'être convié à des réceptions officielles au Sénat, mais, étant donné mon grand âge, je n'ai plus le goût d'y aller : je risque de ne plus y connaître personne.

La dernière fois que je me suis rendu à une invitation de la Cour des Comptes, je me suis fait accompagner par ma fille Madeleine. Elle y a retrouvé quelqu'un de son milieu, un écrivain, Pierre Moinot, Conseiller-Maître à la Cour ; mais tous les autres nous étaient, à elle comme à moi, parfaitement inconnus.

Les lieux restent les mêmes, les générations passent. Les coutumes changent, elles aussi, comme les mœurs.

À ce propos, je fus chargé un jour d'une mission pénible et qui m'a beaucoup coûté. Un mini-scandale eut lieu à la Cour des Comptes. On s'aperçut un jour, par hasard, que le Premier Président de cette compagnie n'était pas marié, bien qu'il fréquentât les réceptions et voyages officiels avec une femme qu'il faisait passer pour la sienne mais qui n'avait rien de légitime !

Aussitôt, branle-bas de combat à tous les échelons de la hiérarchie, notamment dans le cercle ministériel et celui des hautes administrations.

Le premier président de la Cour était alors un homme affable, fort érudit, juriste éminent, sorti du rang. Il était tout près de la retraite, et jusque-là n'avait jamais fait parler de lui.

Quand le président Monnerville apprit la nouvelle, il s'enflamma, se répandit en menaces, déclarant qu'il était indigné qu'un très haut magistrat eût ainsi trompé tout le monde. Puisque j'appartenais à la Cour, il décida, avec toutes les personnalités intéressées, de me charger d'aller voir mon propre premier président. Je devais lui intimer l'ordre de demander immédiatement sa retraite, pour cause de maladie ou de raison personnelle, sans attendre les trois mois qu'il lui restait à accomplir avant l'âge de soixante-dix ans, en cours à l'époque.

Il me serait tombé un pavé sur la tête que je n'aurais pas été plus assommé. Comment, conseiller référendaire de première classe, devais-je m'y prendre pour faire une telle commission à mon premier président ? Malgré ma résistance, mes protestations et mes explications, je ne pus échapper à cette démarche, ô combien abominable…

Le premier président écouta sans mot dire mes balbutiements confus ; il était déjà au courant. Il n'émit aucune récrimination et ne parut pas me faire grief d'une intervention, pour laquelle, sans vouloir désavouer personne, je tentai de m'excuser. Et il demanda sa retraite quelques jours plus tard pour raisons de santé. On la lui accorda aussitôt, mais, comme sanction, on lui fit attendre six mois sa nomination au titre de «premier président honoraire de la Cour des Comptes».

J'appris par la suite qu'il s'était marié avec la dame en question.

Quelles raisons l'avaient empêché de le faire plus tôt? Je ne le sus jamais, mais dans le haut fonctionnariat, on ne plaisantait pas avec les mœurs, il n'y a pas encore si longtemps.

Bien qu'appartenant au Conseil de la République, j'assistais souvent aux grandes séances de la Chambre. Les membres des cabinets ministériels et les journalistes accrédités ne pénétraient pas dans l'hémicycle, ils demeuraient sur les bas-côtés.

Chaque ministre entretenait au moins un attaché chargé de faire journellement les couloirs des Assemblées, de lui rapporter tous les potins, de le tenir au courant, minute par minute si besoin était, du déroulement des séances les plus importantes.

En outre, quand leur patron montait à la tribune pour discourir ou pour répondre à une interpellation, les membres de son cabinet étaient chargés de réviser, avant insertion au *Journal officiel*, les paroles prononcées dans le feu de l'action, afin d'éviter les redites, les mots estropiés, les phrases boiteuses, les erreurs, dans le but d'obtenir un texte facile à lire, mais bien évidemment sans en changer aucunement le sens.

Un jour – j'étais là – un député communiste monta à la tribune et se livra à une attaque en règle contre le gouvernement, l'accusant de tous les travers et les péchés du monde.

Sa diatribe à peine terminée, le président du Conseil d'alors – c'était Laniel –, rouge de colère, remplaça prestement l'orateur à la tribune, et lui répondit en démolissant un à un les arguments qu'il avait exposés, déclarant qu'il s'agissait là d'un tissu de mensonges et terminant par ces mots : « Tout ce qui vous a été dit est faux, archifaux, et quand je vous dis, moi, que c'est faux, c'est que c'est vrai ! »

Stupeur générale, sourires silencieux, puis tonnerre d'applaudissements de la majorité !

Comment le correcteur du président du Conseil, allait-il s'en tirer ? Quand nous le revîmes, quelques instants plus tard, il nous déclara : « C'est si beau que je n'ai rien modifié, j'ai laissé passer tel quel pour l'*Officiel*. »

Je ne suis pas allé vérifier si cette « perle » se trouve effectivement enchâssée dans le *J.O.* pour la postérité.

Sept années s'étaient donc écoulées depuis mon arrivée au Conseil, et quoi que je m'y trouvasse fort bien, je devais cependant me préoccuper de ma situation à la Cour des Comptes. J'étais en âge de devenir Conseiller-Maître, et je ne pouvais obtenir mon avancement que si j'exerçais effectivement mes fonctions de magistrat.

C'est pourquoi je m'en ouvris loyalement au président Monnerville qui, bien que regrettant mon départ, à ce qu'il me dit, me comprit parfaitement et m'assura qu'il m'aiderait à obtenir la première place de Conseiller-Maître qui deviendrait vacante.

Il tint parole. Il se trouva par hasard que la première place libre était justement à la disposition du gouvernement, et je l'obtins.

C'est tout de même avec un regret profond que je

démissionnai du cabinet du président et rentrai à la Cour, où mes collègues, qui n'avaient pas oublié ma démarche (forcée) auprès de l'ancien premier président, très populaire, m'accueillirent avec, je dois le dire, une certaine fraîcheur.

Jusqu'à sa mort récente, qui m'a sincèrement affecté, j'ai continué d'entretenir des relations amicales avec le président Monnerville. C'était un homme de haute qualité.

Ma dernière aventure : l'OTAN

Après ma démission du cabinet du Conseil de la République, en 1953, et ma nomination comme Conseiller-Maître à la Cour des Comptes, je retournai rue Cambon. J'y restai six ans à exercer les fonctions de mon grade.

À l'époque, notre premier président était Roger Léonard, un homme extrêmement sympathique que ma famille et moi-même connaissions de longue date. Grand commis de l'État, il venait de la carrière préfectorale, en avait gravi tous les échelons, avait été préfet de très grandes villes, puis l'un des derniers gouverneurs généraux de l'Algérie avant d'être placé à la tête de la Cour des Comptes.

Originaire du Sud-Ouest, Roger Léonard avait épousé une jeune fille de Saintes, nièce de l'un des conseillers municipaux de mon père, et j'avais eu à plusieurs reprises l'occasion de le rencontrer au cours de ma carrière.

Sa nomination rue Cambon m'avait donc été fort agréable, et j'étais venu personnellement le féliciter à son arrivée ; j'étais certain qu'avec lui je ne rencontrerais aucune difficulté dans mon travail à la Cour.

Mais je ne m'attendais nullement à ce qu'il allait me proposer lorsqu'il me fit mander, un jour de l'année 1959, dans le magnifique bureau attribué au président :

« La Cour, me dit-il, est invitée à désigner l'un de ses membres pour accomplir les fonctions de délégué de la France au Collège international des commissaires aux comptes de l'OTAN pour l'infrastructure. Je sais que vous avez été diplomate ; est-ce que cela vous intéresserait ? Vous y retrouveriez un milieu international qui vous rappellerait vos débuts ; d'autre part, vous savez sûrement suffisamment l'anglais, ce qui est indispensable à ce poste, et cela vous changerait de l'étude des liasses. D'ailleurs l'OTAN siège à Paris porte Dauphine, vous n'aurez donc pas à quitter votre appartement ni votre vie habituelle. »

Je le remerciai vivement d'avoir pensé à moi pour occuper ce poste important et envié, et je lui demandai deux jours de réflexion, le temps de consulter ma famille. Ma femme m'encouragea à accepter, mes proches et mes amis aussi, de sorte que, retournant voir le président Léonard, je lui donnai une réponse affirmative.

« Vous allez être détaché de la Cour, me dit-il, et nommé par le ministère des Finances pour une période renouvelable de trois ans. »

L'OTAN – l'Organisation du Traité de l'Atlantique Nord – NATO, NAVO, suivant la langue des pays membres, se divisait en deux parties. L'une, purement militaire, était chargée des armements (terre, air, mer), l'autre, comptable, avait pour mission la vérification de la bonne construction des ouvrages de défense au sol et du paiement des dépenses y afférant.

Je n'avais à m'occuper que de la mission comptable, la seule du ressort du Collège international dont j'étais membre.

Comme ces dépenses étaient entièrement supportées par les États membres, il avait fallu créer un organisme spécial pour les vérifier dans leurs moindres détails. Il s'agissait de sommes considérables dont l'emploi devait être surveillé scrupuleusement.

L'Europe alliée était très mal équipée, et ne possédait que peu d'aérodromes, de fortifications, de pipelines pour l'essence, de casernements, etc. Or, nous étions en pleine guerre froide ; il nous fallait de toute urgence remédier à ces graves lacunes qui auraient empêché, en cas de nouveau conflit, les forces de l'Alliance d'accomplir avec succès leur devoir de protection.

Comme tout le personnel de l'OTAN, notre Collège était composé de ressortissants des pays membres. Les langues en usage y étaient l'anglais et le français, mais il faut bien reconnaître que l'anglais dominait, ce qui retardait quelque peu les décisions.

Nous, les comptables, formions un service complet et distinct de tous les autres. Les délégués des gouvernements jugeaient les comptes, les acceptaient ou les rejetaient. Ils élisaient parmi eux un président renouvelable qui, chaque année, présentait aux plus hautes autorités de l'Alliance un rapport détaillé sur toutes les dépenses vérifiées dans l'année par le Collège.

Après les délégués venaient les exécutants, issus le plus souvent des organismes comptables des pays membres et chargés de la vérification matérielle des comptes : ils rédigeaient sur chaque cas un rapport soumis au jugement des délégués. Enfin, les secrétaires, les dactylographes, les archivistes, tous internationaux, complétaient le personnel du Collège.

Voici comment se passait une vérification, dans le cas, par exemple, d'un aérodrome militaire ; dès que le Collège était informé de la fin des travaux de construction et d'aménagement, nous étions conviés à nous rendre sur place sans délai.

Tous les examens des comptes avaient lieu sur place. Une délégation de plusieurs exécutants, deux ou trois au maximum selon l'importance, s'y transportait, accompagnée, si cela paraissait nécessaire, d'un délégué.

Ces envoyés vérifiaient d'abord la matérialité des faits. L'aérodrome existe-t-il vraiment, est-il en conformité avec les normes établies par les experts de l'OTAN, est-il complètement opérationnel ? Puis ils se rendaient dans la ville, le lieu ou le bureau le plus proche où les fonctionnaires du pays hôte de l'aérodrome leur ouvraient leurs livres de comptes et leur soumettaient les factures, dont ils demandaient le remboursement. Alors commençait la vérification comptable proprement dite, qui pouvait durer plusieurs jours.

L'accueil que recevaient les envoyés était le plus souvent cordial. Je me rappelle qu'en Hollande nous trouvions tous les jours sur notre table de travail une boîte de cigares. En Belgique, à chaque heure, on venait nous proposer une tasse de café au lait. En Italie, le délégué n'avait pas à payer son hôtel.

En Allemagne, un certain jour, je vis entrer dans mon bureau des gens masqués et déguisés ; c'était Mardi gras (je l'avais oublié). Ils venaient m'inviter à festoyer avec eux tout l'après-midi, car ils étaient en congé.

Mais nous avions aussi des surprises moins agréables. En Hollande, par exemple, tout était fermé le dimanche ; pas moyen de trouver ne fût-ce que des cigarettes. En Norvège, les lits étaient impossibles ; le drap du dessus était boutonné sur la couverture, il fallait s'enrouler dans le tout, quitte à se retrouver les pieds à l'air ! Au Danemark, nous mangions comme dix au petit déjeuner, afin de tenir toute la journée, car à midi nous n'avions presque rien dans notre assiette. En Grèce, le vin de table, si vous n'étiez pas habitué à son goût, vous paraissait immonde, il gardait l'odeur de l'outre de peau dans laquelle il avait été transporté…

Mes filles, quand je leur conte mes souvenirs de délégué à l'OTAN, m'accusent de trop m'attacher à certains détails de la vie courante. Il est vrai que, si j'aime beaucoup voyager et voir du nouveau, je suis et demeure profondément français en ce qui concerne mes habitudes et mes goûts. Rien ne m'a jamais paru supérieur à ce dont j'ai eu le privilège de jouir, toute ma longue vie, dans mon propre pays.

Revenus à Paris, les exécutants rédigeaient aussitôt leur rapport. Quand il y en avait suffisamment, les délégués se réunissaient entre eux en commission et décidaient si les dépenses pouvaient être acceptées ou devaient être modifiées.

Je me souviens d'avoir constaté, en Italie, à la tour de contrôle d'un aérodrome, que l'escalier qui permettait d'accéder à la cabine supérieure était en marbre ! J'étais stupéfait : ce luxe ne correspondait pas aux normes très strictes de l'OTAN ; tout devait être en fer et au meilleur prix. Je communiquai mon étonnement au service italien, et on me démontra, documents à l'appui, qu'à cet endroit le marbre commun était moins onéreux que le fer ou l'acier !

Nos voyages de vérification à l'étranger étaient fréquents, au moins une fois par mois pour les exécutants, et environ une fois tous les deux mois pour les délégués. Leur mission terminée, les exécutants devaient rentrer au plus vite, mais les délégués, dont je faisais partie, s'octroyaient très souvent un ou deux jours supplémentaires de tourisme à leur frais.

Si nos voyages étaient entièrement payés par l'Organisation, nous recevions, pour nos frais d'hôtel et de restaurant, une indemnité journalière : à nous d'en faire le meilleur usage. Ma femme m'accompagnait parfois, mais à mes frais, bien sûr.

En sept ans, j'ai dû faire une bonne trentaine de voyages dans les pays de l'Alliance. Nous n'allions pas toujours dans les capitales, mais le plus souvent dans des lieux isolés où étaient construits les ouvrages commandés par les autorités militaires alliées.

Je suis allé environ huit fois en Belgique, cinq fois en Grèce, en Italie et en Norvège, quatre fois en Hollande, trois fois au Danemark, trois fois en Allemagne, une fois au Portugal, et en Angleterre. (Je n'ai pas eu de mission ni en Amérique ni en Turquie.)

Aussi, lorsqu'on évoque devant moi un pays de l'Europe du Sud-Est, je peux en parler en connaissance de cause, ce qui étonne souvent mes interlocuteurs. J'ai donc été presque partout, et je remercie mon premier président qui a deviné que je souffrais un peu de ne pas avoir pu accomplir, comme je l'aurais souhaité, une carrière diplomatique et qui, de cette façon, m'a permis d'en avoir les avantages – le déplacement – sans les inconvénients – abandonner ma famille et mes amis !

C'est de cette façon heureuse que se sont passées les sept années pendant lesquelles j'ai appartenu à l'OTAN. Je conserve aussi un souvenir très agréable de mes rapports avec mes collègues, français et étrangers. Ils ont toujours été empreints d'une grande cordialité. Nous nous recevions beaucoup entre nous. Ils aimaient bien, avec leur femme, venir dîner à la maison, où nous leur servions de la cuisine française qu'ils semblaient fort apprécier.

Une chose, cependant, m'a surpris : la plupart de ces Européens ne connaissaient et ne buvaient pas d'autre vin que celui de Bourgogne ! J'ai dû déployer des trésors de persuasion pour leur faire découvrir et apprécier nos vins de Bordeaux !

J'en étais au début de mon troisième mandat dans l'Organisation, lorsque le général de Gaulle décida d'en retirer la France, tout en restant dépendant de l'Alliance. Il entendait ainsi protester contre les États-Unis, dont le président lui avait refusé d'avoir lui aussi le droit de presser le bouton pouvant déclencher la guerre atomique et nucléaire !

Le général de Gaulle craignait, en effet, que les États d'Europe, en cas de conflit, fussent déjà presque envahis par l'ennemi avant que les États-Unis n'eussent décidé d'avoir recours à cet effroyable moyen de défense. Il jugeait donc que la possibilité de déclencher la guerre atomique – dont chacun savait désormais qu'elle équivalait à l'apocalypse – était un argument dissuasif dont le président de la République française ne devait pas être privé.

Pour manifester sa désapprobation, il retira de l'organisation, outre l'armée française, tous les fonctionnaires français qui travaillaient porte Dauphine, et c'est ainsi que ma mission cessa le 31 décembre 1966.

Cette décision fut prise si brusquement qu'on n'eut pas le temps de mesurer tout ce qu'elle allait entraîner. L'OTAN s'installa à Bruxelles, trop heureuse de l'accueillir, où elle contribua à augmenter le nombre des organisations internationales et européennes déjà implantées dans cette ville, et à accroître ainsi ses chances de devenir un jour, désormais proche, la capitale de l'Europe. Au détriment de Paris ou de Strasbourg.

J'avais beau comprendre les motivations du général de Gaulle, de mon point de vue je considérai son choix comme un dommage personnel ! En effet, j'étais depuis un an déjà à la retraite de la Cour des Comptes – j'avais atteint la limite d'âge fixée alors à soixante-dix ans – et je me retrouvais en chômage complet, si l'on peut dire, d'un jour sur l'autre avec encore beaucoup d'années à vivre et à occuper.

Ma femme Andrée meurt subitement

Nous sommes restés mariés, Andrée et moi, pendant quarante et un ans, sans le moindre nuage, dans la plus parfaite entente. Nous ne nous sommes jamais quittés et je dois dire que nous avons été parfaitement heureux. Seule sa mort subite, le 19 août 1981, est venue mettre un terme à cette union.

Andrée souffrait du cœur depuis plusieurs années ; elle avait déjà eu un premier infarctus, mais semblait s'en être remise. Ce jour-là, après le déjeuner, c'était à Saintes, elle s'était étendue comme elle le faisait chaque jour sur le divan du salon de notre maison, pour une courte sieste. J'étais près d'elle, dans mon fauteuil, à lire le journal, quand elle eut un hoquet violent et inhabituel chez elle.

Je lui dis aussitôt :

«Eh bien, qu'y a-t-il? Qu'as-tu?»

Elle ne me répondit pas. Elle était morte !

Sans un mouvement, sans une crispation, probablement sans douleur.

Je ne sais si vous avez jamais assisté à la mort subite d'une personne, mais je puis vous dire que cela m'a fait une impression bouleversante. Je suis resté plusieurs minutes complètement sans réaction, sans pensées, sans force, anéanti. Quand je me suis repris, je n'ai pu que constater le grand malheur qui était le mien.

Aussitôt, j'ai prévenu ma fille Madeleine, qui se trouvait auprès de sa mère, dans le Limousin, et qui est accourue ; elle ne m'a plus quitté pendant plusieurs semaines. Le reste de la famille, ma fille Simone, ma petite-fille Véronique, ma sœur Fernande, mes nièces et neveux sont arrivés le lendemain et le surlendemain, ainsi que la sœur d'Andrée et son unique nièce.

J'ai donné à mon épouse des obsèques religieuses dans cette cathédrale Saint-Pierre de Saintes, où, chaque dimanche, nous assistions ensemble à la messe. Elle est enterrée ici, au cimetière Saint-Vivien, dans le caveau de mes ancêtres.

Les jours qui ont suivi, demeuré seul avec Madeleine, j'ai commencé à me retourner sur ma vie, et à la lui raconter, car, n'ayant pas vécu avec moi, elle la connaissait mal.

Bientôt, à sa demande, j'ai accepté de transcrire les uns après les autres tous les événements qui ont composé mon existence.

À mesure que je les écrivais, j'y prenais de plus en plus de plaisir. À ceux qui hésitent à entreprendre leurs Mémoires, je peux d'ailleurs confier que coucher par écrit les petits et les grands faits de sa vie passée, c'est à la fois les revivre et en faire cadeau à sa descendance.

Dans ce qu'ils ont eu de meilleur, car le mauvais finit toujours par être oublié. Ainsi, lorsque je pense tous les jours à ma femme Andrée, ce n'est pas la douleur de notre séparation qui resurgit, mais la douceur de notre union.

Je voudrais toutefois, au risque de paraître indiscret – mais, à mon âge, il n'y a plus de secrets qui tiennent, en tout cas on n'en tient pas plus compte que des possibles réactions –, raconter une histoire de « succession» qui m'a stupéfié. Mes filles me disent que ce genre de chose est très fréquent, même dans les meilleures familles. Pourtant, cela ne s'était jamais produit jusque-là dans la mienne ; sans doute est-ce la raison pour laquelle j'ai commencé par ne pas réagir, incapable de suspecter ceux que j'avais appris à considérer comme les miens, mes parents par alliance.

Andrée et moi nous étions mutuellement légué nos biens « au dernier vivant » : cela signifie que celui qui survit à l'autre hérite de tous ses biens, sauf la part réservée due aux enfants. Cette mesure notariale me paraît équitable : quand on a vécu des années ensemble et qu'on a tout partagé, les gains comme les dépenses, il me semble normal que celui qui reste seul hérite de la part de son conjoint, qui l'a aidé à l'acquérir.

Andrée n'ayant pas eu d'enfant, c'était donc l'entier de son avoir – déduction faite des impôts – qui me revenait.

Mais quelqu'un que je ne nommerai pas ne l'entendit pas de cette oreille. Ma femme n'était pas enterrée que cette personne était déjà sur place à réclamer ce qu'elle appelait « des souvenirs de famille », meubles, tableaux, bijoux, fourrure !

Légalement, elle n'y avait, bien entendu, aucun droit, mais sous l'empire de ma peine, je commençai par céder. Toutefois ses exigences ne cessaient de se renouveler et de s'amplifier – sans doute parce que j'avais été faible au départ – et c'est l'entier de l'héritage de ma femme qu'elle a fini par me réclamer, au titre de « souvenir ». Et si mes filles n'étaient pas intervenues, je crois que j'aurais fini par tout lâcher, pour ne plus être importuné.

Depuis, je n'ai plus de nouvelles de cette personne, ni de son entourage, qui m'était pourtant proche. Le «vieux», ont-elles dû penser, est trop «coriace».

C'est vrai, mais mes illusions en ont pris un rude coup : en vieillissant, ne sommes-nous plus aux yeux des jeunes que des «bêtes à héritage»?

Heureusement, j'ai mes filles, qui voient les choses autrement et qui ne cessent de me donner leur temps, leur affection, leurs soins ; à l'occasion, elles m'emmènent au restaurant ou m'achètent des blousons, des chemises et des cravates.

J'aime, parfois, qu'une femme paie pour moi... Cela m'est si peu arrivé dans ma vie ; je crois même que c'est la seule chose qui m'a manqué : me sentir un «gigolo».

Comme dit la chanson, «être beau et bête à la fois»! Quel homme n'en rêve de temps en temps! Que cela doit être reposant!

« Conteur arabe » à l'Hôtel-Dieu

Mis à la retraite d'un jour sur l'autre par le général de Gaulle, j'avais, heureusement pour moi, pris mes précautions depuis longtemps, car les personnes qui passent brusquement de l'activité à l'inaction risquent la dépression. Dans leur incapacité à s'adapter rapidement à leur nouvelle situation, elles pèsent aussi sur les autres et, en définitive, finissent par altérer leur santé et raccourcir leur vie.

Pour m'occuper, il me restait mes sociétés d'anciens combattants à Paris comme à Saintes, dans certaines desquelles j'occupais des fonctions, toujours bénévoles, depuis 1926.

Quant à la Mutuelle, dont j'étais le trésorier général, c'est seulement en 1991, à l'approche de mes quatre-vingt-seize ans, que j'en ai donné ma démission en remettant, non sans tristesse, mon ultime rapport.

J'étais également président de la S.A. de Crédit immobilier de la ville de Saintes, et membre de différentes autres petites associations culturelles ou de bienfaisance, et j'assistais à leurs réunions périodiques.

Cette vie active aurait pu continuer longtemps – la disparition de ma chère femme, en 1981, ne m'avait pas incité à l'oisiveté, bien au contraire – mais elle fut arrêtée à la suite d'un accident stupide, lequel diminua ma capacité de mouvement et m'obligea à grandement modifier mon comportement physique.

Un jour de printemps de 1985, alors que je quittais le sous-sol du Monoprix de l'avenue de l'Opéra, où, comme à l'accoutumée, j'avais effectué quelques achats, j'ai perdu l'équilibre et je suis tombé dans l'escalier mécanique qui me ramenait à la surface.

Écroulé au bas de l'appareil, je fus ramassé par les pompiers appelés en hâte à mon secours et conduit à l'Hôtel-Dieu où les médecins diagnostiquèrent une luxation de l'épaule gauche et des blessures profondes à la jambe du même côté. (Curieusement, le même genre d'accident qu'avait subi mon père en 1939, suivi des mêmes blessures, mais moins graves, à la jambe et à l'épaule.) Je n'ai jamais perdu connaissance, mais je souffrais beaucoup.

Ma fille Madeleine, appelée aussitôt, me rejoignit alors que j'allais pénétrer en salle de radiographie. On put me remettre en place l'articulation de l'épaule en tirant sur le bras – horrible souffrance – puis on me soigna, on me pansa la jambe et on m'hospitalisa en attendant la guérison.

J'étais dans une chambre de quatre lits, dont trois étaient occupés par des Maghrébins qui parlaient entre eux en arabe. Ils recevaient chaque jour un grand nombre d'amis qui, ne trouvant pas assez de sièges pour s'asseoir, venaient sur mon lit au risque d'écraser mon pansement.

Ces gens dégageaient une chaleur communicative et, bientôt, je pris langue avec eux et leur racontai quelques épisodes qui pouvaient les intéresser, comme ma guerre de 14-18. Au grand étonnement de mes filles qui, lorsqu'elles venaient me voir, me trouvaient paisiblement installé dans le rôle d'un conteur arabe !

Au bout de dix jours, je fus autorisé à rentrer chez moi, à condition de recevoir quotidiennement les soins d'une infirmière. Toutefois, mon genou, qui avait subi des dommages internes non révélés par la radio, ne dut pas être rééduqué comme il convenait, car, lorsque je voulus sortir, je m'aperçus que ma faculté de déplacement avait grandement diminué. Un beau jour, je vis arriver Madeleine avec deux cannes anglaises que je dus me résigner à utiliser. Quelle déchéance !

Était-ce dû à la réduction de mon activité physique ou à mon incontestable réussite dans le rôle de conteur à l'Hôtel-Dieu ? Mais je commençai à rédiger mes Mémoires peu après mon retour à la maison. Il faut dire que je n'avais plus grand-chose d'autre à faire.

Comme un changement de vie n'a pas que des désavantages, un autre bonheur que l'écriture m'est arrivé presque au même moment : une vieille amie de quatre-vingts ans, demeurée très alerte, reprit contact avec moi. La connaissant depuis mon séjour au Quai d'Orsay, c'est-à-dire bien avant la guerre, je ne l'avais, en fait, jamais complètement perdue de vue, en dépit des longs séjours qu'elle avait faits à l'étranger, pour accompagner son mari, devenu ambassadeur.

Julienne était désormais seule et s'ennuyait tout autant que moi, si bien qu'au bout de quelque temps je lui proposai de venir s'installer rue de Rivoli pour que nous puissions nous tenir mutuellement compagnie. Elle accepta et cela nous rendit très heureux d'avoir trouvé, elle, quelqu'un dont elle pouvait s'occuper, moi, une compagne avec laquelle je pouvais évoquer tous mes souvenirs d'un temps révolu, qu'elle avait partagé avec moi. Ce qui m'aidait d'ailleurs à les faire revivre dans mes Mémoires.

Maintenant, je divise ma vie entre Paris et Saintes où il m'est si agréable de voir revenir le printemps dans le petit jardin que je peux parcourir de mon pas devenu lent et mesuré. L'été, en compagnie de Julienne, allongé à l'ombre du figuier planté par Madeleine, je peux contempler le ciel de ce bleu si doux caractéristique de notre Saintonge.

C'est ainsi que je coule des jours tranquilles dans ma vieille maison familiale, où ma fille aînée, pour me tenir compagnie et aussi, m'assure-t-elle, pour pouvoir travailler en paix à ses romans, vient faire des séjours prolongés.

Toutefois, un jour d'avril 1990, alors que je prenais le petit déjeuner avec ma vieille amie, Madeleine vint m'apporter une lettre à en-tête de la présidence de la République. Fort étonné, j'ouvris le pli pour y trouver une lettre du directeur de cabinet du président me faisant savoir que François Mitterrand avait pris sur sa dotation personnelle une croix de commandeur de la Légion d'honneur, afin de me promouvoir à ce grade.

J'étais absolument abasourdi car, s'il y avait une chose à laquelle je n'avais jamais pensé, c'était bien celle-là! Comment, à mon âge, alors que j'étais à la retraite depuis plus de vingt ans et n'avais plus aucune relation avec le monde politique ou administratif, avait-on pu songer à moi pour cette haute distinction? La lettre ajoutait : «Au titre du ministère des Anciens Combattants pour fonctions accomplies depuis plus de vingt-cinq années comme trésorier général de la Société mutuelle de retraite des anciens combattants et victimes de la guerre.»

Ayant été promu chevalier à vingt-six ans, officier en 1947, je devenais commandeur à quatre-vingt-dix ans révolus ! Voilà l'avantage de vivre longtemps : vos mérites ont quelque chance d'être reconnus de votre vivant – je vous confie le secret !

Ma joie fut grande. Je pensai d'abord à mon père, qui avait été grand-croix relativement jeune, puis à mes filles et au reste de ma famille. Je leur déclarai à tous : « Après ma mort, vous pourrez être fier de votre père et doyen… » Cela fit rire, on me rétorqua affectueusement qu'on était déjà fier de moi, même avant ma croix de commandeur ! Mais j'ai vécu assez longtemps pour savoir que les honneurs et les décorations assaisonnent assez joliment le grand âge, et, en quelque sorte, le font avaler.

La remise solennelle de cette décoration eut lieu à Paris, chez moi, en décembre 1990. J'ai eu l'honneur de recevoir les insignes des mains d'un vieil ami et en présence d'une soixantaine d'autres qui m'avaient fait la joie d'assister à cette cérémonie. Parmi eux, il y avait l'éditeur de Madeleine, Claude Durand, et sa femme, ainsi que l'astrophysicien Hubert Reeves et son épouse, rencontrés chez ma fille, qui me témoignent une amitié touchante.

Depuis lors, la vie continue, calme et égale. J'ai résigné toutes mes fonctions extérieures et je viens même d'écrire à mon atelier de céramique parisien qu'il ne fallait plus compter sur moi et que je leur disais un adieu définitif.

Quand ma fille a su cela, elle m'a reproché de renoncer d'avance et sans raison à mes possibilités. Je n'ai qu'à les garder en réserve, a-t-elle ajouté, pour le cas où l'envie me reviendrait de les utiliser. Je lui ai répondu :

« Tout doit avoir une fin, c'est cela qui donne de la valeur aux choses. »

Ma fille a réfléchi un moment, puis elle m'a dit que j'avais raison.

Mais si je sors peu, je m'intéresse à tout, je lis beaucoup et j'entretiens une correspondance suivie avec mes proches. Enfin, je soigne ma santé afin de justifier, si je peux y arriver, ce qui est le propos de ce livre : ce siècle que j'ai vécu !

Rien que des filles !

Marcelle, ma première femme, m'a donné deux filles, Madeleine et Simone, qui font ma joie et ma fierté.

Trois ans les séparent, et elles sont totalement différentes, au physique comme au moral. C'est d'ailleurs pourquoi il leur arrive d'être comme chien et chat, ce qui les étonne. Moi, je le comprends parfaitement ! Peut-on allier l'eau et le feu ?

Toutes deux ont fait leurs études dans le même cours privé de la rue de la Pompe, à Paris, le cours Fénelon-Lamartine. Excellentes tout au long de leur scolarité, régulièrement prix d'excellence, elles ont commencé à s'orienter différemment dès l'obtention du baccalauréat.

Madeleine a préféré le droit, comme autrefois son grand-père et son père, et obtenu sa licence avec mention à la faculté d'Assas. Elle a aussi réussi des certificats de licence d'anglais et étudié deux années à l'INOP, l'Institut d'orientation professionnelle, avant de s'engager dans la voie du journalisme.

La cadette, Simone, esprit posé, sérieux et réfléchi, a penché vers les études scientifiques. Après de longues années à la faculté de pharmacie de Paris, elle est devenue pharmacienne. Comme elle ne désirait pas, m'a-t-elle dit, parader derrière les comptoirs d'une officine, elle a continué d'étudier et obtenu de nombreux certificats parapharmaceutiques qui lui ont permis de travailler dans des laboratoires d'analyses médicales, puis de fonder le sien, à son nom, dans la banlieue parisienne.

Mon aînée, par son intelligence, son imagination, ses indéniables facultés d'artiste, est devenue journaliste puis écrivain. La cadette, par la sûreté de son coup d'œil, ses qualités d'ordre et de précision, s'est créé une solide clientèle, aussi bien dans les cliniques ou les hôpitaux qu'auprès des malades.

La première n'a jamais pu avoir d'enfant, ce qui est pour elle une peine sévère. La seconde m'a donné une superbe petite-fille, Véronique, qui, mariée à un jeune pharmacien d'avenir, a donné le jour à quatre délicieuses fillettes qui aiment bien leur arrière-grand-père !

Mes filles s'occupent beaucoup de moi, et je trouve que j'ai bien de la chance : avoir ses enfants auprès de soi, surtout à mesure que l'âge avance, est la plus grande des joies, peut-être la seule.

Ma fille Madeleine peut se libérer plus facilement que sa sœur. Comme je ne suis plus assez ingambe pour prendre le train, c'est elle qui me conduit à Saintes et m'en ramène quatre fois par an. Elle s'arrange pour y faire de longs séjours tout le temps que j'y réside.

La seconde, grâce à ses connaissances scientifiques, surveille et soigne mes bobos, nombreux et récurrents avec l'âge. Auprès de sa mère, atteinte d'une maladie de la mémoire, elle s'est également montrée d'un dévouement admirable, et a fait en sorte de la conserver jusqu'à l'âge de quatre-vingt-dix-neuf ans.

Marcelle, ma première femme, était devenue totalement grabataire, passant de son lit à son fauteuil, et, les derniers temps, ne pouvait plus bouger. Sa fille cadette l'a prise totalement en charge chez elle, sans jamais exprimer ni lassitude, ni impatience. Un exemple d'amour filial qui nous a tous frappés d'admiration. Madeleine, pour son compte, en a fait un roman, devenu un film pour la télévision, *Une saison de feuilles.*

Mes deux filles sont mon plus grand trésor, je les aime profondément et je sais apprécier leur différence. Chacune à sa façon manifeste à son père la plus généreuse tendresse.

On pensera peut-être que je m'étends un peu trop sur les mérites de mes filles ! À mon âge, j'en ai acquis le droit : ce qu'elles sont devenues, au bout de tant d'années, ne dépend plus de l'éducation que nous avons pu leur donner, leur mère et moi. Désormais, elles se sont faites elles-mêmes. Ni l'une ni l'autre n'ont été très heureuses dans leurs rapports avec les hommes, d'ailleurs elles sont maintenant toutes les deux célibataires. Je ne crois pas qu'elles en souffrent trop, car elles savent remplir leur vie.

Simone, depuis bientôt dix ans, a ajouté une nouvelle corde à son arc : la politique. Élue par deux fois conseiller du 1er arrondissement de Paris, elle se consacre, avec ardeur et persévérance – suivant en cela l'exemple de son grand-père – aux œuvres sociales de la municipalité. Grâce à elle, j'ai découvert sur le quartier où je suis né et que je croyais bien connaître toutes sortes de choses que j'ignorais.

Madeleine pérégrine plutôt en Saintonge, où elle donne des conférences très demandées – sur la haute couture, l'art de lire, les débuts de *L'Express*, pour citer quelques-uns de ses thèmes. Elle m'emmène parfois avec elle à une signature chez les libraires de la région.

Par elle aussi, j'apprends beaucoup de choses sur ce pays que j'avais tant sillonné en compagnie de mon père. Maintenant, j'ai le bonheur de le parcourir au bras de ma fille, qui vient d'accepter, après en avoir été membre, la direction de l'Académie de Saintonge ; une assemblée de lettrés dont j'ai longtemps suivi les séances érudites, sans penser qu'un jour l'une de mes filles la présiderait !

Oui, il y a des moments où, grâce à mes deux filles, je cesse de regretter la seule chose que la vie, pourtant généreuse à mon égard, m'a refusé : un fils !

Regret qui, au lieu de les amuser, les scandalise ! À les entendre, la vie ne m'aurait changé qu'en un point : de macho que j'étais, je serais devenu vieux macho !

Je ne peux terminer ce chapitre sans parler de celle que j'appelle ma troisième fille, je veux dire de Véronique, mon unique petite-fille, la fille de Simone.

Comme elle a été privée de son père, peu après sa naissance, j'ai reporté sur elle une grande part de l'affection paternelle dont je suis capable, et je l'ai toujours considérée comme mon enfant.

Elle ne m'a d'ailleurs donné que des joies : après ses études, elle s'est mariée de bonne heure et a mis au monde quatre filles plus adorables les unes que les autres.

Hélas ! Je les vois toutes bien trop rarement à mon gré, car elles habitent Corbeil, à trente-cinq kilomètres de Paris, où leur père est pharmacien.

Il n'y a pas eu de garçon, il y en a bien peu dans ma famille, j'en suis navré mais j'y suis habitué. Toute ma vie j'ai navigué au milieu de femmes (sauf pendant la guerre…). Cela n'a pas toujours été facile, et j'ai souvent dû crier «pouce !» devant leurs exigences ou leurs jérémiades.

Mais mes quatre arrière-petites-filles sont encore trop jeunes pour me causer quelque tourment que ce soit ; elles sont mon orgueil et je les aime infiniment.

Notre belle ville de Saintes

Il existe beaucoup de vieilles villes, en France, mais notre ville de Saintes est l'une des plus anciennes. Elle connut son apogée au temps des Romains, où elle comptait alors plusieurs dizaines de milliers d'habitants.

Ces grands bâtisseurs la couvrirent de monuments magnifiques dont il reste quelques vestiges, très dégradés, mais qui suffisent à notre fierté.

De nos jours, Saintes, qui n'atteint pas tout à fait trente mille habitants, est divisée en deux parties bien distinctes par la Charente, fleuve qui se jette directement dans la mer à cinquante kilomètres de là, à Rochefort.

Sur la rive droite, on trouve la gare, le jardin public, l'arc romain, l'abbaye aux Dames et les ateliers du chemin de fer.

Sur la rive gauche, la cathédrale Saint-Pierre, l'église Saint-Eutrope, les arènes, l'hôtel de ville, le palais de justice, la sous-préfecture, en somme la cité administrative.

Nous habitons sur la rive gauche, dans le vieux quartier Saint-Maur, et cette partie de Saintes, plus ancienne que la rive droite, regarde l'autre de son haut, si je puis dire, car en temps d'inondation, comme le vieux quartier est en contrebas, c'est nous qui dégustons !

Très indisciplinée, la Charente déborde en effet tous les ans. En général, cela n'est pas trop méchant car les riverains y sont habitués et leurs maisons sont bâties en conséquence, presque sur pilotis.

En revanche, une fois tous les trente ou quarante ans, la crue tourne à la véritable catastrophe. L'eau envahit tout, jardins, rues, maisons et, lorsqu'elle se retire, laisse derrière elle une boue pestilentielle. Deux très grandes crues, en 1904 et tout récemment, en 1982, ont tout désorganisé et provoqué des dégâts considérables. J'ai perdu, en particulier, tous les vieux livres de ma bibliothèque, laquelle a basculé dans les flots hauts de trente centimètres qui ont envahi la maison pendant plus de huit jours.

Seuls les inondés peuvent comprendre ! Tapis, parquets, meubles, plinthes, appareils électroménagers, carrelage, tout est abîmé, parfois irrémédiablement… Même mon auto, qui se trouvait dans le garage, n'a pas échappé au sinistre, et j'ai dû faire changer le moteur.

Pourtant nous l'aimons, et même nous l'adorons : je parle de notre Charente ! Elle a l'air si paisible, l'été, entre les prairies, par force non construites, qui forment ses berges. Au centre, le pont Bernard-Palissy relie ses deux rives. Très ancien, plusieurs fois élargi, aux heures de pointe il se révèle notoirement insuffisant : un véritable fléau. À ces moments-là, la vie de la cité s'arrête, les touristes qui tentent de la traverser pestent et se souviennent longtemps de Saintes et de son bouchon central !

Il paraît que la configuration de la ville ne permet pas une nouvelle voie de dégagement ; sauf à construire une rocade, à l'étude depuis de si nombreuses années qu'on cesse parfois d'y croire ! C'est que cette sorte de périphérique exige, entre autres, la destruction de beaucoup de petits pavillons appartenant à des cheminots, les enfants chéris de la municipalité qu'elle tient à ne pas mécontenter.

Quand je lis dans *Sud-Ouest* les comptes rendus des discussions inextricables concernant ce problème ou un autre, je ne peux chaque fois m'empêcher de me demander : qu'aurait fait mon père ?

La vie politique était-elle plus facile autrefois ? Il me semble de toute façon qu'à chaque conflit mon père apportait rapidement une solution et passait aussitôt à l'exécution.

Il faut dire, à la décharge de nos édiles, que le sous-sol de la ville regorge d'antiquités : dès qu'on gratte la terre, pour une construction ou une autre, que ce soit dans un pré, un jardin privé, une cave, on exhume un trésor. Récemment, un char romain en excellent état de conservation ! C'est ainsi qu'on a pu constituer un beau musée archéologique, en creusant un peu au hasard et beaucoup par nécessité.

Pendant la dernière guerre, quand je me rendais à Saintes pour les sociétés dont je m'occupais, arrivé à la gare, je prenais ce qu'on appelait un vélo-taxi : une sorte de poussette que tirait un homme à bicyclette. C'était toujours le même et, une fois, il me dit : « Voyez monsieur ce que j'ai trouvé dans mon jardin, en piochant pour y planter des pommes de terre ! » Il s'agissait d'une douzaine de pièces de monnaie en bronze. Elles ne constituaient pas des pièces rares, mais au contraire très communes, et je lui ai conseillé de les porter à la mairie pour enrichir le fond numismatique qu'elle possédait déjà.

Bien sûr, en près d'un siècle, j'ai vu énormément évoluer la ville. Et j'ai vu aussi changer les ruines !

Ainsi les arènes. Situées dans un vallon qui fait partie de la ville, elles sont grandioses, les plus importantes de France. Dans ma jeunesse, seuls quelques arcs en pierre étaient encore apparents, le reste du site était planté de grands arbres où paissaient des chevaux. Depuis toujours, les habitants d'alentour venaient y extraire des pierres pour réparer leurs murs, ce qui contribuait à la dégradation.

C'est mon père, alors maire, outré de cet abandon, qui fit couper les arbres et creuser l'emplacement pour retrouver les gradins. Puis il fit ceindre le terrain d'un haut grillage fermé la nuit, avec une maison de gardien à l'entrée pour protéger les arènes enfin restaurées et rendues à leur destination de théâtre.

Aux représentations et aux spectacles bientôt organisés, on venait de toute la Saintonge ! Musique, éclairage, troupes théâtrales de tous ordres, en particulier des chanteurs d'opéra, ces divertissements annuels connurent alors un énorme succès. Les spectateurs arrivaient dès le matin, pour être bien placés, avec leur panier-repas, et attendaient la journée entière que débute le spectacle, heureux d'être ensemble et de faire la fête.

À cette époque, il n'y avait pas de cinéma, pas beaucoup de radio, pas de télévision, et les gens aimaient se réunir et se divertir en foule au sein de ce magnifique décor.

Depuis la guerre, les spectateurs avaient déserté les fêtes des arènes, pour demeurer chez eux, face à leur nouveau jouet : la télévision. Commencent-ils à en être lassés ? À souffrir de leur isolement ? Depuis quelque temps, une nouvelle tranche de population a repris le chemin des arènes, et les fêtes et les jeux qu'y organise la ville, l'été, attirent à nouveau une belle affluence.

Un autre trésor de la ville de Saintes, c'est l'arc votif romain, l'arc de Germanicus, toujours en très bon état. Établi maintenant sur la rive droite de la Charente, il doit curieusement sa survie à Prosper Mérimée. Édifié sur l'ordre d'un certain Germanicus à la gloire de l'empereur romain d'alors, du fait des caprices de la Charente qui changeait le cours de son lit, il s'était retrouvé, un beau jour, au milieu du fleuve ! Les édiles eurent alors l'idée de faire passer un pont sous ses deux arches, lequel servit pendant quelque neuf cents ans.

Devenu trop vétuste, impropre à la circulation accrue, le pont fut voué à la démolition et l'arche romaine avec lui. Ses pierres, ôtées une par une, furent mises en tas un peu plus loin… Et l'herbe poussa dessus.

Jusqu'au jour où Mérimée, alors conservateur des monuments historiques de Napoléon III, vint à Saintes et s'enquit de ce que pouvait bien représenter ce monceau herbu.

Lorsqu'on lui en révéla la nature, il s'empressa de donner l'ordre de reconstruire le prestigieux édifice. Ce qui fut fait et sauva l'arc condamné à une mort lente par dilapidation et vol de ses pierres. Aujourd'hui, grâce à Mérimée, la ville se trouve ainsi dotée d'un arc romain qui n'a rien à envier à certains de ceux qui ornent la ville de Rome.

Nous possédions également un cimetière romain, situé dans le quartier Saint-Vivien, mais, pour celui-là, il n'y a pas eu de Mérimée, et il est terriblement saccagé. Dommage !

Les tombes, formées de longues pierres creusées, anciennement recouvertes par une lourde dalle qui formait couvercle, gisent ouvertes et souvent remplies de détritus. Rares sont celles encore intactes, et ce spectacle, quand je m'y rends, me navre.

Avant la première guerre, j'y allais parfois jouer avec des gamins de mon âge. Un jour, en arrivant sur une tombe dont la dalle était légèrement déplacée, je me souviens d'avoir eu la curiosité – ou l'audace – de glisser ma main dans l'orifice du cercueil ! Mes doigts rencontrèrent un objet, que je parvins à extraire : c'était une vertèbre momifiée ! À l'âge que j'avais, bien qu'un peu frissonnant, j'ai trouvé la chose très drôle !

Une fois encore, c'est mon père, dès son arrivée à la mairie, qui fit acheter le terrain du cimetière romain et procéder à son nettoiement, pour tenter d'arrêter le processus de destruction. Bien avant que le patrimoine ne fût à la mode, mon père en avait saisi l'importance, et sa contribution à la sauvegarde des trésors de Saintes fut considérable. En fait, il initia le mouvement.

Il faut reconnaître que posséder un patrimoine aussi abondant, pour une petite municipalité, est une énorme charge, et nos impôts locaux, qui sont parmi les plus élevés de France, s'en ressentent ! Espérons que les touristes, de plus en plus nombreux à venir admirer nos beaux restes, nous aideront à couvrir les frais.

Saintes possède également deux très grandes et très belles églises, qui elles aussi ont subi la rigueur du temps, et surtout ont souffert du passage de la Révolution.

La cathédrale Saint-Pierre, située si près de chez nous que ses cloches rythment notre existence, n'a jamais été achevée. À l'emplacement de ce qui devait être son clocher, a été édifiée une sorte de dôme, une chape en zinc, qui lui donne un air byzantin assez

étrange en notre région ! «C'est là tout son charme»,
me dit Madeleine.

Sur l'un des côtés de l'édifice, dans une niche à
mi-hauteur, se dresse une statue, ou plutôt une demi-
statue, dont il ne reste que la partie basse : celle du haut,
dont on ne sait si elle représentait Saint-Louis ou Char-
lemagne, n'existe plus. Cette statue, de grande dimension, a été victime des révolutionnaires qui, voulant la
mettre bas, ont imaginé de lui passer une corde autour
du corps et de tirer pour la faire choir. Mais seule la
partie haute s'est détachée, la statue étant probablement faite de deux pierres.

Nous sommes très fiers également de l'abbaye aux
Dames, érigée dans l'ancien couvent du même nom.
«Une œuvre de femmes», me dit Madeleine. Elle fut
gouvernée par des abbesses jusqu'à la Révolution, où
ces dames furent chassées de leur couvent et de ses
dépendances, le tout devenant bien d'État.

Au début de ce siècle, avant la guerre de 1914, le
ministère de la Guerre s'en saisit et transforma le
magnifique bâtiment en caserne pour un régiment fixé
à Saintes. Il faut savoir qu'à cette époque, la France,
aux aguets depuis 1870 d'un possible conflit avec
l'Allemagne, conservait des milliers d'hommes sous
les armes. Pour abriter tous ces soldats, il fallait des
bâtiments en quantité ; on prenait, avec plus ou moins
de bonheur, ce qu'on avait sous la main, et on le bap-
tisait caserne. Les militaires transformèrent ainsi
l'église en dépôt de vêtements et d'armes pour les
réservistes. Ils établirent deux planchers, pour constituer deux étages, fixés tant bien que mal dans la pierre,
sans le moindre égard pour les sculptures qui pouvaient les gêner.

À la fin de la première guerre et après le départ du régiment appelé à stationner en Allemagne occupée, le bâtiment fut déserté et mon père, nouvellement élu maire, en profita pour demander et obtenir sa cession par l'autorité militaire au profit de la ville. Aussitôt, il entama sa restauration. Ce fut long, coûteux et, bien que l'abbaye fût rendue au culte, l'achèvement des travaux n'eut lieu qu'en 1988. Le président de la République, M. Mitterrand, vint officiellement fêter la restauration officielle de l'abbaye aux Dames.

Il avait été demandé que je sois sur les lieux, pour l'accueillir et le saluer, et je me souviens de lui avoir dit : « Monsieur le président, vous êtes le premier président de la République en exercice que j'accueille ici depuis Paul Doumer ! »

Je vis l'œil du président s'arrondir et il me répondit en me serrant la main : « Ça fait une tranche de vie ! » Puis à ma fille, Madeleine, qui se tenait à côté de moi, le président demanda : « Mais quel âge a donc votre père ? »

En lui donnant la précision sur ce qu'il faut bien appeler mon grand âge, Madeleine eut le bon esprit d'ajouter : « Il pourrait être votre père. » Ce qui fit bon effet à M. Mitterrand, lui-même charentais d'origine, et qui peut tout à fait en espérer autant.

Il a pu voir qu'à Saintes, il n'y a pas que les vieux monuments qu'on conserve en bon état !

Mes chers amis

J'ai beaucoup aimé mes amis. Mais à cent ans moins trois, ceux qui sont passés dans mon existence sont presque tous morts ! On avance en âge comme on gravit une pyramide, si bien que l'on finit par se retrouver seul au sommet, avec ses souvenirs.

Qui étaient-ils, qui sont-ils ces amis qui m'ont accompagné parfois un petit bout de chemin, parfois jusqu'à maintenant ? D'abord ceux que j'avais rencontrés au lycée Janson-de-Sailly, et que j'ai eus comme condisciples pendant huit ou neuf ans. À Janson, la discipline était presque militaire ; les classes s'ouvraient et se fermaient au son d'un tambour, sans doute un ancien tambour-major à la retraite, engagé par le lycée pour rythmer nos journées.

C'est dans cette sévère ambiance que les amitiés se liaient. Nous parlions de choses très simples. La politique n'existait pas pour nous, le chahut non plus, ni l'esprit de clan, comme on le voit couramment aujourd'hui. Seul le football venait nous divertir. Tout cela restait bon enfant.

Comment ai-je perdu ces amis ? Après le lycée, je suis allé à la faculté de droit et à l'École des sciences politiques, où j'ai retrouvé le même calme, le même ordre imposé. Une bonne préparation, en somme, pour ce qui nous attendait et qui est arrivé bien vite, si vite.

Certains de mes amis lycéens m'avaient suivi. Hélas ! Il y a eu la guerre, et c'est elle qui nous a séparés en décimant nos rangs.

À l'armée, je me suis trouvé avec des inconnus de toutes origines. Certains venaient de Paris, mais la France était avant tout un pays rural, et la majorité des recrues était composée de paysans. Nous disions des «cul-ter-reux», car ils n'avaient pas connu grand-chose, n'ayant jamais quitté leur ferme. Ces jeunes gens n'avaient pas une grande éducation, ni de bonnes manières, ni le goût de l'ordre et de la discipline comme je pouvais l'avoir, mais ils avaient sur moi certains avantages et connaissaient des choses dont j'ignorais tout ! Ainsi, conduire un cheval à l'abreuvoir !

Nous étions dans l'artillerie, et pour mener boire deux par deux les chevaux qui tiraient nos canons, on nous avait fourni des sabots. Je n'en avais jamais chaussé de ma vie, et, au bout de cent cinquante mètres, les miens se sont englués dans la vase de la berge. Comme les chevaux m'entraînaient vers l'avant, je me suis retrouvé pieds nus dans la boue ! Les jeunes paysans, eux, s'étaient mieux débrouillés : ils avaient enfourché l'un des deux chevaux, et les avaient menés à la rivière, sans se salir ni se fatiguer.

Nous avions tout à apprendre les uns des autres, et la guerre nous a immédiatement rapprochés, tous confondus ; d'autant que le règlement était le même pour tous. Ces amis-là, à qui je dois beaucoup, et que j'avais commencé à aimer, je les ai perdus après deux mois seulement ! À cause de mes diplômes, j'ai en effet été envoyé à Fontainebleau où l'on formait à toute allure des aspirants prêts à devenir ces officiers d'artillerie dont l'armée avait tant besoin. Là aussi, je me suis fait des amis, que j'ai dû quitter une fois de plus ! Tout va si vite pendant la guerre : on se perd de vue aussi rapidement qu'on s'est connus.

La paix revenue, en dehors des amis de ma famille et de ceux de Marcelle, ma première femme, très nombreux et que je pouvais voir quand bon me plaisait, je n'ai eu d'amis stables et personnels que tardivement. Ce manque m'a longtemps pesé et a décidé de certains de mes choix. C'est notamment la raison qui m'a fait lâcher la diplomatie car, un jour ou l'autre, on est amené à changer de poste. On perd alors le pays dans lequel on avait commencé de s'enraciner et surtout les amis qu'on s'y était faits ! Je connaissais ma capacité à me lier et je craignais de m'attacher partout où je serais nommé, puis de souffrir au moment de la séparation.

Il me faut aussi reconnaître qu'à l'époque, dans le service diplomatique, je n'avais le choix qu'entre les fêtards et les bêtes de travail. Même si je sentais plus d'attirance pour ceux qui profitaient de la vie facile qu'on connaissait alors à l'étranger, je répugnais à les suivre trop loin ! Et ça n'est qu'à mon retour en France, après m'y être définitivement installé, que j'ai pu enfin nouer des relations qui m'ont comblé, avec des garçons de mon âge, partageant mes goûts.

Je ne saurais les énumérer tous, la liste est trop longue, mais nous avions tous quelque chose en commun. La preuve en est que la plupart de mes amis se connaissaient et se fréquentaient entre eux. Je pourrais dire que ce qui nous rapprochait était le goût du plaisir, mais c'est un peu limitatif, et même péjoratif aux yeux de certains. Je préfère nommer ce qui nous rassemblait : le goût de la vie, sous toutes ses formes.

Je veux dire par là que mes amis étaient d'abord des gens qui aimaient leur travail ou leur fonction. J'ai eu des amis dans l'administration, bien sûr, mais aussi dans le commerce, l'artisanat, la banque, le cognac, et l'un des meilleurs d'entre eux, Chêne-Benoît, était journaliste, rédacteur en chef du journal *Le Monde*. Aucun, à ma connaissance, ne s'est jamais plaint de ce qu'il faisait, bien au contraire.

Heureux dans leur travail, ils l'étaient aussi dans leur ménage, et leurs épouses partageaient leur joie de vivre. Nos plaisirs étaient simples, le sport, les randonnées à pied et en voiture, les vacances, les bons repas, le bridge, mais surtout la causerie. Nous aimions nous réunir très souvent, en petit groupe ou en assemblée plus large, pour raconter mille et une choses et échanger un nombre considérable de plaisanteries.

Mes filles me disent que je suis un «blagueur», parce que j'adore les histoires drôles, que je lis toujours la rubrique des journaux qui en rapportent, et que j'en conserve une assez jolie collection en mémoire. Les histoires drôles sont parfois spirituelles, parfois moins, et dans certains cas franchement vulgaires, mais elles ont toutes la même fonction : elles servent à faire rire.

Je ne vois vraiment pas ce qu'on peut faire de mieux, entre amis, que rire un bon coup ! Et je peux dire que je ne m'en suis pas privé ! Nous avions également le goût de la vraie blague et, quand je repense aux jolis coups que nous avons pu monter, il m'arrive encore de rire tout seul !

Il me semble que chercher à rire entre amis se pratique moins aujourd'hui, même chez les jeunes. Bien que j'aie quelques explications en tête – ils n'ont pas connu la guerre, qui vous ôte à jamais le goût du sérieux, en même temps ils ont constamment peur pour leur avenir –, à vrai dire je ne comprends pas exactement pourquoi. À eux de me l'expliquer.

Quand on est une bande d'amis, de bons copains, ce qui achève de vous rapprocher, quel que soit l'âge, c'est le goût du jeu. Depuis ma plus tendre enfance et les concours de billes dans les cours de récréation, à Janson-de-Sailly, je n'ai jamais cessé de jouer. Jeux de cartes, jeux d'adresse, un peu mais pas trop jeux de hasard. Ceux-là, je les aimais moins, car on y joue seul. Je préfère les jeux à plusieurs. Il m'arrive de jouer aux dominos avec ma fille Madeleine, quand elle veut bien me l'accorder. Mais elle refuse de jouer aux cartes, elle prétend qu'elle a mieux à faire.

Arrivé à l'âge de la retraite, je me découvris soudain beaucoup plus de loisir et je me mis à chercher une sorte de «jeu» plus absorbant que ceux dont je me contentais jusque-là. C'est alors que je découvris la céramique, que je me mis à pratiquer assidûment, en compagnie de mon ami Lafarie.

À la retraite comme moi – que de «coups» nous avions déjà manigancés ensemble! –, c'est lui qui en eut l'idée. Il me dit un jour : «Si on allait faire de la céramique, pour nous distraire, je connais un endroit très bien, rue de Vaugirard.»

Travailler de mes mains avait toujours été mon hobby secret : j'ai besoin de sentir mes doigts faire quelque chose, ça me démange.

J'ai donc suivi Lafarie. L'atelier se trouvait tout au fond d'une impasse où subsistent encore des ateliers de peintres et de sculpteurs, dans un agréable cadre de verdure.

Tout de suite, j'ai aimé tripoter la pâte, cette sorte d'argile épurée, molle et obéissante. Je me suis inscrit à cet atelier, puis plus tard à d'autres, et en peu de temps je fus capable – à l'instar de Lafarie avec lequel je me sentais en affectueuse compétition – de fabriquer des pièces de toutes sortes, dont je n'étais pas peu fier.

Cela va faire quarante ans que j'y suis assidu, à raison d'une fois par semaine quand je réside à Paris, et ma production a fini par prendre une certaine ampleur : animaux de toutes tailles, cavaliers, dragons, chimères, têtes, vases, plats, dessous de plats, dessus de tables, cendriers, carreaux, assiettes…

En ce moment, je suis sur un lapin, il n'y a plus qu'à l'émailler, je ne sais pas encore si je le ferai bleu ou rouge.

Ce que je préfère, c'est modeler ; une fois que l'objet a trouvé sa forme, je considère qu'il est fini. Bien sûr, l'émaillage n'est pas facile ; il faut superposer plusieurs couches et l'on risque une surprise : les couleurs ne ressortent pas toujours comme on le désire après la cuisson. Cette dernière opération ne m'intéresse plus vraiment. Si j'avais un aide pour me faire l'émaillage, j'en serais très content. Mais créer la forme, l'accouchement, voilà qui me plaît. Après, ça devient ce que ça devient, peu m'importe de quelle couleur !

Mes idées me viennent à l'improviste, en feuilletant des livres sur l'art chinois, la Renaissance, la sculpture, la peinture. Mais je m'inspire aussi d'un animal vivant, d'une plante ou d'un insecte.

Il m'arrive parfois d'offrir mes œuvres, mais en aucun cas je ne veux les vendre… Je les réserve à ma famille et à mes amis.

Pour ma petite-fille, j'ai réalisé des assiettes amusantes illustrées de dessins et de devinettes, afin de l'inciter à manger quand elle déclarait ne pas avoir faim. Aujourd'hui encore, je les sors quand elle vient chez moi ; cela lui rappelle son enfance et amuse énormément ses propres filles. L'art d'être grand-père passe aussi par l'artisanat !

Mes filles parlent sérieusement d'organiser une exposition. Je crois qu'elles sont trop indulgentes, mais j'en ai tiré une conclusion : on ne va pas à l'encontre d'une vocation. Si le temps vous en est accordé, elle resurgit toujours, et c'est à plus de cinquante ans que j'ai enfin pu m'accomplir, même si je n'ai pas mené une vie d'artiste.

Ma fille Madeleine proteste : «Toi, mais tu n'as jamais fait autre chose que mener une vie d'artiste !» À ma manière, peut-être, et il est vrai qu'avec le temps j'ai fini par faire presque tout ce que je voulais.

Aujourd'hui, avec mes deux cannes, je suis un peu dépendant et, quand je veux aller à l'atelier, il faut qu'une de mes filles ou une de mes nièces consente à m'y accompagner en voiture. Je pourrais m'y rendre en taxi, mais les chauffeurs refusent de s'engager au bout de l'impasse très étroite, de près de cent mètres de long, hérissée de gros pavés – tout comme les rues de Saintes.

Ainsi en va-t-il de tout dans la vie ! Un jour il faut savoir y renoncer.

C'est une autre des qualités qu'avaient et qu'ont mes amis : jamais d'amertume ! Lorsqu'un bien vous est retiré, par la force des choses, on tâche de se découvrir une compensation. Pour moi, ces derniers temps, ce furent mes Mémoires…

Mes belles automobiles

Autre renoncement : l'automobile ! J'ai passé mon permis de conduire en 1926, peu après mon retour de Constantinople.

Ma première voiture fut une Renault. Elle ne dépassait pas le soixante à l'heure, comme toute les voitures de l'époque, ce qui nous paraissait déjà beaucoup. Nous mettions la journée, ma femme et moi, pour nous rendre dans le Limousin, mais quelle arrivée triomphale dans ces petits pays où l'automobile était encore un luxe, et où les poules ne savaient pas se mettre à l'abri !

C'était une berline de série à quatre places, que nous avons gardée quatre ou cinq ans. J'ai appris moi-même à conduire à Marcelle, qui s'en est très bien tirée. Toute fois, la veille de son examen, elle a renversé un réverbère du côté de l'avenue du Président-Wilson en faisant une fausse manœuvre. Il n'y avait pas de témoin, et personne ne s'en est aperçu !

Le hasard a voulu que, le lendemain, l'examinateur lui demande justement de passer par là. En voyant le réverbère à terre, il s'est exclamé : « Voyez-moi ce chauffard ! Il ne mérite vraiment pas de conduire, celui-là ! » Marcelle n'a rien dit, elle s'est concentrée sur son volant… et elle a eu son permis !

Après la Renault, nous avons eu la Voisin, une voiture bleu marine de demi-course, plus rapide, mais dont les bielles coulaient sans arrêt. Je l'ai laissée pour m'adonner aux Peugeot et aux Citroën, jusqu'à la Salmson.

Celle-là fut ma plus belle ! Au bois de Boulogne, tout le monde se retournait sur elle. Elle avait été spécialement conçue pour une aviatrice, Maryse Hilz, avec tous les soins possibles et imaginables. Malheureusement, la jeune femme se tua en avion sans avoir eu le temps de l'étrenner. L'usine ne savait plus qu'en faire, des relations me l'ont proposée, et j'ai sauté sur l'occasion. Cette voiture avait déjà des vitesses automatiques, dont dix en marche arrière ! Sa carrosserie, surtout, la rendait remarquable : elle était peinte en cannage.

Quand la guerre de 40 a éclaté, je l'ai rapportée à Saintes, pour la mettre à l'abri. Mais notre garage était occupé par la voiture de mon père, qui venait de mourir. La commune m'a offert de la parquer dans la chapelle des Jacobins, où elle a passé toute la guerre, en sécurité. À la Libération, elle a disparu, volée par les FFI. On ne l'a plus jamais revue ! Je la regrette encore.

Après la guerre, j'ai eu tout une série de voitures, jusqu'à la dernière, une Peugeot. Toutefois, avec le temps et la circulation toujours plus dense, j'ai cessé de conduire à Paris. Je trouvais trop difficilement à me garer près de chez moi, si bien que je ne sortais plus ma voiture que le week-end pour aller visiter avec ma femme, chaque dimanche, un château autour de Paris. Je crois bien que nous les avons tous vus !

Je la mettais dans un garage sous le terre-plein des Invalides, où je me rendais en autobus. Je la reprenais l'été, pour me rendre à Saintes, où j'ai fini par la laisser. J'avais plus de quatre-vingts ans, et conduire de longues heures commençait à me fatiguer. Quand mes rhuma-

tismes aux jambes ont commencé à vraiment m'enqui-
quiner, j'ai peu à peu cessé de conduire. Il n'y a pas longtemps, j'ai dit à Madeleine : «Tu devrais vendre ma
voiture, je n'en ai plus besoin, et elle encombre le
garage. Comme ça, tu pourras y mettre la tienne.» Ma
fille m'a répondu :

«Papa, tu viens de faire une bonne affaire !

— Laquelle ?

— Tu t'es engagé un chauffeur, moi ! »

Elle a tenu parole, et je dois reconnaître qu'à mon
âge, être conduit est très agréable. Je me contente de
choisir l'itinéraire et de consulter les cartes routières.
Par une petite annonce parue dans le journal local, j'ai
donc très convenablement vendu ma dernière voiture à
un jeune couple : malgré son ancienneté, sa carrosserie
était en bon état. Son moteur, surtout, était neuf. J'avais
dû le faire changer à cause de la crue de la Charente qui,
en 1982, a causé des dégâts considérables à Saintes,
inondé notre maison, le jardin et même le garage.

Seule me manque un peu la liberté de partir en
balade, le soir, à Saintes, comme je l'ai fait pendant
plus de vingt ans avec ma seconde femme Andrée. Dès
que la chaleur d'été tombait un peu, nous prenions la
voiture et partions faire le tour des petites communes
des environs, par des routes départementales ou des
chemins vicinaux que j'avais repérés sur la carte, et qui
aboutissaient parfois à la Charente, qu'à Chaniers l'on
peut passer en bac.

Quand nous rentrions à la maison, Andrée me disait
toujours : «Merci mon ami, quelle belle promenade tu
m'as fait faire ! Je ne la connaissais pas encore…»

C'était plus ou moins vrai, mais son compliment
m'allait droit au cœur.

J'ai dû être un bon conducteur, car en soixante ans de conduite, je n'ai jamais eu d'accident sur la route. Il m'est bien arrivé de râcler un peu mon aile contre la porte en bois de mon garage, qui était trop étroite, mais Madeleine l'a fait changer pour une porte en métal à fermeture électrique automatique. Maintenant, elle n'a plus aucun effort à faire pour l'ouvrir et la fermer. Bien que je n'aime pas trop le changement, je dis souvent à mes enfants : « Il ne faut pas refuser le progrès. »

J'ajouterai : surtout dans le domaine automobile !

Quand le passé devient de l'avenir

L'une des tâches que je m'assigne, depuis ma retraite – et que, celle-là, je ne compte pas abandonner – est de suivre d'aussi près que je peux le destin de chacun des membres de ma famille. Mais au bout d'une ou deux générations, comme les autres, elle se multiplie et se disperse.

Ainsi, un fils de l'oncle Paul, le cousin André, s'est marié avec une demoiselle Anne de la Ferrière, qui est une cousine du général de Gaulle. Elle vit toujours dans une maison de retraite, aux Réaux, seule et sans enfants, et mes filles correspondent de temps en temps avec elle. Nous avons d'autres cousins, installés à Nantes. Mon neveu Jean-Pierre Chapsal et sa femme ont pris une retraite heureuse et ensoleillée en Corse, près d'Ajaccio. Ma nièce Jeanine vit désormais en Provence, avec son mari Jacques Duflos. Ses cinq enfants sont un peu partout, à Grenoble, en Hollande, à Paris. J'ai des petites nièces pharmaciennes, d'autres sont maîtresses d'école, deux de mes neveux travaillent dans la banque, j'ai un petit-neveu professeur d'anglais, l'autre à la mairie de Lille, ma fille Simone est biologiste à Bois-Colombes, mon cousin Léon Jozeau-Marigné, maire d'Avranches, ancien président du Conseil général de la Manche et ancien sénateur, fils de Marie-Louise Chapsal, siège pour sa part au Conseil constitutionnel à Paris, l'une des colonnes de la République. C'est lui, de toute la famille actuelle, qui a fait le plus beau parcours politique.

Toutefois, il n'y a qu'un écrivain véritablement assidu dans la famille, c'est ma fille Madeleine. C'est elle qui m'a persuadé de rédiger ces Mémoires, car c'est ainsi, assure-t-elle, que se perpétuent les souvenirs, et qu'une famille peut espérer demeurer unie. On n'écrit pas seulement pour son propre plaisir, ajoute-t-elle, mais pour l'édification de tous.

J'espère qu'elle a raison. Tous ces gens, bons et braves, que j'ai aimés pour la plupart, je serais heureux qu'il en restât quelque trace. Et puisque l'âge m'accorde le loisir de contribuer à transmettre leur nom et leur souvenir, je m'y applique.

Mon frère Pierre, que j'ai malheureusement perdu il y a maintenant dix ans – la même année que sa chère femme et la mienne – ne s'y est pas risqué. Après sa retraite, il avait été président de Saint-Gobain, il a toutefois fait pour nous quelque chose d'essentiel : il a reconstitué notre arbre généalogique ; ce qui a exigé des années de patience, et abouti à une montagne de courrier avec les municipalités.

J'ai le sentiment de continuer, à ma façon, son travail d'archiviste.

Après moi, je crois Madeleine disposée à prendre la relève. En tout cas, elle a été choisie par ses collègues pour être le directeur de l'Académie de Saintonge, dont elle était déjà membre, une société savante où l'examen et la conservation des documents du passé sont à l'honneur. Elle vient par ailleurs d'écrire la notice biographique de son grand-père pour le *Dictionnaire des Grands Charentais*, à paraître.

«Sans la connaissance et la mise en place du passé,

me répète-t-elle, on ne peut pas aller franchement vers l'avenir.» C'est ce qu'elle aurait appris auprès de son amie Françoise Dolto, une belle femme plus jeune que moi, malheureusement disparue, avec qui Madeleine m'a fait dîner plusieurs fois en compagnie de sa fille Catherine.

Est-ce l'influence de ces personnes, plus versées que moi dans l'analyse du passé ? J'ai fini par me décider à parler de la terrible épreuve qui a marqué ma jeunesse et que j'ai tenu jusque-là sous silence : la guerre de 14.

Ce qui m'a surpris, l'été où je me suis mis à évoquer mes souvenirs du front pour les transcrire, c'est que tout m'est revenu exactement comme si j'étais encore dans les tranchées et sous le tir des obus !

Ce rappel n'a pas été très agréable : dans mon bureau de Saintes, pourtant bien tranquille, j'ai vécu plusieurs jours dans un curieux état d'hallucination ! Je revoyais le paysage de Verdun, creusé de cratères lunaires, j'entendais le bruit du canon, comme si j'y étais…

— Maintenant, m'a dit Madeleine après m'avoir lu et avoir écouté mes doléances, tu vas en être enfin débarrassé.

C'est tout ce que je demande !

Les femmes et moi

Parvenu à l'âge que j'ai, un très grand âge, j'ai l'étonnement (quelque peu scandalisé) d'entendre mes filles me dire : «Mais comment as-tu fait pour avoir connu et aimé tant de femmes?»

Si elles sont si bien au courant, c'est que j'ai eu l'imprudence, ou la sentimentalité, de garder tout mon courrier amoureux, à partir de 1918, dans ma cantine de soldat. J'ai rangé le tout au grenier et n'y ai plus repensé.

Récemment, à ma demande, Madeleine a ouvert la cantine, dont elle a dû faire sauter les cadenas complètement rouillés, pour rechercher le dessin que j'avais fait de ma mère sur son lit de mort. Ce fut le pot aux roses!

À l'intérieur, elle a trouvé un monceau de lettres, retenues par des faveurs, de vieux élastiques, des cordonnets, qu'elle s'est empressée de lire et de faire lire à sa sœur. Il y en a de sa mère, mais aussi de Germaine, de ma seconde femme et de bien d'autres charmantes personnes dont je n'ai pas conservé le souvenir, lesquelles signaient parfois par des initiales et m'envoyaient des pneus pour me fixer rendez-vous ou me reprocher de ne pas y être venu…

Madeleine a aussi déniché mes agendas sur lesquels, pour ne pas m'y perdre, je marquais en code – transparent ! – tous mes rendez-vous amoureux ! Me voici donc, à plus de quatre-vingt-dix-sept ans, obligé de me justifier de mes frasques et de mes liaisons devant mes filles !

Je ne nierai pas que j'aimais la compagnie des femmes, et qu'elles me l'ont bien rendu. Je ne pense pas que ce soit un crime, pas plus aujourd'hui qu'hier.

Je tiens néanmoins à ajouter, non pour me défendre mais pour m'expliquer, qu'il existait, après 1918, une génération de femmes tout à fait exceptionnelles. Et même complètement irrésistibles !

Du fait de la guerre de 14, elles avaient dû se débrouiller seules dans la vie, ou s'y préparer si elles étaient adolescentes, sans trop compter sur les hommes.

Dans leur comportement comme dans leur apparence, elles s'étaient libérées – je n'aurais pas reconnu en elles les femmes corsetées et si guindées de mon enfance ! Cheveux courts, robe aux genoux, elles étaient charmantes, grisantes et prêtes à toutes les « folies » !

J'entends par là qu'elles vous accordaient facilement une aventure, et comme elles tenaient à leur nouvelle indépendance, on ne se retrouvait pas engagé pour autant.

L'une de celles que j'ai le plus aimées appartenait au Quai d'Orsay. Elle a été la première femme consul à New York. L'autre, Germaine, était modiste à Constantinople. Ma première épouse, Marcelle, créait des modèles pour la haute couture, et la seconde, Andrée, travaillait chez son père qui était un fourreur connu à Paris… Elles appartenaient à la première génération de femmes à accéder seules à un haut niveau de réussite professionnelle. Occupées, ambitieuses, elles n'avaient pas tout leur temps à me consacrer et ne s'étonnaient pas trop quand je leur disais me trouver dans le même cas.

Dites-moi qui – d'ailleurs tous mes amis étaient comme moi – aurait résisté au charme que représentait la découverte de ces «nouvelles femmes», délicieusement coquettes, en même temps qu'intelligentes, élégantes, courageuses et avides d'amour ?

Madeleine voit les choses plus sévèrement : «Tu fais partie des hommes qui ont profité à fond de la libération des femmes ! Tu peux bien dire ce que tu veux de leur esprit d'indépendance et de leur attachement à leur liberté, en lisant leurs lettres, je m'aperçois qu'elles avaient gardé des cœurs de midinettes ! D'ailleurs, elles te répètent toutes la même chose, Maman y compris : "Quand se revoit-on, méchant chéri ! Je garde le souvenir ébloui de notre dernière rencontre… Je ne veux pas empiéter sur votre liberté mais tout de même…" N'était le changement d'écriture, on peut croire, d'une lettre à l'autre, que c'est la même femme qui écrit à un certain Bob, Rob, ou à son gros loup ! Même style, mêmes plaintes, même désarroi… Elles ont beau être des battantes dans leur carrière, dès qu'il s'agit d'amour elles sont incapables de se défendre… Tu as profité de leur naïveté, de leur vulnérabilité, de leur confiance, comme l'ont toujours fait les hommes avec les femmes. D'ailleurs, ils continuent… !

— Peut-être bien, lui ai-je répondu, mais moi ? Est-ce qu'elles aussi n'ont pas profité de moi ? Et de toutes les façons ? »

À chaque génération, les hommes et les femmes s'utilisent les uns les autres comme ils peuvent et comme les mœurs le permettent, pour embellir leur vie et tirer plaisir de leur mutuelle compagnie. Notre génération avait tellement besoin d'insouciance après cette terrible guerre, où nous avons tous cru passer...

« En attendant, tu les as rendues rudement malheureuses, ajoute Simone. Elles en ont versé des larmes ! Que de cris d'amour trompé ! » Mais moi aussi, j'ai beaucoup pleuré ! Et les sanglots des hommes valent bien autant que les larmes des femmes, ne pensez-vous pas ?

En réalité, personne n'est vraiment coupable, la souffrance est, avec le plaisir, la loi de l'amour ! On ne se trouve jamais avec la personne qu'on voudrait au moment où on le voudrait, et toutes les séparations, même désirées, sont atrocement douloureuses à vivre. Ainsi, je ne me suis pas consolé de mon divorce, ni – ce qui peut paraître paradoxal – de la mort de ma seconde femme. Je les aurais toutes voulues en même temps auprès de moi, et cela toujours, car je suis, que mes filles le croient ou non, un homme fidèle.

Seulement voilà, mes filles n'ont qu'une moitié de la vérité, car elles ne connaissent pas mes lettres !

« Sois content, me dit Madeleine qui vient de lire ces quelques lignes par-dessus mon épaule, tes rêves sont enfin réalisés : tu as fini par les réunir toutes ensemble dans la même malle au grenier ! »

La chère amie de mon grand âge, la dernière, à qui Madeleine a dit, après avoir ouvert la cantine : « Bravo, Julienne, vous les avez toutes coiffées au poteau ! », assistait à cette scène étrange d'un père accusé par sa fille d'avoir trop aimé les femmes ! Elle a soudain été prise d'un fou rire qui nous a presque inquiétés, Madeleine et moi, tant il était interminable : « Quel homme ! disait-elle en suffoquant de rire, mais quel homme ! »

Pourtant, dans ce domaine comme dans les autres, j'ai le sentiment d'avoir été quelqu'un de très ordinaire : qui n'aurait agi comme moi devant tant de beauté et de gaieté ? Car ces femmes étaient d'une gaieté devenue rare aujourd'hui et, elles aussi, adoraient faire la fête.

N'était-il pas normal d'être amoureux des créatures belles et charmantes qui abondaient en ce temps-là ? Je le leur manifestais comme je pouvais, et elles avaient à cœur de me remercier de mes compliments. Pour ma part, je n'ai jamais forcé personne. «C'est vrai, me dit Madeleine, elles pleurent, elles réclament, dans toutes leurs lettres, mais elles te remercient en même temps… Je ne regrette qu'une chose : ne pas avoir lu ce courrier plus tôt ! Car moi aussi je me suis conduite en midinette, ça m'aurait peut-être servi de leçon. »

L'expérience des unes peut-elle instruire les autres ? La meilleure fonction des femmes, à mon sens, c'est de nous adorer, nous les hommes, même et surtout quand nous ne le méritons pas tout à fait.

Sur ce point, j'ai cru comprendre que mes filles n'ont pas tellement innové par rapport à leurs aînées ! Toutes deux ont beaucoup aimé, s'abandonnant parfois à la passion, et, loin de les critiquer, je trouve que c'est très bien ainsi !

Le club des nonagénaires

Il existe un groupe de personnes des deux sexes qui constitue une sorte de club à la fois très ouvert et très fermé. Il s'agit du club des nonagénaires ; ouvert à tous à partir de quatre-vingt-dix ans ; mais fermé à double tour avant cet âge.

Une fois admis, il n'y a qu'un seul règlement à observer : faire tout ce qu'on veut et comme on a envie ! C'est l'idéal ! Ses membres ont cependant une habitude bien à eux : ils ne comptent pas leur âge de la même façon que le *vulgum pecus*. Je m'explique ; ils ne disent pas, par exemple : « J'ai quatre-vingt-douze ans » ou : « J'ai quatre-vingt-quinze ans » ! Non, ils s'expriment d'une manière moins ordinaire, ils donnent leur âge en décomptant de cent : « J'ai cent moins huit », ou « J'ai cent moins deux » !

Cela les flatte d'être les seuls à compter ainsi. C'est la marque de l'appartenance au club ! En fait, ses membres ont un but unique, le même pour chacun : ils veulent atteindre cent ans !

Tous les moyens sont bons pour y parvenir : la ruse, la force ou la faiblesse peuvent être employées sans vergogne. Et quand le but tant désiré est atteint, ils poussent un grand soupir de soulagement : ils peuvent enfin se reposer.

D'ailleurs, ils perçoivent aussitôt leur récompense : ils sont nommés centenaires ! Aucune chose au monde ne peut faire plus plaisir aux nonagénaires, ils se pavanent et regardent le reste des hommes comme des « rien du tout », incapables d'un tel exploit !

Beaucoup de nonagénaires, hélas ! s'arrêtent en chemin et n'atteignent jamais le but tant désiré. En général, ils le pressentent, et savent le moment auquel ils vont devoir décrocher.

Je citerai par exemple le cas d'une personne de mes relations, un certain M. Chenereau, possesseur d'un admirable vieux château en Saintonge, qui avait un jour invité tous ses amis à déjeuner. L'un d'eux lui dit :

« Mon très cher ami, pourquoi nous invitez-vous cette année ? Il eût mieux valu que nous nous réunissions l'année prochaine, pour fêter vos cent ans !

— Mon petit, répondit Chenereau (à son âge, il appelait tout le monde "mon petit"), je vous ai tous invités cette année pour mes cent moins un, car je sens que l'année prochaine, je ne serai pas là ! »

Il avait dit vrai. L'année suivante, il était décédé.

Moi, qui suis déjà membre du club des nonagénaires depuis sept ans, je continue ma marche en avant avec le siècle et je multiplie mes efforts pour arriver au club des centenaires, le plus chic et le plus fermé de tous les clubs.

Toutefois, depuis que les centenaires, en France, deviennent de plus en plus nombreux – ils seront près de dix-mille en l'an 2000, d'après les statistiques – nous sommes l'objet de la curiosité générale et la proie de pas mal de questions, qui se résument en une seule : comment avez-vous fait pour en arriver là ? Autrement dit : donnez-nous vos recettes !

Y en a-t-il? J'ai bien écouté M. Antoine Pinay, le plus prestigieux d'entre tous nos grands aînés, et je n'ai pas reconnu ma façon de vivre dans la sienne. Il mange très peu, dit-il, ne boit que de l'eau, ne fume pas...

Peut-être ne serai-je jamais plus que nonagénaire et l'on pourra alors imputer mon échec à mon régime, mais je dois dire qu'il a été et continue d'être tout le contraire. En plus d'un copieux petit déjeuner, je ne conçois pas une journée sans deux repas, déjeuner et dîner, bien à l'heure et chacun de trois plats : entrée, plat principal et dessert. Je n'hésite pas à couper l'après-midi par un petit goûter, biscuits, tasse de chocolat en hiver ou boisson gazeuse en été. Bien entendu, je bois du vin. Je me contentais de celui des coopératives vinicoles, mais ma fille s'est insurgée et m'a trouvé, dans notre région, un petit bordeaux d'éleveur, «tout à fait sain», m'a-t-elle dit. De temps à autre, je lui demande aussi d'aller quérir dans ma cave des bouteilles de grands crus, que j'ai dû conserver trop longtemps, car certaines sont passées et madérisées. Apparemment, le vin vieillit plus vite et moins bien que moi!

Les jours de fête, c'est-à-dire quand je reçois des amis, on sort le pineau, notre boisson régionale, ou alors ce qu'il me reste d'un très vieux cognac, que me donnait le producteur, l'un de mes très chers amis. Lui-même a disparu mais j'ai encore quelques bouteilles de son nectar, lequel supporte parfaitement bien, pour son compte, de devenir centenaire!

Pour ce qui est du tabac, j'ai un peu abandonné le cigare, que j'ai adoré. Je suis d'ailleurs «vitolphiliste»! Pour ceux qui l'ignorent, un vitolphile est un collectionneur de bagues de cigares, et j'ai conservé celles de tous les cigares cubains que j'ai pu fumer dans ma vie : j'en ai une boîte pleine ! N'ayant plus accès, comme au temps où j'étais diplomate ou dans la haute administration, aux cigares venus directement de Cuba, je me suis rabattu sur les cigarettes. J'en avais également fait collection, et je me suis décidé à l'entamer. Il faut reconnaître que le tabac, comme le vin, ne vieillit pas à l'infini, et mes filles, quand elles en prennent une, prétendent qu'elles ont encore moins de goût que de l'herbe sèche ! Reste la pipe, qui accompagne agréablement la télévision du soir : elle me dure juste le temps du premier programme, après quoi je vais me coucher.

J'ai toujours dormi très facilement, un peu plus de huit heures. Toutefois, il m'arrive désormais de me réveiller la nuit ; cela est dû à certains maux qu'on acquiert avec l'âge, comme le rhumatisme. On a mal par-ci, mal par-là, et cela vous réveille. Il faut alors changer de position, et tenter de se distraire. Plutôt que de lire, ce qui m'oblige à allumer et à prendre mes lunettes, je préfère écouter ma petite radio, que je conserve en permanence sous mon oreiller. Je suis un familier des émissions de nuit pour routiers, dont l'écoute me rendort paisiblement. Après tout, moi aussi, je suis un routier au long cours…

De mes anciennes activités physiques, une seule me fait cruellement défaut : la marche. J'ai renoncé assez facilement au sport – je pratiquais surtout le tennis et la natation – et aussi à la conduite automobile. Mais me déplacer sur deux cannes anglaises, à la vitesse d'un escargot et non sans effort des bras, car mes jambes me portent très mal, me déplaît fortement. J'aimais flâner, que ce soit dans la rue de Rivoli ou sur les bords de la Charente, regarder les scènes de rue, admirer les vitrines, et, surtout, les promeneuses… Or, j'ai maintenant intérêt à ne contempler que le bout de mes pieds pour bien voir où je vais les poser.

Mes filles, connaissant mon goût du spectacle de rues, les beaux jours venus, m'emmènent m'asseoir à une terrasse ou dans un jardin public, que ce soit à Paris – au Palais-Royal, dans la rue de l'Échelle – ou dans les rues piétonnes à Saintes. Je m'amuse à regarder et à commenter – à voix trop haute, paraît-il ! – la façon dont les gens évoluent, comment ils sont habillés, et je tâche d'entendre ce qu'ils disent… C'est la vie ! Les petits enfants me plaisent particulièrement ; d'ailleurs ils viennent facilement vers moi, comme mes arrière-petites-filles, pour me montrer leurs jouets, parfois pour me les faire réparer, et me questionner. J'ai été, je suis encore un grand bricoleur, et je crois que les enfants, surtout les petits garçons, le sont d'instinct. C'est en cela que nous sommes proches, eux et moi, et ils le savent. Et puis, la vie tout entière, c'est une sorte de bricolage. On s'en aperçoit mieux quand on approche de ses cent ans : tout ce qu'il a fallu mettre bout à bout, raccorder et rapetasser, pour que cela tienne ensemble et finalement fasse un tout !

Si je n'ai pas de recettes pour atteindre le grand âge en bonne forme, j'ai toutefois une devise, que je confie à tous les jeunes hommes de mon entourage. La voici : « Pour que la vie vaille la peine d'être vécue, il faut que l'alcool soit fort, que le tabac gratte la gorge… et que les femmes soient fatales ! »

Je l'assortis toutefois d'un conseil, que j'ai moi-même appliqué : ne vous privez absolument de rien, mais usez de tout avec modération.

De façon que cela dure plus longtemps.

Table

Composition réalisée par Chesteroc Ltd

Imprimé en France sur Presse Offset par

BRODARD & TAUPIN

GROUPE CPI

La Flèche (Sarthe).
N° d'imprimeur : 31447 – Dépôt légal Éditeur : 63236-08/2005
Édition 01
LIBRAIRIE GÉNÉRALE FRANÇAISE – 31, rue de Fleurus – 75278 Paris cedex 06.

ISBN : 2 - 253 - 11551 - 7   ◈ 31/1551/6